I0534605

PAPILLON

I

Mon premier jour de Très Grandes Vacances, mon père me voit venir et me refroidit de suite. Je suis affalée dans le vieux fauteuil de cuir, je pousse un bon gros soupir de phoque qui retrouve sa liberté après dix ans de scolarité o-bli-ga-toi-re. C'est comme ça. On y peut rien. C'est la loi.

- Terminé ! Je suis libre comme l'air !

Cela n'a pas l'air d'émouvoir mon père, ses lunettes à la Gepetto sur le bout du nez qui lui donne un air de pas rigolo. Il bronche pas, concentré sur ses papiers.

- Qu'est-ce que tu fais ?
- Les factures, toujours les factures !

Qu'il dit en poussant un gros soupir de phoque, qui entre celui-là en prison.

- Tu devrais être content.

Pour le coup, cela lui fait lever son bout du nez :

- Tiens donc !
- Il paraît que quand on n'a plus de facture, c'est qu'on est mort, alors estime toi heureux !
- Je saute de joie.

J'ai dû le déconcentrer car il range ses papelards, son chéquier et sa calculette, puis se lève en ménageant son arthrose.

Je remue le couteau dans la plaie :

- Déjà fini ? Tu as payé toutes tes factures ?

Il ne bronche pas. Il sait qu'il m'adore et qu'il peut se permettre des petits coups tordus. Il plie soigneusement le Figaro en laissant les pages roses d'annonces sur le dessus. Il me balance tout ça, en bon expert de torchons divers et variés.

Je fais l'innocente, mais je vois venir de loin :

- Qu'est-ce que c'est ? Le programme télé ?
- Les annonces de boulot, tu voulais peut-être commencer par la retraite ?

Et il sort du salon en ricanant comme un adolescent retardé. J'ai juste le temps de lui crier :

- De toute façon pour l'instant ça ne compte pas, c'est les vacances !

Et de lui balancer le journal préalablement roulé en boule, mais qui atterrit contre la porte refermée vivement derrière lui. C'est qu'il me connaît.

Faut pas croire, mon père et moi on s'aime bien.

Me concernant, je fais mes premiers pas dans la vie d'adulte. Et permettez-moi de vous dire que c'est une vie de merde.

Mon père tient le dernier kiosque de la ville. Il vend des journaux alors que tout le monde s'est mis sur tablette et ne semble jamais en panne de papier cul. C'est le dernier des Mohicans, non pas par courage mais par entêtement, comme un enfant veut que le Père Noël existe même s'il sait bien qu'il est mort depuis longtemps. Alors il tient, avec des dettes et des crédits revolving qui tuent, et avec l'aide de la CB de ma mère faut bien le dire. En un mot, il s'accroche à son rêve, et personne ne lui en voudra de ça. Même pas la Mairie qui bataille mollement pour récupérer sa place en plein centre-ville.

Ma mère, c'est pas mieux. Elle est à côté de la plaque et semble inapte à vivre, à tel point qu'on peut se demander ce qu'elle fout là. Mais elle est courageuse, elle tient bon et tous les jours elle prépare les repas du soir – le midi étant réservé aux cantines et aux sandwiches respectifs, dieu soit loué. Dans cet exercice laborieux, on lui tient compagnie, mon père pique du nez sur son journal tandis que je pianote sur mon smartphone.

- Qu'est-ce que tu nous fais de bon aujourd'hui ?

Je fais l'intéressée mais en vrai je m'en fous un peu. C'est pour la motiver, pour pas qu'elle se sente abandonnée dans son devoir de mère de famille.

Ma mère passe en revue les surgelés comme un vieux général ses troufions, avec attention et lassitude. Elle n'a pas de lunettes à la Gepetto mais vu comme elle colle son nez, on sent qu'elle s'en passe plus par coquetterie que par inutilité.

- Heu… tiens, pourquoi pas, hachis Parmentier, c'est pas long à faire… 30 minutes qu'ils disent sur la recette.
- Ça va, pas trop compliqué ?

Elle me regarde avec ses yeux de presbyte en pesant le pour ou le contre. Elle doit peser dans le sens du pour, car rassurée que je ne me foute pas de sa gueule elle répond avec un petit soupir du devoir à accomplir.

- Non, non, ça devrait aller.

Avec des gestes maladroits, elle enlève le couvercle du plat surgelé et allume le four comme si c'était la première fois de sa vie. La flamme vacille et s'éteint trois fois de suite. Par contre, cela fait la millième fois que mon père répète : « Je te l'avais bien dit d'acheter un four avec allumage électronique ». Ça doit être son rêve ou son fantasme, à vrai dire on ne l'a jamais su. Ma mère hausse les épaules, comme moi d'ailleurs. Ce soir je suis magnanime, je ne balance pas à mon père un « T'avais qu'à te l'acheter toi-même » qui le renvoie à la vacuité de son compte en banque. Il doit en être conscient quelque part car il gratifie ma mère d'un petit sourire en coin.

   - Et c'est prêt bientôt ?

Comme s'il n'avait pas entendu ma mère une minute plus tôt.

   - Dans une heure à peu près chéri.

C'est que, malgré les apparences indéniables de la vérité, elle veut garder un semblant de bonne cuisinière. Mais comme elle a un fond d'honnêteté, elle ajoute un peu gênée, à mi-voix :

   - Il y a aussi le préchauffage.

Un son de clochettes se fait entendre. On dirait que c'est tous les jours à la même heure. Mon père semble brusquement terriblement absorbé par le contenu de son papier :

   - Je crois que c'est à ton tour de la sortir.

Je prends les devant :

   - Je l'ai sortie hier ! Et avant hier ! Et avant-avant hier !

Ma mère s'énerve alors qu'on lui a rien demandé :

   - Tu vois bien que je prépare le repas ! Et puis de toute façon, tu sais bien qu'elle préfère que ce soit toi !

Alors je me lève. Comme tous les jours depuis que j'ai l'âge de sortir toute seule, c'est à dire depuis mes dix ans.

Voilà la famille que je me tape. Mais c'est bien connu, on ne choisit ni son père ni sa mère. Et encore moins sa grand-mère.

  - Ouais, ça arrange tout le monde qu'elle préfère !

Et de crier à la cantonade :

  - Ça va, ça va, j'arrive !

Avec un peu de colère et beaucoup d'amour.

Je fais du roller sur le Prado avec Grand-mère sur son fauteuil roulant. Pas seulement parce que j'ai une bonne heure avant que le gratin préparé par mère cordon bleu soit mis sur la table, mais parce qu'elle adore ça. Elle ne peut le formaliser avec des mots, mais je le sens à l'attitude de son corps, à ses yeux qui brillent dans la nuit. Je slalome avec le fauteuil roulant entre les passants tandis que Grand-mère s'occupe des chiens qu'elle effraie avec son klaxon à poire. On est les reines de la Canebière, ça ne fait pas un doute. Beaucoup de gens nous connaissent de vue et nous jette au passage des petites vannes. On est à Marseille. On aime bien ce qui est bravache. La discrétion n'est pas notre fort.

Quand on débarque au supermarché, on a les cheveux en bataille et même Grand-mère fait l'essoufflée. C'est une grande comédienne quand elle s'y met. On passe devant l'agent de sécurité qui fait celui qui ne nous voit pas et on file direction rayon chocolat. Pour faire durer le plaisir je fais celle qui cherche, même si cela fait dix ans qu'on répète chaque semaine la même pièce. Je regarde au-dessus de nos têtes et j'ai l'impression que toutes les caméras sont braquées sur nous. Ce n'est pas le casse du casino mais presque. Une certaine tension se transforme en adrénaline, c'est la magie de la chimie des fluides. Je n'ai pas appris cela à l'école mais il y a quelque chose qui m'est resté quand même. Peut-être quand on nous a expliqué comment le sang se transforme en vin. On glisse dans les rayons en faisant les innocentes. On s'arrête devant quelques ingrédients que l'on n'achètera pas car ma mère ne les cuisinera jamais, son art culinaire s'étant arrêté à la bolognaise en conserve, ce qui a un affreux goût de cantine. J'ai vu le chien d'un invité refuser le plat et ma mère très vexée. Peut-être se rappelait-il un an plus tôt avoir hurlé à mort pendant une heure car ma mère avait cru bon d'ajouter du piment frais pour faire passer. Il paraît que les chiens ont de la mémoire. En tout cas, ma mère, non.

On arrive enfin au saint des saints. Un linéaire de 20 mètres bourrés de chocolats en tous genres, il y a de quoi perdre la tête. Comme ma grand-mère l'a déjà perdue, elle s'y sent à l'aise. Elle tend la main et attrape une tablette grande comme deux fois sa main.

   - Attends, attends ! Tu ne vas pas manger le papier !

Pendant que Grand-mère fait son sort à la tablette de chocolat en bavant bien dessus, je lui glisse sous les fesses quatre ou cinq tablettes que j'ai pris en vrac. Elle fait celle qui n'a rien vu et n'est au courant de rien. Puis on traine dans les rayons comme si on était en bord de mer. J'en profite pour faire du repérage pour mes prochains achats que je ne paierai pas forcement en pièces sonnantes et trébuchantes : dentifrice haleine fraiche, préservatifs ultra doux, vitamines ginseng, tout ce qu'un supermarché peut nous offrir pour nous rendre heureux si on en croit leurs affiches.

Je donne un coup de kleenex sur la bouche de Grand-mère qui s'est mis du rouge à lèvre au Lindt, jette l'emballage de la tablette au fond d'un rayon et on fonce vers les caisses. C'est l'heure de vérité mais notre scénario est bien rodé depuis le temps. Je donne la pièce que mon père m'a donnée pour acheter une bricole, et la fille me donne mon ticket de caisse que je donne à Grand-mère. Il ne nous reste qu'à filer vers la sortie où on passe devant le gardien qui fait celui qui ne nous voit pas. Faut dire que cela fait aussi dix ans qu'il est là.

Retour à la case départ. Ça sent bon dans la cuisine. Ma mère a eu l'idée géniale d'ajouter une pointe de muscade dans le hachis Parmentier. Elle n'est pas peu fière. « C'est ma French touch » glousse-t-elle. Papa lui fait un gros baiser sonore sur la bouche et on attaque tous d'une bonne fourchette. Sauf Grand-mère qui s'est assoupie sur son fauteuil. Elle semble heureuse. Je sais, à cet âge-là, ce n'est jamais vraiment vrai. Mais cela fait plaisir quand même.

Le repas terminé, je ramène Grand-mère dans sa mini chambre.

J'ai l'impression de garer ma bagnole au parking. Mais ça doit être une impression car je n'ai jamais eu de bagnole et encore moins de parking. Je lui fais un bisou sur le front en douceur pour ne pas la réveiller. Papa se chargera de la transporter dans son lit. Comme devait le faire son père lorsqu'elle était petite. C'est à dire il y a de cela un autre siècle.

Deux fois par semaine, j'ai entrainement et deux fois par semaine je suis à labour. J'attrape à la va-vite mon sac de sport dans lequel j'ai mis en vrac mes affaires et file en vitesse, sans même prendre le temps de répondre à ma mère qui crie derrière moi « Et ton dessert ? ». Je lui laisse ses tartelettes feuilletées Grand Chef façon Picard.

Comme d'hab, Jo mon entraineur pointe du doigt sa montre quand j'entre dans la salle d'entrainement et comme d'hab je fais celle qui n'a pas vu. Une demi-heure d'échauffement jusqu'à arriver à se mettre le pied derrière la tête, faut être maso mais ça fait du bien. Puis une heure de castagne à main nue, avec des codes stricts mais assez larges pour régler ses comptes. La lutte a ceci de sympa que tant qu'on n'a pas cassé le bras de l'adversaire tout va bien. Sûr qu'à l'entrainement on est entre copines, mais entre copines on a toujours plaisir à se donner des petits coups de vaches.

Jo passe d'un petit groupe à l'autre, distille ses conseils, il est très pro, ne laisse jamais trainer une main, même si on devine une petite étincelle dans son regard quand forcement notre posture peut faire penser à autre chose qu'un combat de lutte. Paternaliste, il adore nous filer au passage une petite tape sur les fesses quand il est content de nous. C'est sa manière de mêler l'utile à l'agréable. On n'y voit rien à redire, surtout qu'il fait bien ses 140 kg et pourrait d'une torgnole nous envoyer au plafond.

Lors des grands soirs, il enlève son éternel jogging gris pour revêtir la tenue de catch de ses vingt ans. On a toutes l'impression de voir Bibendum en chair et en os. Une à une, il nous prend pour faire une démonstration, tout en prodiguant des conseils et en manipulant avec délicatesse les membres de la partenaire qui semble lutter pour survivre. Nous, on prie pour pas qu'il trébuche et lui tombe dessus en masse. Vu de l'extérieur, c'est la belle et la bête ou Obélix et Idefix comme on voudra. On rigole bien, surtout quand l'une d'entre nous arrive à se faufiler dans ce tas de muscles pour lui glisser une clé au cou avec les jambes et lui donner la honte de sa vie. Bon perdant, il se dégage de la strangulation et le rouge au visage, il jette un magnanime « Je vois que mes leçons portent leurs fruits ». Nous, on moufte pas, car c'est bien connu, il ne faut jamais se moquer d'une bête blessée ou d'un homme. Ce qui est à peu de chose près la même chose.

Au vestiaire Marie-Laure vient se scotcher contre moi. C'est comme une sœur, avec les histoires de famille en moins. On a brillamment raté nos études ensemble, on s'est échangé nos premiers amoureux, et on a fait la fiesta plus souvent que nos devoirs de classe. Mais Marie-Laure ne s'inquiète pas, elle a son plan pour réussir dans la vie. Par contre, pour la lutte c'est une autre histoire. Elle est aussi douée pour ce sport que ma mère pour la mayonnaise. Qu'importe, elle compense avec de l'opiniâtreté et de l'orgueil, qui, même s'il est mal placé, lui est bien utile. Pour Jo c'est un excellent baromètre : « Vous voyez, même Marie-Laure y est arrivée ». Ce qui, je dois dire, nous blesse dans notre fierté.

Lorsque j'enlève mon maillot je n'ai aucune gêne. On est entre filles et on se connaît par cœur. À tel point que lorsqu'une chamaillerie éclate, on ne rate pas l'occasion de se voir signifier qu'on a les fesses plates ou des nichons riquiquis. C'est de bonne guerre. Cela ne nous empêche pas après de prendre une bonne bière ensemble et de se faire des mamours. Marie-Laure pointe du menton mes tatouages : « Tu en a un nouveau ? » Je fais signe que non de la tête, mais cela ne saurait tarder, cela fait bien longtemps que je n'ai pas cloué un papillon sur ma peau. J'en ai 253. Autant d'espèces qui ont disparues depuis que j'ai décidé de m'en préoccuper. Les filles aiment bien glisser leurs doigts sur les ailes bariolées. Je les laisse faire et tourne volontiers sur moi-même comme une colonne Morris. C'est ma manière de leur rendre hommage à ces grands anonymes disparus. Les garçons sont admiratifs aussi mais on dirait que tous les papillons de mon corps se sont regroupés sur mon cul. Les garçons ont toujours des arrière-pensées. À tel point que ces pensées passent souvent devant. C'est pour ça qu'on apprécie d'être entre copines. Cela nous donne aussi une idée de ce que serait le monde sans mecs. On se passera d'eux volontiers, qu'ils ne s'inquiètent pas pour nous, avec quelques sextoys tout ira bien. Sans compter que les robots dégagent l'horizon de tous les possibles.

Marie-Laure est maussade. Elle a les larmes aux yeux : « J'ai été nulle aujourd'hui ». Je me rappelle la fois où Jo s'était rapproché d'elle et d'une voix doucereuse lui avait dit : « Tu veux pas faire du yoga ? C'est très bien le yoga. Ou du piano, tiens, ça c'est une bonne activité ! » Marie-Laure avait éclaté en larmes et Jo s'était enfui penaud sous nos récriminations. Je reprends l'accent russe à couper au couteau de Jo : « Ce n'est pas grave. Tu ne préfères pas jouer du piano ? » Tout le monde se marre et Marie-Laure aussi, ce qui était le but du jeu. Justement Jo entre dans le vestiaire où la moitié des filles sont à poil, moi comprise. Il reçoit une avalanche de tee-shirts sur la tête en signe de protestation. « C'est bon, c'est bon » qu'il dit en sortant de sa poche des lunettes de soleil en forme de tournesols, si noires qu'on y voit autant que dans une grotte sans bougie. En fait, ce sont des lunettes pour aveugle made in China, on trouve de tout chez Amazon. Jo s'assoit sur un banc qui gémit de douleur. Il tend ses petits bras qui semblent plus larges que longs : « Et dire que le paradis est à un mètre de moi ! » Comme on ne réagit pas et qu'on fait comme s'il n'était pas là, il reprend plus sérieusement : « Bon vous savez que c'est bientôt la finale du championnat de France par équipe. » Silence radio. « Et vous savez quand c'est la finale ? » Silence radio. « On voit que vous êtes motivées les filles. Dans ma patrie, elles pleureraient pour participer à une finale de notre beau pays. » Seulement il n'ajoute pas qu'à la première occasion, il avait filé pour Marseille. Pourquoi Marseille qu'on lui demandait juste pour le plaisir de la réponse. « Parce que les Marseillais, ils sont un peu cinglés comme nous. Ils ont un brin. » En général c'est Carré Gervais qui parle pour les autres. Et cette fois-ci, elle ne rate pas son tour : « C'est qu'on n'a pas envie de se faire rétamer. » Ce n'était pas au sens figuré. Le club à l'affiche domine depuis dix ans, pas très rassurant. Cela n'a pas l'air d'impressionner notre russe de service : « Faut pas s'inquiéter. C'est des bouffeuses de chattes. Nous, on a la technique. » Il se retourne vers Marie-Laure : « N'est-ce pas Marie-Laure ? » Tout le monde rigole et voilà nos inquiétudes envolées.

Je regarde Jo jusque dans le tréfonds de ses lunettes. J'enfile ma culotte à cinq centimètres de son nez, il ne bronche pas d'un poil. Pas une seule goutte de transpiration sur son front. C'est un sacré comédien tout de même. L'autre jour, je suis retournée sur mes pas car j'avais oublié mon shampoing douche deux en un. Il n'y en avait plus ni un ni deux car quelqu'un me l'avait embarqué. Mon radar personnel détecta un objet sur le sol. C'était les lunettes tournesols de Jo. Je ne sais pourquoi je les ai mises sur le bout du nez, peut-être pour voir l'effet que ça fait d'être dans une tombe. Je peux vous dire qu'on y voyait aussi bien qu'avec des Ray-ban à midi. J'eus la brève vision de tous les petits culs qui se dandinaient devant Jo en toute illégalité. Je remis les lunettes à l'accueil et décidais de ne rien dire aux copines. Après tout, si Jo pouvait profiter du paradis tant qu'il était vivant, grand bien lui fasse.

On se rentre en skate Marie-Laure et moi. J'aime bien aussi ce transport hors du commun. J'ai l'impression de faire du ski en ville. Même si en bonne marseillaise, j'ai jamais fait de ski de toute ma vie. On slalome dans les rues de Marseille, il fait nuit. On s'offre un petit détour, pour rester un peu plus longtemps ensemble. On reste silencieuse, seul le savoureux swifffft de nos skates révèle notre présence. C'est ça la vraie amitié. Quand on n'a pas besoin de se parler pour partager la beauté du monde. Ou les misères de la vie.

Visiblement tout le monde est allé se coucher. Grand-mère ronfle, son dentier sur la table à chevet qui semble veiller sur elle. J'ai ouvert sans frapper la porte de la chambre de mes parents et passé ma tête dans l'entrebâillement pour pousser un « Houla c'est chaud ! » J'ai juste eu le temps d'apercevoir leurs regards derrière leurs bouquins, un peu interloqués, voire un peu gênés, et j'ai refermé derrière moi. Pauvres parents. Ils ont mis une croix sur les joies de l'existence. Il semble que la vie soit une éternelle glissade vers les factures et les emmerdes.

J'aime bien déambuler dans la maison juste à la lueur de la lune. Les meubles, les objets, semblent reprendre leur droit à l'existence. Les humains se sont effacés, c'est tout de suite plus vivable. Le parquet centenaire craque sous mes pieds nus et je me trimballe dans la cuisine, le salon ou d'autres pièces quasi à l'abandon car on n'est pas une famille nombreuse. Cette grande maison, mes parents avaient flashé dessus du temps de leur mariage et pour une bouchée de pain l'avaient acheté avec les meubles, le chat et la Grand-mère tout compris. Felix était mort entre temps mais sa tombe est dans le jardinet. Il fait encore partie de la maison.

Ma chambre n'a pas vraiment changé depuis que je la connais, c'est à dire depuis toujours. J'ai mon lit une place avec ma couverture à carreaux. Mes peluches m'observent du haut de mon placard et me protègent la nuit quand je dors. Comme mon père, vous chercherez désespérément un livre. De ma fenêtre, le chemin file de maison en maison. Ici et là, il y a des trous, ce sont les belles baraques 19è siècle qu'on a fait sauter à coups de bulldozers. J'ai l'impression de voir une mâchoire dans laquelle il y a de moins en moins de dents. Bientôt elle ressemblera à celle de Grand-mère. Il y a des lierres sous la fenêtre de ma chambre mais n'y a pas que les lézards qui y grimpent, il y a aussi des garçons. Parfois, il y a un bras ou une jambe cassée. Mais il paraît que l'enjeu en vaut la chandelle.

Je regarde la lune pleine, protectrice. Demain est un grand jour.

J'ai décidé de chercher du boulot.

*

Le petit déjeuner devrait être le moment le plus tranquille de la journée mais c'est là où je sens le plus d'électricité dans l'air. On fait gaffe d'être à l'heure, on a les boules d'aller au boulot. En tout cas, la tension s'est allégée d'un tiers car je n'ai plus à aller au lycée. Et je n'ai pas de boulot. Comme quoi, les inconvénients ont de gros avantages. Ma mère, qui a renoncé à faire du café italien depuis le jour où la cafetière a explosé comme une bombe à fragmentions, verse généreusement dans chaque tasse deux ou trois cuillères à soupe de Nescafé. On ne bronche pas, dès qu'elle se retourne pour prendre la casserole d'eau chaude, on remet les deux tiers dans le pot d'origine. Au moins, elle a l'impression de ne jamais le finir. Malgré les années, on la regarde avec une certaine sidération avaler son breuvage qui ressemble plus à du marc de café qu'à la célèbre boisson tant vantée sur nos petits écrans.

Mon père, dégouté à l'avance de se trouver derrière son cagibi pour vendre cinq télé magazines et trois Figaros, me regarde avec un certain agacement :

- Tu fais quoi la miss qui a brillamment arrêté ses études ?

17

Je ne me démonte pas car je sais que c'est facile de le plaquer à terre et de lui mettre une clé :

- Je fais comme toi. Après avoir raté brillamment mon bac je songe à ouvrir un kiosque et à faire fortune.

Ma mère prend toujours ma défense pour calmer le jeu, ce qui a l'avantage de mettre de l'huile sur le feu.

- Halala, laisse-la tranquille, tous les jeunes sont au chômage maintenant, ils débutent comme ça. C'est aussi bien de commencer par la fin.
- Moi j'ai commencé à 14 ans à laver des voitures !

Ma mère l'envoie balader d'un revers de main :

- N'empêche que tu n'as jamais eu ton permis.

Ce qui me permet d'enfoncer le clou là où ça fait mal :

- Plus précisément, tu l'as raté trois fois.

Mon père se lève excédé en ramassant tout de même au passage son croissant surgelé :

- Qui m'aurait dit que je serais plus heureux au boulot que dans mon propre foyer !

Ma mère me fait un clin d'œil et fait un doigt d'honneur dans le dos de mon père. Ce qui ne porte pas à conséquence car elle se trompe toujours de doigt.

Les parents au boulot, la maison est au calme, le pied. J'en oublierais presque Grand-mère qui s'est assoupie sur son fauteuil roulant en attendant la promenade du matin. Avant je faisais mon footing en la promenant avant l'école, ce qui s'appelle faire d'une pierre deux coups. Mais maintenant, j'ai plus le timing du bahut et je suis un peu perdue devant ce temps abstrait qui est une longue vie devant soi. Si ça continue, j'en arriverai à regretter un emploi du temps bourré de matières dont je n'ai rien à cirer. C'est peut-être cela la nostalgie. Regretter des choses qui nous faisaient chier.

J'ai déployé sur le sol les pages roses du Figaro comme une carte du monde qui garde tous ses mystères. J'essaie de me repérer dans ces continents où je n'ai jamais mis les pieds, Marketing, Ressources Humaines, Direction Territoriales, je regrette le temps des massues et des peaux de bêtes. Il y a des mots qui semblent des codes connus de tous sauf de ma pomme : candidature spontanée, desiderata, KE, salaire Brut, et des fonctions obscures comme opérateurs, technicien de surface, chef de poste... Aussi je me rabats sur des termes familiers, serveuse ou baby sitting. Il y a bien femme de ménage à domicile, mais nettoyer la merde des autres qui ne vous disent pas merci, ça ne me dit rien. Je n'ai jamais compris pourquoi c'était un job mal payé. Je pige qu'il y a des annonces où on peut téléphoner direct et d'autres où il faut passer par la case candidature spontanée mais par courrier. Je fais comme j'ai vu faire sur la plage, j'entoure au stylo les annonces qui m'intéressent. C'est au moins ça de fait.

Grand-mère est assise à côté de moi. Elle ne demande rien au monde que du chocolat et un peu d'affection. Je lui donne des deux et rajoute parfois une tarte tropézienne bourrée de crème pâtissière. Je fais quelques pompes et me jette à l'eau. Je décroche le téléphone et suis ravie de passer les diverses sélections que sont la standardiste, l'assistant et les trois collègues successifs qui cherchent la bonne personne. Une voix agréable d'une femme qu'on pourrait cataloguer de mature si on appelait un chat un chat. Je suis sidérée par la première question : « Qu'est-ce que vous avez comme expérience ? » Mon cerveau tourne très vite pour deviner à quelle expérience elle fait allusion : sexuelle ? scolaire ? sportive ? Je finis par me douter qu'il s'agit de celle de servir une tasse à café ou une omelette aux champignons à un client ravi de mes gestes professionnels : « Aucune madame. » Pour arrondir les angles je rajoute : « Mais j'ai de la bonne volonté. » « La bonne volonté ne suffit pas mademoiselle. Cela se saurait. » Je pense que c'est râpé mais elle continue son interrogatoire : « Vous avez quel âge mademoiselle ? » Je commence à comprendre que l'emploi du mot mademoiselle fait partie de la politesse mais aussi de la séparation des classes. « 18 ans. » « 18 ans et vous n'avez jamais travaillé ? Pas même un stage ? » « C'est que j'ai fait mon doctorat en flemologie. » Elle a une seconde d'arrêt où elle doit chercher de quelle science exacte je parle puis elle éclate de rire. « Vous êtes mignonne ? » Serait-elle adepte du gigot à l'ail ? Comme je me méfie je réponds avec une certaine distance « Pas mal oui. Je me rase tous les matins. » Elle rit de nouveau, on dirait une cascade d'eau fraiche. « Vous êtes très sympathique mademoiselle mais vous feriez mieux d'être comédienne, ou présentatrice télé, enfin, un boulot où on ne bosse pas et on gagne beaucoup d'argent. » Je ne pense pas que ça plairait à mon papa que je fasse voir mes nichons sur des écrans géants mais je lui dis « Oui madame » et raccroche poliment comme une vraie demoiselle. Elle avait l'air sympa. Probablement plus jeune qu'elle ne voulait s'en donner l'air. Cela aurait été une bonne copine. Dans une autre vie, où les parallèles se croisent.

J'estime que pour une première journée de travail à rechercher du boulot c'est pas mal et remet au lendemain toutes les annonces que j'ai encadrées avec des ronds parfaits. J'embarque Grand-mère pour une balade avec barbe à papa à la clé. Il fait beau. Il y a du soleil. Je veux tâter du bonheur simple comme on coupe un bon pain de campagne. Tant que l'avenir m'appartient encore.

J'adore Marseille. Ses rues un peu crades. Ses petits immeubles où il fait bon causer sur le pas de la porte. Ses étendages aux fenêtres. Son boulevard plongeant dans le vieux port. Et Notre-Dame-de-la-Garde qui, du haut de son rocher, protège les marins de la tempête mais aussi les Marseillais des envahisseurs, et en premier lieu, des Parisiens qui n'ont pas bonne presse : « Parisiens têtes de chiens, Parigot têtes de veaux. » C'est notre premier hymne national. Le deuxième, vous le connaissez.

Faut pas croire, Marseille ne se cantonne pas au vieux port et à sa mythique Canebière. Elle s'étale jusque dans ses campagnes. Ses routes surplombent magnifiquement la mer. C'est comme ça que je me fais de grandes balades en rollers, quand le spleen me prend ou un accès de bonheur, ce qui m'arrive aussi.

Mais aujourd'hui je me contente du petit circuit, Grand-mère oblige. Il y a une petite fête foraine dans le quartier de la Timone, je l'y emmène faire un tour, histoire qu'elle ait dans ses mirettes plein de couleurs et de mouvements. Elle ne peut pas l'exprimer mais moi je sais quand elle est contente. Elle parle beaucoup avec ses yeux. Je la *reçois* cinq sur cinq. Grand-mère a une maladie qui s'appelle l'aphasie, nom barbare pour dire qu'elle ne peut s'exprimer avec les mots. C'est souvent suite à un traumatisme. Il a dû être costaud car je n'ai jamais entendu un son sortir de ses lèvres. J'ai pourtant tout essayé : cho-co-lat, nu-te-lla, cru-un-chh. Balle peau. Mais ma grand-mère je l'aime bien comme ça et pour rien au monde je voudrais qu'elle retrouve la parole. Je sais c'est égoïste. Mais qui voudrait qu'on change sa grand-mère et qu'on en fasse une toute neuve ?

On file d'un pas tranquille entre les stands à la recherche d'une Barbe à Papa. Je sens un regard insistant de Grand-mère sur un stand de tir. Je suis un peu gênée pour le patron, si Grand-mère se met à tirer sur tout ce qui bouge, ça ne va pas être sa journée. Bon, comme c'est bientôt son anniversaire, je ne vais pas lui refuser. Je pousse le fauteuil roulant juste devant le stand de sorte que Grand-mère soit pile poil en face de la grande cible tournante.

Le patron me dit avec un accent marseillais à couper au couteau :

- Alors mademoiselle, on veut tirer un coup ?

Il est un peu grivois le monsieur à casquette.

- Non merci. Mais ma grand-mère ne dirait pas non.

Il est un peu scié sur le moment mais, en bon commerçant, s'adapte à la situation. Il va chercher un fusil et le tend à Grand-mère en faisant attention de pas être à l'autre bout du fusil. Il n'a pas trop confiance le gars. Il a vu des collègues avoir un œil de verre pour moins que ça.

Il s'approche pour l'aider à positionner le fusil mais d'un geste étonnamment autoritaire Grand-mère le repousse du canon.

- Houla, c'est Ma Dalton !

- C'est bien pire !

Il me regarde d'un drôle d'air car il ne sait pas si c'est du lard ou du cochon, en tout cas cela sent le roussi.

- Le canon n'est pas tordu ?

Il met la main sur le cœur comme les Marseillais savent si bien le faire :

- Sur la vie de ma mère !

Combien de mères sont mortes ainsi ?

- C'est pas grave, elle en tient compte de toute façon.

Il se demande s'il a bien fait de faire ce métier à la con.

- Bon alors vous la faites tourner cette roue ?

Il commence à y avoir du monde autour de nous car une grand-mère avec un fusil à pompe c'est pas tous les jours.

Le patron va vers la grande roue en trainant des pieds et la fait tourner en appuyant sur un gros bouton rouge. Pour lui remonter le moral je lui demande :

- C'est quoi le gros lot ?

- Tintin ou Mickey.

Un spectateur - qui doit être avocat dans le civil - crie :

- C'est pas vrai ! C'est le saladier en cristal !

Je me retourne vers Grand-mère qui semble faire un peu la gueule. Je fais la diplomate :

- Si tu gagnes le saladier, je te le remplis de Lindt !

Où Grand-mère a-t-elle appris à tirer ? Dans quelle guerre ? Dans quel combat ? J'ai toujours eu des doutes à ce sujet. J'ai cherché. Je n'ai trouvé qu'un petit bout de papier jauni dans son vieux médaillon.

En cinq minutes, le patron va voir sa recette de la journée fondre en cadeaux. Toutes les peluches, les cendriers, les assiettes, les réveils radio, tout ce qu'on peut imaginer de made in China passe dans l'escarcelle de Grand-mère sous les vivats de la foule. Je ne me souviens pas que Madona ait eu plus de succès.

Le patron, bon joueur, finit par lui amener le saladier en cristal et le brandit en l'air comme il l'a vu faire cent fois par Federer ou Nadal. Puis il le pose délicatement sur les genoux de Grand-mère. Ma grand-mère fait la star. Elle attrape une girafe par le pied et salue la foule avec. Elle rit de toutes ses dents qu'elle n'a pas. Ce qui me fait me rappeler que, merde, j'ai oublié son dentier.

S'en suit un moment confus où chacun y va de son selfie avec Grand-mère puis la foule s'éparpille.

Je rends tous les cadeaux au patron car le principal c'est de participer. Quant au saladier, je pense qu'il fera merveille sur l'armoire en chêne où il finira ses vieux jours, bien après nous du reste.

En partant, je lui fais un clin d'œil au big boss :

  - On reviendra tirer un coup !

Il se la joue fier comme Artaban :

  - Revenez quand vous voulez !

Les Marseillais, c'est plus fort qu'eux, faut qu'ils friment même en pleine panade.

On continue notre petit tour. Barbe à Papa rouge fluo à la main, Grand-mère semble oublier que la vie est la vie et la mort est la mort. Moi aussi, dans cette douce déambulation, avec ce fond sonore de bandonéon qui sort de quelque haut-parleur, j'ai ce sentiment d'éternité que l'on ressent parfois quand tout nous semble comme cela devrait être.

Je dois passer à la pharmacie. Je sors de ma poche le bout de papier que m'a donné ma mère. Faut toujours qu'elle me donne une liste. Comme si je n'avais rien d'autre à foutre dans ma vie. Mais c'est le lot de tous les enfants qui ont leurs parents sur le dos.

Au feu rouge, j'attends que le bonhomme rouge passe au vert. Et même quand il passe au vert, je patiente un peu car ici ils se prennent tous pour des Pescarolo. C'est le défaut des Marseillais d'avoir mis la modestie dans leur poche et un mouchoir pardessus. Peu de peuples rivalisent avec eux. Excepté les Corses. Ou les Américains. Mais ils seront toujours bon derniers.

Un jeune cadre dynamique patiente avec nous. Brusquement il sursaute comme si une décharge électrique lui était entrée dans les fesses. Il regarde tout autour de lui et ne voit qu'une grand-mère sur une chaise roulante et une misérable fille qui doit la pousser tous les jours de sa vie. Perturbé, il traverse et manque de se faire écraser par une Maserati en forme de Clio.

- Arrête tes conneries Grand-mère !

Et je m'esclaffe avec elle en l'enlaçant par le cou. Elle n'a pas son pareil pour faire l'innocente quand elle met la main aux fesses à ces messieurs.

Bon c'est pas tout, faut aller à cette foutue pharmacie et que je fasse un saut vite fait chez Marie-Laure qui habite juste à côté. J'ai besoin d'un coup de main pour mon CV.

Je suis découragée. Je sens que je vais rester chômeuse toute ma vie. Ce n'est pas pour me déplaire mais mon orgueil en prend un sacré coup. Je voulais voir Marie-Laure, parce qu'elle sait ce que c'est que d'être nulle mais aussi parce qu'elle a de l'expérience. Elle a déjà eu deux jobs. Elle s'est fait virer deux fois, mais tout de même ça compte. « On peut dire que je suis lancée dans la vie active » crâne-t-elle de la manière dont on répond à une question qui n'a pas été posée.

Marie-Laure soupire comme une personne très occupée mais qui veut bien donner une minute de son temps. C'est qu'elle se fait les ongles des pieds, ce qui accapare du coup les trois quarts de ses capacités mentales. Mais elle veut bien mettre à ma disposition le quart restant, c'est gentil à elle je trouve. C'est une bonne copine.

Je prends mon calepin, mon stylo et entre dans le vif du sujet :

- Tu veux que je mette quoi, j'ai jamais travaillé ! Et d'abord ça veut dire quoi Curriculum Vitae ?
- Curriculum, ça veut dire tu l'as dans le Cul. Vitae ça veut dire toute ta Vie.
- Je sais pas quoi dire...
- Fais comme tout le monde, t'as qu'à tricher.
- Que j'ai mon bac ?
- Faut pas abuser.

Marie-Laure passe son vernis avec une lenteur excessive qui m'agace profondément :

- Tu as rendez-vous ?
- A part mon dentiste, non.
- Alors pourquoi tu te fais belle jusqu'au bout des pieds ?
- Justement, c'est quand tu as rendez-vous avec personne que tu risques de rencontrer l'homme de ta vie.

Marie-Laure a la particularité d'avoir réponse à tout.

- Tiens je vais mettre « hôtesse d'accueil à la sécu ».
- Pourquoi donc ?
- Ils peuvent pas vérifier, ils répondent jamais au téléphone.
- Ça se défend. Moi en général je mets que j'ai fait la réceptionniste à la gendarmerie.
- Pourquoi ? Ils répondent jamais au téléphone ?
- Si, mais tu connais quelqu'un qui a envie de téléphoner aux flics ?
- Ça se défend. Merde ! Il y a aussi la lettre de motivation ! Je mets quoi dedans ?

Marie-Laure trempe son pinceau dans le mini flacon sans faire baver sur le lino. J'avoue que c'est un as dans ce domaine.

- Tu mets que t'es très motivée, il faut le dire au moins cinq fois dans la lettre.
- Motivée pour quoi ?
- Ca ma cocotte, Dieu seul le sait. Faut dire que t'es motivée pour faire un boulot de chiotte, être mal payée et te taper deux heures de transport en commun par jour.
- Faut mentir, quoi.
- A donf.
- J'aime pas mentir.

Marie-Laure lève le nez de ses doigts de pieds et me regarde en soupirant comme si j'ignorais comment on se fait sauter :

- C'est pas vraiment mentir, il faut composer avec la réalité.

Com-po-ser.

Je me lève d'un bond.

- Zut ! J'ai oublié Grand-mère à la pharmacie !
- Qu'est-ce que t'en penses ?
- Ben c'est grave...
- Je veux dire de mon vernis.

Marie-Laure a mis ses doigts de pieds en éventail et me les fait admirer. Elle est aussi championne pour s'épiler le mont Venus sans une seule trace d'irritation. Il y a des mystères comme ça qui échappent. La vie a ses secrets.

C'est tombé ce matin sur l'ordinateur. Le Venerabilus Papillonus n'est plus de ce monde. Ses ailes ne frôleront plus à l'aube les feuilles de manguier sur lesquelles il aimait particulièrement se poser. J'ai filé tout droit à la boutique d'Alex. J'ai posé l'agrandissement sur son bureau où s'entassent aiguilles, couleurs, pièces de monnaies et factures.

Il regarde avec l'œil d'un professionnel, juge les formes et les couleurs, devine le rendu qu'il pourra donner avec le maniement unique qu'il a des aiguilles. Avec lui, les ailes de papillons volent.

- Où tu veux que je te mette ça ? Sur les fesses ?

Il sait très bien qu'il n'y a plus de place. À chaque fois il y a une petite bataille. Qu'il perd avec fierté mais qu'il perd quand même.

- Sur un sein. Près du mamelon.

Je tente mais je sais que ça ne marchera pas. C'est trop douloureux et en homme respectueux des femmes – si, si, ça existe - il ne veut pas en entendre parler. Tout juste si j'ai pu négocier jusqu'à la moitié des seins.

- C'est ce qui vieillit le plus vite chez une femme. C'est fragile comme des poires. Pourquoi crois-tu que ça a la même forme que ce fruit ? Que c'est un pur hasard de la nature ? Tes papillonus machin chose vont prendre un coup de vieux.
- Je ne serai jamais vieille.
- On dit toujours ça quand on a vingt ans.
- Moi je sais.

C'est vrai. Je l'ai toujours su. Je ne sais pas pourquoi. Et je n'en ai jamais ressenti du vague à l'âme. Seulement un goût de vivre un peu plus prononcé que le commun des mortels.

- Pourquoi ? Tu t'appelles Jeanne d'Arc ?
- Je suis pas vierge.
- Ça c'est un argument.

Il souffle comme s'il avait voulu être de ceux qui sont passés par là. Mais les dieux du temps lui ont mis quarante ans de différence dans les dents. C'est bien connu, ils ne font pas de cadeau.

Question possibilités, le parking est bourré : 253 papillons, l'air de rien ça prend de la place. Le cou est encore blanc comme un poulet déplumé, les avant-bras aussi. Je ne sais pas pourquoi, j'ai toujours voulu la discrétion sur ce sujet. Un fond de timidité, probablement. Peut-être aussi pour le plaisir de dévoiler mon corps devant un garçon. J'aime bien le petit effet que cela fait quand j'enlève mon tee-shirt. Ou ma petite culotte.

Je pense à l'espace tendre et soyeux qu'il y a entre mon sexe et la courbe de mes cuisses intérieures. C'est certes très sensible mais je verrai bien un papillon y finir ses jours. Comment lui dire ça avec des mots pudiques et honorables ?

- Tu vois ma chatte ?

Merde, c'était pas vraiment comme ça que je voulais commencer.

- Pas vraiment. Mais continue, tu m'intéresses.

- Il y a un espace dans le creux de la cuisse, assez plat pour qu'il puisse se lover là.

- T'es ouf ?

Alex aime parler jeune. Ça ne le rajeunit pas mais lui pense que si. Du moins d'une petite dizaine de plages. Ce qui est toujours bon à prendre.

Par-dessus mon jean, je dessine l'endroit avec mon index.

- Tu vois, un papillon là, et le prochain de l'autre côté, juste en parallèle.

Alex est un artiste. Il comprend l'enjeu esthétique. C'est aussi une bonne opportunité pour reluquer mon minou sous un puissant halogène pendant trois heures. Difficile de refuser. Alex est aussi un homme. Même si en apparence, avec ses 150 kg et son pantalon à bretelles, il fait plutôt penser à un œuf de pâques.

- Bon allez, marché conclu ! Prends ta douche. Je ne veux pas d'infection de ce côté-là !

Il ferme d'un coup sec les rideaux de sa vitrine et verrouille la porte non sans avoir mis l'écriteau *Pause midi*. Il est dix heures du mat' et cette fois, on sent qu'Alex est particulièrement content d'avoir perdu la bataille :

- Et c'est le dernier. Après tu n'as qu'aller voir ailleurs un autre tatoueur de mes fesses !

Je ne m'inquiète pas. Alex me fait le même coup à chaque fois.

Je suis passée à la pharmacie acheter un gros tube de Biafine. Ils me font un peu la gueule pour avoir oublié Grand-mère l'autre jour mais je leur achète deux trois bricoles non remboursées par la sécu et ils retrouvent le sourire. On a beau dire, les pharmaciens ça reste des commerçants en blouse blanche.

Alex m'a conseillé de ne pas baiser pendant trois jours. Je me suis demandé s'il me prenait pour une salope. Mais j'ai dû décommander un rendez-vous. Je ne suis pas adepte de la fellation et bonsoir bonne nuit. Je suis pour l'échange. Le troc. En tout cas à quelque chose qui ressemble à du donnant-donnant. Alors que faire ? Dans ces cas-là, on pense à ses vieilles copines. J'ai fait le tour de mon calepin, ça sonne dans le vide intersidéral et pour Marie-Laure c'est direct le répondeur. Alors on se rappelle qu'on a des parents. Ils sont ce qu'ils sont mais comme ils disent toujours pour nous culpabiliser un max : « Tu nous auras pas toujours. » C'est l'argument fatal pour nous convaincre d'un Monopoly ou un scrabble.

J'aime le scrabble, du moins les cinq premières minutes. Quand on prend dans ses mains les petits carrés et qu'on les glisse sur la rampe de bois pour former un mot en charabia. Les petites lettres sont comme gravées à la pyrogravure. Il y a les petits chiffres sur le coin des carrés qui disent que si on se débrouille bien, on pourra gagner la partie. Ce qui fait toujours plaisir car ce n'est pas tous les jours qu'on gagne.

Mon père est tout de même étonné que j'ai mis pour la circonstance une jupe à ma mère :

- Tu te féminises ?

- Je voulais savoir ce que ça fait que d'être une poule.

« Merci pour la poule » grimace ma mère, qui est adepte des jupes et des robes, de ce qui différencie une femme d'un homme des fois qu'on aurait des doutes.

Mon père glisse, en homme d'expérience, il sent qu'on entre dans un terrain fangeux.

Je n'ai rien dessous, et je ressens les milles piqures d'aiguilles qui ont dessiné un fabuleux papillon. Alex dans son élan y a même ajouté un ciel bleu. Ça fait plaisir mais pas sur le moment. Je suis obligée d'aller tous les quarts d'heures me passer une couche de Biafine plus épaisse que les tartines de Nutella que je fais à Grand-mère. Mon père me regarde d'un œil suspicieux mais, là aussi, en homme avisé, se doute qu'il s'agit d'histoire de femmes et promis il y mettra pas le petit ongle du petit doigt. Ma mère fait l'innocente et regarde le plafond en sifflotant. Si on veut aller en prison ou se faire fusiller contre un mur, le plus simple est de lui confier son secret.

- Et tire la chasse d'eau !

Qu'il ajoute en criant dans mon dos.

Je passe ma crème et tire la chasse d'eau pour lui faire plaisir.

Je reviens et reprends ma place comme si de rien n'était. Les femmes ont l'habitude. Depuis dix mille ans que ça dure. Elles vont avorter, elles vont voir leurs amants, elles vont boire un coup et reviennent comme si de rien n'était.

Mon père est de type sanguin. Il lâche toujours ce qu'il s'est promis de ne pas dire une minute auparavant :

- Tu as besoin d'aller pisser tous les quarts d'heure ?
- Ha la la, laisse là. Elle est jeune. A vingt ans on pisse beaucoup.

Il y a un petit silence car l'argument est un peu léger de café. Ma mère en rajoute une petite couche :

- Ça forme la jeunesse.

Mon père essaie de faire le lien et laisse tomber. C'est à son tour. Il attend que tout le monde ait les yeux rivés sur lui pour poser un mot qui vaut au bas mot vingt points. Ça doit être une intuition car c'est 'DOULEUR' qu'il place au beau milieu de la table. Moi qui voulais me changer les idées.

Ma mère, qui est une mère malgré les apparences, a repéré mon œil saisi par l'effroi :

- Tu peux pas choisir des mots un peu plus rigolos ?

Mon père s'étonne de cette sortie teintée d'agressivité. Mais les hommes sont un peu cons à la base, ne l'oublions pas.

Je regarde mon père et ma mère. J'entends le tic-tac de l'horloge. Je me dis qu'un jour, tout ceci ne sera qu'un lointain souvenir. Je me rappelle alors la phrase sempiternelle de tous les parents : « Tu nous auras pas toujours. » Pendant quelques secondes, je ressens jusqu'au fond de mon corps la vérité de cette banale expression qu'on se refile depuis des générations. Ça fait mal.

Comme en écho à mes pensées, un boum fait trembler les murs de la maison. On fait comme si on a rien entendu. Mais nos corps se sont tendus dans une muette protestation. Une maison explose à coup de boules. Il y a une dent en moins et le chemin ressemble encore plus au sourire de ma Grand-mère.

Je détends l'atmosphère en mettant un mot qui ne me rapporte pas beaucoup de points mais néanmoins fait sursauter ma mère, ce qui est le but du jeu « BIT »

- Tu peux pas choisir un autre mot moins vulgaire ?
- Ça veut pas dire ce que tu crois. Et d'ailleurs, c'est dans le dictionnaire.

Mon père glousse et chausse ses lunettes Gepetto pour vérifier si c'est bien dans le Larousse. Et se fait un plaisir de lire les deux définitions.

- Tiens, ça me fait penser que c'est bientôt l'anniversaire de Grand-mère.

Mon père ne voit pas le rapport mais laisse tomber là aussi.

C'est au tour de ma mère. Elle place un mot. MOULE. Ni mon père ni moi-même ne signalons par un signe extérieur que la langue française lui a donné une double vie. Mon père se permet tout juste de racler sa gorge et moi d'aller me passer un coup de Biafine. Sans oublier de tirer la chasse d'eau.

On baille. On s'ennuie un peu. C'est la vie familiale. C'est ce que mes parents semblent avoir rêvé d'avoir un jour. Alors ils ont fait une famille de poche. Ils ont même rajouté une grand-mère. Pour faire plus vrai.

C'est mon père qui fait le plus fort ce soir. Avec des gestes posés et lents il place 4 lettres. COCU. Vingt points. Il aurait mis un s que cela aurait fait moins sujet à débat. Mais il n'en avait pas sous la main. Il y a une seconde de silence où chacun semble peser la portée millénaire du mot. C'est ma mère qui craque en premier et explose de rire. Mon père ne semble pas trop apprécier son sens de l'humour.

- Qu'est ce qui te fait rire ?

Ma mère se reprend :

- Rien. Je pensais à une collègue de bureau.

La collègue a bon dos. Mais ne vivons-nous pas dans un monde d'apparences ?

Ce soir avant de m'endormir, je caresse doucement mon

Venerabilus Papillonus. Je lui ai redonné un peu de vie. Tant que je serais sur terre, il pourra encore voler de ses propres ailes et se réfugier dans la chaleur de mon intimité. De temps en temps, la langue d'un amant viendra lui titiller les ailes. Sans le savoir, il rendra hommage à la beauté du monde qui disparaît comme peau de chagrin.

*

Petit déj' en famille. Comme on en a vécu des milliers et comme on pense en vivre encore jusqu'à ce que mort s'en suive.

Mon père semble s'être levé des deux pieds gauches ce matin :

- Tu étais où cette nuit ?

C'est vrai que j'étais un peu bourrée et que j'ai marché en zigzag dans le couloir. Maintenant que j'y pense, ça doit être la porte de leur chambre que j'ai heurtée de plein fouet avec mon front :

- Chez Marie-Laure.

- Et elle a des moustaches ta Marie-Laure ?

Elle n'a pas de moustaches mais il était pas mal.

- Tu as toujours les idées mal placées.

Je n'ai jamais su si ma mère était naïve à donf ou si elle prenait ma défense.

- Je remets les choses à leurs places et là où elles sont, c'est tout.

De quelles choses parle mon père et où les met-il ? C'est un mystère que je ne cherche pas à élucider.

- Elle finira bien par trouver l'homme de sa vie.

Cette idée n'est pas faite pour adoucir mon père :

- Maintenant ils divorcent avant de se marier.

- C'est peut-être pas un mal.

Ma mère a bouffé de la vache enragée.

Mon père détourne la conversation comme savent si bien le faire les hommes :

- Tu comptes faire les courses aujourd'hui ?

Ma mère pousse un de ses fameux soupirs qui nous feraient croire sur parole que c'est elle qui se tape la livraison.

- Ça dépend de l'ordi. Hier il a buggé.

Bugger chez ma mère ça veut dire neuf chances sur dix qu'il faut changer les piles.

- Pourquoi, tu voulais quelque chose ?

Il me jette un œil rapide avec le regard d'un adolescent qui conspire pour acheter en douce des capotes. Mais les parents utilisent ils des préservatifs ? Ou la pilule ? Voire de la vaseline ? J'ai cherché dans les tiroirs et je n'ai jamais rien trouvé.

- Non rien, ça va.

Mais il met sa main devant sa bouche de sorte que je ne vois pas ses lèvres mimer les mots. C'est courageux car ma mère n'a jamais rien compris au langage des sourds muets :

- Tu veux du NU-TE-LLA ?

Mon père refait une tentative :

- Tu veux de la CON-FI-TU-RE ?

Puis renonce. Mais il le prend à la bonne et rigole un bon coup.

Non seulement mon père est sanguin mais il a des sautes d'humeurs. Heureusement c'est souvent dans le bon sens.

Il prend sa femme, qui est ma mère, par les épaules et l'embrasse pudiquement :

- Regarde comme on s'aime ta mère et moi.

- Attendez je prends une photo.

Je chope le Polaroïd maison et mets en boite l'image de leur bonheur. C'est comme les papillons, ça se prend au vol.

- Bon, c'est pas tout, faut que j'aille ouvrir le kiosque.

Cela fait lurette que mon père ouvre à l'heure où tout le monde est à son bureau.

- Tu veux que je te dépose en passant ?

Dans la famille Papillon c'est la mère qui conduit. Cela ne dérange pas mon père mais quand il a rendez-vous avec un copain il demande à ma mère de s'arrêter au coin de la rue.

Mon père me jette un regard inquisiteur. D'autres appellent cela le droit parental :

- Qu'est-ce que tu vas faire aujourd'hui ?

- Je vais à l' A- N- P E

- Tu as raté un train. On dit maintenant Pole Emploi.

- C'est quoi la différence ?

- On attend plus longtemps.

Mon père se lève et me fait un bisou en passant :

- En tout cas bravo.

- Pour ?

- L'ANPE.

- On dit Pole Emploi.

- Oui, c'est vrai. Tu apprends vite.

Et juste avant qu'ils ne claquent la porte de la maison, j'entends mon père qui crie ce que j'ai entendu des milliers de fois depuis ma naissance :

- Et n'oublie pas de sortir Grand-mère !

Un long panneau de bois avec des affichettes. Des gens passent devant, visiblement pas ravis des boulots miséreux qu'on leur propose. Personnellement il m'aura pas fallu 5 minutes devant ce mur des lamentations pour me donner envie de piquer un sprint. Beaucoup de jobs dont je ne savais pas que ça existait et beaucoup de taux horaires dont je me demandais combien il fallait en amasser pour payer sa facture EDF. Vu l'ambiance, j'ai envie de déguerpir. Mais je me rappelle le sourire de mon père quand je lui ai dit que j'allais faire un tour à l'ANPE, pardon à POLE EMPLOI. Je me demande si le fait de chercher du travail est lié à faire la gueule. Cela pourrait être un bon moment.

Se taper dans les mains et se dire bonne chance. Se donner des conseils et de bonnes adresses. Ambiance apéro quoi.

Ce n'est visiblement pas l'avis du conseiller qui me reçoit en se disant que c'est pas avec moi qu'il va faire baisser les statistiques et gagner sa prime :

- Bonjour Mademoiselle.

Décidément l'emploi du mot mademoiselle est très couru dans le domaine de la recherche d'emploi. J'évite de lui rendre la pareille car à Marseille, ce ne sont pas des sujets sur lesquels on plaisante.

Il baisse sa tête pour lire mon CV et la relève aussitôt car c'est vite lu.

- Vous avez le permis ?
- J'ai jamais dit que je voulais être chauffeuse de taxi.
- Vous parlez anglais ?
- I don't understand very much.
- Votre brevet de secouriste ?
- Je me suis arrêté au bouche à bouche.

J'ai compris, c'est un sadique. Il me demande seulement ce que j'ai pas ou sais pas faire. Je lui ferai une clé de 10 si j'avais mon permis de tuer.

Il replonge le nez dans mon CV, ce qui me surprend car il n'y a rien à lire. Je flippe un instant qu'il ne se doute que je n'ai pas écrit toute la vérité, rien que la vérité.

- Enlevez Lutte, mettez Danse Classique, ça fait mieux.

Je jette un œil sur mes biscottos et m'imagine en tutu. Je pense lui dire que je le vois bien en monsieur pipi mais me ravise. Il fait son job, ce n'est pas qu'il sert à quelque chose, mais ça en fait un en moins à comptabiliser dans la colonne chômeurs longue durée.

- Oui, c'est vrai, il faut com-po-ser.

Il prend un dossier comme l'aurait fait un ministre, l'ouvre en lissant de la paume de sa main la feuille qui s'y trouve et dit posément :

- Je vous propose de faire un stage de cariste.

- J'ai pas la vocation pour être assistante dentaire.

Du coup, il se marre et me fait voir toutes ses caries. Comme il ne sait pas si c'est du lard ou du cochon, il m'explique le job. Je m'imagine ramener en douce des palettes de chocolats à Grand-mère.

- A la fin du stage vous aurez un diplôme de cariste.

Ça ne me fait pas vraiment hurler de joie mais je parviens néanmoins à sourire. C'est gentil de sa part de penser que je ne suis pas une incapable. Ça me change de l'école.

- Je peux réfléchir ?

- Vous avez tout votre temps. Ce n'est pas des propositions où on se précipite.

Il se lève et me serre la main. Pas mauvais bougre finalement le type. Comme quoi, il ne faut pas se fier aux apparences. Un mec bien peut se cacher derrière un con. Mais ce n'est pas souvent faut dire.

Dehors il y a du soleil. Il semble s'être marié avec Marseille. C'est rare qu'il lui fasse des infidélités. Aujourd'hui j'ai pris mon skate et glisse dans les rues. Je vais jusque sur les hauteurs et m'assois sur un muret qui plonge sur le bleu intense de la mer. On appelle ce coin « les dents de la mer ». Parce qu'il y a deux gros rochers dont les pointes percent les vagues, où viennent faire halte les mouettes avant de prendre leur élan pour traverser la Méditerranée. Quand on plonge, il faut compter sur la force du vent ou croiser les doigts pour ne pas s'éventrer dessus. Beaucoup de gens alcoolisés ont fait là leur dernier pari.

J'aime bien venir ici quand la vie semble entre deux courants, quand elle oscille entre le bonheur et la tristesse. Un papillon vient m'effleurer de ses ailes. On est potes les papillons et moi. C'est à la vie à la mort. On n'a pas besoin de se parler, d'en faire des tonnes. On sait que l'existence tient à un fil.

Tout le monde le sait, mais nous, nous ne l'oublions jamais. D'ici on entend le bruit de la ville, en tout cas ce qu'il en reste quand on est à cinq cents mètres à vol d'oiseau. Je me demande si j'aurai le courage de jouer le jeu. De faire comme si cela m'intéressait. Gagner du fric. Payer son loyer. Faire des pots avec des collègues. Avoir des amis, de bons voisins, un bon mari. Bref, mourir à petit feux. Un petit avion passe en tirant une banderole publicitaire. On s'en fout de sa banderole à la con, mais l'avion passe et repasse quand même. Ça doit être ça la vie professionnelle, tout le monde s'en fout mais on le fait quand même. J'entends un tacot à deux roues. Je ne me retourne pas, je sais qui c'est. Marie-Laure aura fait le tour de mon circuit. Elle connaît mes habitudes et sait où me retrouver. Il n'y a pas de meilleurs GPS que l'amitié.

Nos deux culs sur le muret, on se laisse engourdir par le soleil et le bruissement des grillons. Marie-Laure chasse un papillon qui volette devant nous comme si c'était une vulgaire mouche. J'ai envie de m'excuser auprès du papillon.

Marie-Laure lance le sujet du jour :

- Tu veux faire quoi plus tard ?

Je lâche un rot discret et elle prend ça pour une réponse polie.

Elle balance comme si c'était la chose la plus originale du monde :

- Moi je veux être riche.
- C'est pas un métier.
- C'est une activité.

Marie-Laure est comme ma mère. Elle a tendance à avoir réponse à tout.

- J'ai mon plan.

Elle m'explique comme si j'étais intéressée :

- **Un** je rencontre un riche quinqua, un peu gros et qui attire pas les foules. Je travaille pour lui, je fais la secrétaire ou la femme de ménage, tu vois ce que je veux dire.
- **Deux** tu fais la pute.
- Absolument pas. **Deux** je refuse de coucher avec lui.

Je suis plutôt étonnée car en général ça ne fait ni une ni deux.

- **Trois** j'accepte mais juste une nuit.
- Ha tu m'as fait peur.

Marie-Laure ignore ma remarque désobligeante :

- **Quatre** je me marie.

Je me marre ouvertement de ce scénario catastrophe et Marie-Laure, loin de se vexer, se marre aussi.

- **Cinq** je fais un enfant.

Et je termine :

- **Six** tu le quittes avec une pension alimentaire grosse comme une maison sur la Côte d'Azur.

- Comment tu as deviné ?

Décidément Marie-Laure est comme ma mère, on ne sait jamais si elle est un peu conne ou si elle est naïve comme une pucelle. Concernant Marie-Laure et la pucelle, ce n'est qu'une image. Remarque, pour ma mère aussi.

Je me mets debout sur le parapet et me mets à poil. Marie-Laure a l'habitude, elle ramasse d'un geste mes fringues et enfourche sa mob.

- Attends que j'arrive en bas. Je te klaxonne.

Elle dit à chaque fois la même chose. Et moi je réponds toujours pareil :

- Grouille-toi. J'ai pas envie de me faire mater !

C'est ma prière. Il y en a qui prie un dieu. Moi je prie la beauté du monde. Personne ne la voit plus.

Il n'y a que les papillons qui la vénèrent encore pendant leurs rares heures d'existence. Au loin, j'entends le klaxon de Marie-Laure. Elle s'est assise sur l'herbe et attend de me voir faire le grand plongeon. Pile poil entre les dents de la mer. Je lève haut les bras au ciel pour les écarter en plein vol. On appelle cela le saut de l'ange. Pendant trois secondes d'éternité je serai papillon.

Je dévale en **skate** la longue pente sinueuse qui descend vers la ville. J'ai le vent en pleine figure, l'odeur des pins qui bordent la route embrase l'air, les grillons grésillent à qui mieux mieux. Ici et là des crapauds font leur tintamarre. Si la vie ressemblait toujours à ça, je voterai pour.

Marie-Laure roule tout à côté de moi. Elle est un peu scotch, mais c'est ça aussi l'amitié. Elle crie à plein poumon plus fort que les crapauds, les grillons et sa vieille mob :

   - Comment t'as su que Jo savait pas lire ?

Pourquoi Marie-Laure pense à ça, maintenant, alors qu'on est entre ciel et terre ? Avec Marie-Laure j'ai appris à ne m'étonner de rien.

Jo était le concierge du collège. C'est comme ça qu'il recrutait ses filles pour son club. C'était son casse-croute et sa piaule. Sa passion était hors les murs. Comme nous autres, pour qui le collège était une prison, sans le charme de l'évasion. En général, il prenait les plus mauvais élèves. Il disait qu'il fallait vouloir se venger de quelque chose pour être bon en lutte. Il s'était quand même bien planté pour Marie-Laure.

   - Tu te rappelles des permis de sortie de l'infirmerie ?

   - Ben oui, justement !

- Une fois, je vais à l'infirmerie et je dis que j'ai un mal terrible au ventre, enfin tu connais le truc. Elle me fait un mot comme quoi je peux rentrer chez moi et je file direct à la loge pour sortir. Je donne le papier à Jo qu'il lit comme d'habitude très consciencieusement, quand je m'aperçois que je lui ai donné la liste des courses de ma mère ! Je m'attends à ce qu'il lève sa grosse tête de veau pour me demander si je me fous de sa gueule, mais non, il me dit « Vous pouvez y aller jeune fille» ! Et il ajoute « J'espère que c'est pas trop grave » !

On se gondole Marie-Laure et moi, ça fait du bien de se moquer de quelqu'un qui vous domine de ses 150 kilos. C'est ainsi qu'on s'était passé le filon et toutes les filles du collège faisaient le mur avec des listes de commissions ou des mots où elles écrivaient les pires obscénités. Ce n'était parfois pas sans frayeurs. Une fois où une volontaire à l'évasion lui tendait un papier où elle s'était laissée aller à des fantaisies qui auraient fait rougir un gardien de bordel, elle avait vu le cou rouge de Jo se gonfler et son gros doigt pointer la feuille. Elle voyait sa dernière heure arriver, et mourir dans les bras de Jo n'était pas la plus douce des morts.

- Vous foutez de moi mademoiselle !

Elle allait se mettre à genoux pour s'excuser de son crime quand elle s'avisa que Jo tapotait de son gros doigt boudiné la date :

- C'est écrit 23. Et aujourd'hui on est le 25 !

Cette écervelée n'avait pas pensé que Jo savait lire les chiffres.

Ne serait-ce pour savoir ce qu'il y avait au bas de sa feuille de paie. Il ne lisait pas Molière dans le texte mais il n'était pas con non plus.

Elle eut droit tout de même à une pincée du lobe de son oreille droite, ce qui, exécuté par l'index et le pouce de Jo, n'est pas un cadeau. Mais cela reste une cajolerie par rapport à ce qui serait arrivé si quelqu'un avait eu la gentillesse de traduire le texte à Jo.

- Ça te dit de passer voir mon père ?

Marie-Laure acquiesce. Elle adore lire des revues de mode à l'œil.

- Pourquoi pas ? J'ai rien à foutre aujourd'hui.

- C'est ce qu'il m'a semblé !

Elle me jette un coup d'œil tout en négociant un tournant pour savoir si je me moque ou pas. Comme c'est une bonne pomme, elle décide que non.

On arrive en bas de la descente et presque du même élan, je prends mon skate sous mon bras et saute sur la mobylette de Marie-Laure qui me quille en chantant pour faire venir la pluie.

Quelques feux rouges et le kiosque de papa est en vue. Mon bon père se fera un plaisir de se rincer l'œil sur le décolleté toujours généreux de ma meilleure copine. Et comme d'hab, je ferais celle qui n'a rien vu.

Ce kiosque respire mon enfance. Pour beaucoup, j'y ai appris à lire et à rendre la monnaie. Ce qui est déjà pas mal pour une fille qui ne fera pas Science Po. J'y ai aussi observé la diversité humaine, ce qui du coup m'a rapproché des papillons.

Mon père s'est endormi derrière la petite vitre qui le protège du froid et des courants d'airs. À ses côtés, un petit fascicule « Aprender francês em 10 minutos por dia ». Ils auraient dû ajouter pour être honnête « pendant vingt ans ».

- Tu reprends tes bases ?

Il sursaute comme s'il y avait un hold-up dans sa boutique. Vu l'état de la caisse, de ce côté-là, il peut être tranquille. Le voleur repartirait en lui donnant un billet.

- Ha, heu, non, c'est une cliente qui l'a oublié.

- Portugaise ?

- Non, brésilienne... heu... je crois.

Comme tous les hommes, mon père ne sait pas mentir. Les femmes ont plusieurs siècles d'avance.

- Je suis venue avec Marie-Laure.

Pourquoi Marie-Laure fait juste à ce moment-là son lacet aux pieds de mon père ? Ça m'agace mais je ne dis rien.

- Tu as sorti Grand-mère ?

- D'abord c'est pas ma grand-mère.

- Tu joues sur les mots.

- Tu pourrais le faire toi. Vu ce que tu as comme client, personne ne s'apercevrait de ton absence.

Juste pour me faire mentir, une mamy se pointe pour acheter son canard. Ça doit être une habituée car il la tutoie. En France, on ne tutoie plus les gens après trente ans. Des fois qu'il n'y aurait pas assez de barrières.

Elle nous regarde avec des yeux genres hibou :

- C'est tes filles ? Elles se ressemblent.

Je ne sais pas si c'est un compliment mais en tout cas c'est sympa.

Mon père ne dément pas. Je crois qu'il aurait bien aimé Marie-Laure pour deuxième fille. Pour la border probablement. Les hommes ont une attirance pour les femmes proportionnellement inverse à leur âge. Rassurez-vous, les femmes aussi.

Je me tourne vers Marie-Laure :

- C'est pas toi qui cherche un quinqua bedonnant ?

Marie-Laure est un peu déstabilisée par ma sortie mais reprend vite son équilibre :

- Oui mais avec un kiosque sur la Côte d'Azur.

On rigole un coup puis je tends la paume de ma main. Mon père qui connaît ce langage universel se crispe comme tous les pères fauchés :

- Encore ? Je t'ai donné ton argent de poche la semaine dernière !

Je jette un œil peu glorieux vers Marie-Laure qui semble plongée dans l'article d'une revue féminine où le vide se dispute au néant.

- Oui mais là c'est pour l'anniversaire de Grand-mère.

- C'est toi qui offre et c'est moi qui paie.

- On peut faire le contraire si tu veux.

- Tout de suite les grande menaces.

Il râle mais crache au bassinet. Mon père en général résiste 3 secondes. 5 les grands jours. Celui qui a dit que les femmes sont plus fortes que les hommes n'était pas un imbécile.

Tandis que Marie-Laure se tape un max de magazines et que mon père fait ses mots croisés en attendant le chaland, je regarde cette place qui m'a vu grandir par intermittence et mon père vieillir en continu. Il y a un petit arbre, maigrichon, mais arbre quand même. Un banc pour faire place publique. Et le kiosque de mon père qui tient encore debout malgré les assauts de la modernité. Dans quelques années tout sera effacé, comme si cela n'avait jamais existé. Je ne savais pas que quelques années, parfois, c'est un an.

Voilà, on a passé notre petit moment ensemble. Je fais la bise à mon père en me mettant sur la pointe des pieds. Ce n'est pas nécessaire mais cela lui fait plaisir. Marie-Laure refait une dernière fois son lacet et on est reparties en mob. Au feu rouge, je demande à Marie-Laure :

- Tu viens avec moi acheter un cadeau pour Grand-mère ?

- Pourquoi pas. J'ai rien à foutre aujourd'hui.

Les répétitions n'ont jamais gêné Marie-Laure. Pour elle, tout doit être un éternel recommencement.

Moi je réfléchis à ce que vais acheter pour l'anni de Grand-mère. À part du chocolat, du chocolat ou du chocolat, je ne vois pas.

Marie-Laure s'inquiète car aller tout droit c'est bien mais ça a ses limites :

- On va où ?
- A la Maison du Chocolat !

Ça tombe bien, c'est tout droit.

Retour case maison. Je passe sous l'eau le dentier de Grand-mère et brosse rigoureusement avec une brosse à dents. Marie-Laure me regarde d'un air dégouté.

- C'est qu'il y a du chocolat avec des noisettes ! Faut assurer les arrières !

Marie-Laure ne répond pas. Elle est en état de choc cérébral. Je mets le dentier dans un verre d'eau et y jette une capsule effervescente des fois qu'il y aurait des microbes qui s'accrochent. Pendant que le cachet fait son effet, le verre à la main, je discute de choses et autres comme à l'apéro. Je pousse le vice jusqu'à m'assoir sur l'accoudoir du vieux fauteuil en cuir où s'est affalée Marie-Laure. Comme c'est une bonne copine, elle est solidaire et ne dit rien, mais de dieu qu'elle souffre ! Je fais miroiter le verre à la lumière du soleil, comme on le fait avec un whisky ambré. Le dentier a doublé de volume dans l'eau et vient se cogner contre la paroi tel un requin contre la vitre de l'aquarium. Marie-Laure se tient le ventre comme si elle était prise de nausée. Mais ça doit être une impression.

- Tu crois que c'est bon ?

- Heu... tu veux dire s'il est propre ?

J'ignore sa remarque :

- Il paraît que c'est très bon pour la santé. Beaucoup de calcium. Tu veux en boire un peu ?

Marie-Laure ouvre de gros yeux et file comme une fusée gerber dans les chiottes. Je passe devant les toilettes et lui crie :

- Petite nature !

Et de rajouter en m'éloignant :

- Et n'oublie pas de tirer la chasse d'eau !

Pendant que je rajuste le dentier de Grand-mère, j'entends de la fenêtre la mob de Marie-Laure qui démarre en trombe en lançant son cri de révolte :

- T'es qu'une conasse !

Je ne m'inquiète pas. Elle sera de retour dans cinq minutes et s'assiéra à mes côtés comme si de rien n'était. C'est ça l'amitié version Marie-Laure.

Grand-mère regarde le cadeau sur les genoux comme si c'était un objet non identifié.

- Joyeux anniversaire !

Comme elle ne réagit pas je lui crie :

- C'EST TON ANNIVERSAIRE !

Elle est à l'ouest aujourd'hui décidément. Elle est plus en forme dans un stand de tir. D'ailleurs, je ne sais pas comment elle a fait mais dans la confusion du départ elle a gardé son fusil et une boite de munitions. J'ai dû batailler une heure pour la mettre au lit sans son fusil. Maintenant quand je pars, pour la consoler, je lui laisse le fusil à ses côtés. Et ses cartouches. Pas conne la vieille.

D'après mes calculs, elle a 90 ans. Mais je suis sympa, j'allège la facture :

- Tu as 80 ans aujourd'hui !

- Ha ! On dirait pas.

Je me retourne, Marie-Laure est déjà de nouveau installée dans le fauteuil. Elle n'a aucune notion du temps. La première fois qu'elle a vu ma grand-mère, elle a cru que c'était ma mère. Elle saute facilement une génération. Quand elle est devenue majeure, j'ai dû lui expliquer ce que c'est que le détournement de mineur. J'y suis arrivé mais à peu près. On a frôlé la cata avec un petit malin qui disait qu'il avait 14 ans et qui faisait 16 mais en avait en réalité 12.

Le sourire de Grand-mère revient quand je lui déballe son cadeau : une boite de chocolat grand luxe. J'aime bien son sourire. Le dentiste dans un souci de réalisme lui a fait deux ou trois dents en moins. Ça évite le smiley américain. Un dentiste pas con ça existe. Je l'ai rencontré.

Marie-Laure et moi, on lui pique quelques chocolats mais pas trop, Grand-mère a gardé son fusil à portée de main. Je ne sais pas si elle est heureuse d'avoir 90 ans, en tout cas elle est ravie des 90 chocolats. C'est le nombre exact de chocolats que j'ai demandé.

J'attire discrètement Marie-Laure dans la cuisine. J'ai été un peu vache avec Marie-Laure tout à l'heure. Pour me racheter, je lui fais voir mon nouveau papillon. On peut dire que c'est une privilégiée. D'un doigt timide, elle caresse le ciel bleu :

- Ho ! C'est beau !

- Bas les pattes ! C'est pour les garçons.

- Des fois j'aurais bien aimé être un garçon.

Ça lui a échappé. On laisse glisser. On s'éternise pas. On s'aime bien, voilà tout.

J'enfile mes patins à roulettes, Marie-Laure monte sur sa mob et on embarque Grand-mère pour un petit tour en ville. Elle n'a pas voulu se séparer de la boite de chocolats et elle picore tandis qu'on roule toutes les trois dans les rues de Marseille. On passe pas trop loin du kiosque. Mon père nous fait un grand signe de la main. Parfois la vie c'est beau. Faut juste choper le bon moment, c'est tout.

Retour case maison. J'ai rangé Grand-mère juste devant sa fenêtre, elle aime bien voir le bout de campagne, les voitures qui passent. La fenêtre, c'est sa télé à elle. La vie se passe derrière la vitre, jusqu'au jour où elle se brisera net. Je prends mon sac de sport et j'attends devant la maison Marie-Laure qui a promis de revenir me chercher.

Une vielle caisse passe et s'arrête à ma hauteur. Le type passe sa tête par la portière et me fixe avec des yeux cupides. Il a une grosse tête si parfaitement ronde qu'on se demande si dieu n'a pas voulu rivaliser avec De Vinci. Il sue, ce qui ne favorise pas particulièrement les contacts humains :

- Comment va mamy ?

Qu'un croquemort vous demande comment va votre aïeul, ça vous donne des frissons dans le dos.

- Elle est en super forme. Elle vient de terminer son marathon.

Il ricane et laisse le gros jambon qui lui tient de bras pendre nonchalamment par-dessus la portière. Il mate la maison qu'il rêve d'acheter. Pas pour y prendre sa retraite mais pour la faire sauter à coups de bulldozer. Son regard passe sur toute la surface de la maison y compris la fenêtre où Grand-mère est postée.

- Je me demande comment vous faites pour vivre dans cette merde.

- Sortez de la voiture et je vais vous expliquer.

Il rit de bon cœur. Il sait que je suis championne de lutte et il ne se risquerait pas à sortir de son bunker.

C'est une ordure mais je lui trouve une pointe d'humanité. Faut chercher mais on y arrive. Cela doit être sa rapacité. Il ne la cache pas, il joue franco.

- Vous me faites voir votre diam ?

- C'est bien pour vous faire plaisir !

Il ouvre grand sa gueule, de son index tire sur le coin de la bouche pour découvrir une molaire qui brille de tous ses feux.

Une dent en diamant. C'est comme ça qu'il avait fêté son « premier million de dollars ».

Il plisse des yeux et me regarde avec une intensité qui lui donne l'air intelligent :

- Vous savez, votre maison, même si c'est dans dix ans, vingt ans, elle passera à la trappe.

Il a pas tort, on sait déjà très bien que la mer envahira la terre et que rien ne changera le scénario catastrophe. Il faudrait changer la nature humaine, chose qu'on ne peut faire que tous les dix milles ans.

- Vous me rappelez votre nom ?

Il est surpris par ma sortie :

- Monsieur Taudis, pourquoi ?

- Peut-être bien que vous aussi vous n'échapperez pas à votre destin.

Il fait la grimace et visiblement n'apprécie pas mon humour :

- C'est mal parti, parce que je vais bientôt fêter mon deuxième million de dollars.

J'avais remarqué ça aussi. Les riches deviennent plus riches et les pauvres plus pauvres. Et je ne dis rien sur les cons.

- Peut-être que vous pourriez en profiter pour vous acheter une Clio toute neuve ?

Les yeux de Monsieur Taudis s'agrandissent démesurément comme s'il avait la mort en face. Cela doit être à peu près ça car, quand je me retourne, je vois le canon du fusil de Grand-mère pointé sur lui. Les vitres de la voiture explosent une à une avec une régularité d'horloge. Grand-mère recharge aussi vite qu'elle engloutit du chocolat.

Monsieur Taudis ne se le fait pas dire deux fois et démarre en trombe. J'ai juste le temps de crier :

- À mon avis c'est un avertissement ! Elle est cap de tirer entre les deux yeux !

Je ne croyais pas si bien dire.

Marie-Laure se pointe à l'horizon. Elle a seulement une demi-heure de retard. Jo va nous faire la fête avec cent pompes d'entrée. Chemin faisant, je me mare toute seule quand je revois la tête ahurie de Taudis. Mais je suis quand même étonnée que Grand-mère ait capté que l'on veuille raser sa maison de près pour construire un « programme immobilier ». On pensait que c'était un secret bien gardé.

Jo est en forme. Cela se voit à l'œil nu. Il a troqué son jogging gris douteux contre son maillot une pièce de lutteur. Quand on le voit, on se demande comment un tissu peut être extensible à ce point. On se demande aussi comment il fait les grands soirs pour s'allonger sur sa femme qui fait penser à Édith Piaf. Ça défie les lois de la physique.

En hors d'œuvre, il nous fait allonger les unes à côtés des autres à cinquante centimètres de distance. C'est sa marotte, même s'il présente cela comme un exercice abdominal. D'un pas délicat, il marche sur nos ventres, en prenant soin de s'arrêter quelques secondes, qui sont pour nous plus longues que l'éternité. On se concentre fort pour pas faire jaillir nos boyaux par la bouche ou pire, pour pas péter sous la formidable pression.

Jo ricane comme une grosse baleine :

- Je connais un tas de mecs qui aimeraient être à ma place !

Moi je pense à Marie-Laure qui semble si fragile. Mais se faire passer par-dessus par un mec ne l'effraie pas. À ma grande surprise elle en ressort toujours indemne. Ça doit être l'habitude. Je me rappelle qu'au début elle me piquait toujours mes copains. Ce qui occasionnait des disputes bien salées. J'ai fini par en prendre mon parti et les lui présenter en premier pour passer en second. Parfait pour la paix des ménages.

Exercices pratiques avec sa seigneurie. Ce n'est pas la peine de compter renverser Jo, alors pour nous faciliter la tâche il tombe tout seul comme une fleur, si je puis me permettre la comparaison. Le but c'est d'essayer le lui glisser une clé et lui donner la honte de sa vie. Faut pas croire que ce sont les plus costauds d'entre nous qui y arrivent. Ce sont souvent les fluettes, celles qui se glissent entre ses grosses patounes et lui enserrent le cou avec des jambes menues mais en acier. Sa tête en forme de pastèque devient alors tellement rouge qu'on se demande si elle ne va pas imploser. Ça ferait du dégât jusque sur les fenêtres, pourtant à 20 mètres du sol.

- Qui peut le plus peut le moins !

Qu'il dit toujours d'un ton professoral. Il n'a pas tort, car après avoir combattu un tel monstre, n'importe quel adversaire nous parait léger comme une plume. Un entrainement parfait avant le championnat.

Jo nous regarde avec affection et nous on le regarde éberluées. Difficile de faire autrement quand on voit cette masse de muscles en tutu. Il y a aussi son paquet en bas du bide qui fait balle de golf dans une chaussette. Nos regards glissent naturellement vers cet endroit mystérieux. On est quand même des filles. Pas qu'on est des obsédées, mais on suppute qu'il a mis un chiffon en boule ou deux balles de ping pong pour faire son petit effet. Mais personne n'est allé vérifier.

On est toutes un peu ses gamines à Jo. Il nous a recrutées une par une, adoptées et façonnées pour faire des championnes. Même si à la base on n'en avait rien à foutre de sa lutte à la con. Il décelait chez nous un besoin de vengeance, un besoin de mordre, un besoin de leur faire voir à tous qu'on n'est pas de la merde. Il recrutait essentiellement chez les mauvaises élèves et comme c'était lui qui photocopiait les bulletins trimestriels, il savait à qui il avait à faire. Plus on était nulle, plus on montait dans son estime. C'est dire si Marie-Laure et moi on était dans le top ten. Un jour, il me faisait la tête et se montrait désagréable. Je mis deux semaines à comprendre que c'était parce que j'avais eu exceptionnellement de bonnes notes. Mais heureusement, tout rentra rapidement dans l'ordre. Je retombais dans le bas du classement et remontais d'autant dans l'estime de Jo.

Ça fait partit de la perversité de l'entraineur. Faire lutter deux copines pour obliger à sortir de l'agressivité là où il n'y en a pas. Le problème avec Marie-Laure c'est qu'il y en a vraiment pas. On dirait une chiffe molle ou une capote usagée. Jo a raison, elle aurait dû faire du piano. C'est ce que je lui dis en la plaquant au sol un peu sévère. J'en rajoute même :

- T'es nulle à chier.

J'entends Jo ricaner derrière moi. Il n'en perd pas une. En tant qu'arbitre, il est à la première loge et doit se régaler de nos culs renversés dans tous les sens. Mais on lui pardonne : dieu pardonne, pourquoi pas nous.

Pour la sortir de ses gonds, je me permets ce que je fais seulement à mes amants : je lui bave dessus. Elle ne tire pas langoureusement la langue pour attraper mon filet qui lui tombe sur la figure, mais secoue tout le corps pour s'extirper de mon emprise et me fait un retourné ma foi pas si mal. S'en suit un beau combat qui m'oblige à puiser dans mes réserves techniques. J'avoue que dans le feu de l'action, je lui ai un peu mordu les fesses. Jo n'a rien vu, il ne voit jamais rien dans ces cas-là. Bon public, les filles applaudissent. Marie-Laure a perdu le combat mais j'ai vu dans l'œil de Jo qu'il a été intéressé par sa performance.

En faisant notre petit détour du soir pour rester un peu plus longtemps ensemble, Marie-Laure se plaint gentiment :

- Tu as été vache quand même de me baver dessus.

- C'est un privilège. Tu devrais apprécier. Tu m'as pas dit que des fois tu voulais être un garçon ?

Elle se tait. Peut-être qu'elle se dit que j'ai de drôles de mœurs. Peut-être qu'elle ne pense rien du tout. Ce qui est probablement le cas.

On se quitte. Demain est un autre jour. Comme tous les jours. Jusqu'au dernier. Chez les papillons, il n'est jamais loin.

Au menu du soir : un garçon. Il n'est pas très pressé pour grimper aux rideaux, mais c'est pas grave. Mieux vaut avoir de la compagnie dans son lit que pas du tout. On est en mode papotage, sans trop de rancune me concernant, car, éreintée par l'entrainement de ce soir, je suis bonne pour regarder le plafond. C'est d'ailleurs peut-être cela qui a un peu dépité mon blondinet, il s'attendait à plus d'improvisations et d'éclats de la part d'une championne de lutte. Je n'allais pas lui expliquer que j'avais jeté mes dernières forces sur ma meilleure copine et que je m'étais fait marcher dessus par un entraineur obèse.

Mon amant compte mes papillons, ce qui est toujours une occupation. Bien sûr, il y a certains endroits de mon corps où il compte plus lentement. A 123 mes paupières se ferment. Sentant venir le danger, il me léchouille une aile de papillon qui se niche à un endroit sensible de mon corps. Je me mets sur le ventre de tout mon long pour qu'il me prenne comme ça, je ferme déjà les yeux de flemme et de plaisir. Je tortillone légèrement mon cul pour lui signaler qu'il est temps de s'y mettre. Mais il y a maldonne, il se penche dessus et continue à compter ! Merde, je suis tombé sur un matheux. Les hommes ne sont plus ce qu'ils étaient. Ils sont trop polis et honnêtes. C'est ce que dit ma mère quand elle est bourrée. Je prends mon mal en patience et me dit qu'il finira bien par arriver à 253. Et bien non, il cale à 252 et s'allonge à côté de moi pour se taper la discute :

- Tu as déjà été amoureuse ?

Je fais la nana qui a la voix ensommeillée. Ça excite les mecs paraît-il.

- Des dizaines de fois.

- Ça veut dire jamais.

Qui a dit que les blondinets étaient stupides ?

- Et toi ?

Il ne répond pas. Il doit avoir son jardin secret.

- Tu fais quoi dans la vie ?

En général, je ne pose jamais cette question avant de coucher. Pour pas avoir de préjugé social. Et puis on a toujours peur que le type avec qui on veut passer la nuit te dit qu'il balaie les crottes de chiens ou égorge les bœufs dans les abattoirs. On a beau dire, ça jette toujours un froid.

- Comptable.

Oh putain ! Voilà que je me fais les comptables. Si Jo savait ça, il me tuerait d'une main.

Comme je suis un peu vache, je lui dis :

- C'est génial !

- J'aime bien faire parler les chiffres.

Ça doit être un sadique. Ma mère m'avait pourtant prévenue de ne pas parler avec des inconnus dans le bus.

Et brusquement, il se confie comme à confesse. Qu'il est plus à l'aise avec les chiffres qu'avec les gens. Qu'on peut tricher avec les chiffres mais que les chiffres ne trompent pas. On peut toujours trouver les bons chiffres pour trouver la vérité. Il dit que les chiffres ne blessent pas comme les mots. Ils ne sont pas méchants. Ils sont ce qu'ils sont. Et puis ils nous font rêver. On peut rêver gagner une somme incroyable au loto. Je pense à M. Taudis. Il serait tout à fait d'accord. Un peu barjot le comptable mais pas con.

- Pourquoi tous ces papillons ?

Il caresse d'une main légère mes coléoptères comme s'il ne voulait pas les blesser.

- Ils ont disparu de la circulation. Leurs ailes trop minces ne supportent pas les quelques degrés Fareinight de plus que nous leur imposons. Alors je leurs rends hommage. Je leur ai fait un memorium avec mon corps. Ils mourront pour de vrai avec moi.

- Tu pourrais mettre aussi les phoques, les éléphants, les cerfs... ça ne va pas tarder pour eux.

Je vois qu'il dit prédit l'avenir. J'ai oublié que les comptables savent faire les bilans.

Le soleil se lève derrière les rideaux. J'aime bien ce moment en suspension, juste avant le fracas des humains. Ça veut dire aussi que mes parents ne vont pas tarder à se lever. Les esclaves se lèvent tôt.

- Tu n'as plus qu'une heure à profiter de moi.

- On se revoit demain ?

- Je couche jamais deux fois avec le même garçon.

Je sais, ça fait un peu salope de dire ça.

Je le sens un peu attristé par cette nouvelle. Je caresse du bout des doigts ses cheveux blonds :

- Je suis un papillon. Je ne me pose qu'une fois. Dans l'univers des étoiles, la vie d'un humain c'est un jour. C'est trop court pour repasser au même endroit.

C'est beau ce que je dis, et c'est vrai.

- Il me manque encore un papillon à trouver. Le 253.

Il sourit. Si tous les hommes mettaient en avant leur tendresse, le monde serait un poil meilleur.

- J'ai oublié que tu savais compter.

Je me remets sur le dos et lentement j'écarte mes cuisses pour dévoiler le papillon qui s'est niché tout près de mon sexe. Comme s'il faisait nulle part ailleurs meilleur que là.

Il caresse doucement mon papillon puis dérive doucement vers mon endroit ultra secret et ultra-sensible.

Avant de sombrer dans le plaisir je lui demande :

- Au fait tu t'appelles comment ?

*

La première chose que je fais le matin c'est d'allumer mon écran. Sur l'écran d'accueil s'affiche le papillon qui a officiellement disparu des écrans radar de la terre. Alerte effectuée par le Program Research Word Papillons Disparates. Nom barbare pour une noble cause : avertir l'humanité que cette espèce fragile se fait cramer les ailes comme Icare, par notre seule faute. Une manière de dire qu'après eux, ce sera peut-être bien notre tour. Cette fois tout va bien. C'est le même papillon qui se calfeutre au creux de mes reins. J'observe tout de même qu'Alex a fait du bon boulot. À sa manière, il perpétue l'espèce. Il devrait faire la même chose dans une grotte genre Lascaux. Qu'il y ajoute toutes les espèces qui disparaissent jour après jour. Qu'il nous y mette aussi. Pour qu'on sache dans des milliers d'années qu'une terre promise a vécu et a succombé de sa propre main.

J'ai commencé à 14 ans, à l'âge où on découvre l'amour et la fragilité de la vie. J'ai vite compris qu'il y avait beaucoup de sexe dans l'amour et peu d'amour dans le sexe. Mais je ne me suis jamais faite à l'irrémédiable disparition des chefs d'œuvres de la nature. Et les papillons m'ont paru les plus inoffensifs, ceux qui n'avait jamais rien demandé que de vivre, pour certains, le seul jour de leur vie. J'ai voulu leur rendre hommage, comme on grave une pensée ou un petit dessin sur une tombe d'un être cher. Je suis allée voir la star des tatoueurs avec mes économies et une photo d'un papillon violet à tâche jaune qui ne volera plus jamais entre ciel et terre. Alex m'a rembarré de suite :

- Retourne chez ta mère ou j'appelle la police !

Je ne suis pas retournée chez ma mère et il n'a pas appelé la police. J'ai beaucoup pleuré car je n'avais pas l'habitude des aiguilles qui se plantent dans votre peau comme un mini marteau-piqueur. Alex a eu la délicatesse de ne pas voir mes larmes. Pour me distraire de ma douleur, il me raconta sa vie tout en dessinant le plus beau papillon du monde. Bambin, il rêvait d'être matelot sur les grands voiliers ou les énormes paquebots qui embarquaient les touristes en Égypte, à Venise ou à New-York. On lui avait dit qu'il ne fallait pas être bon élève pour faire ça alors il s'était efforcé de rester juste en dessous de la moyenne. Il n'avait pas à forcer remarque, fallait juste laisser aller sa nature. Pendant ces années d'attente, il dessina des centaines de bateaux au fond de la classe et rêva d'escales à Tahiti. Puis vint le grand jour où il embarqua pour Shanghai sur un porte-conteneur où personne ne parlait la même langue. Il était un peu loin de ses rêves de voiliers mais prit son mal en patience. Il demanda avec des gestes quand c'était la prochaine escale, on leva trois doigts. 3 jours ? Non. 3 semaines ? Non. 3 mois ! Il eut la vague impression d'entendre la sentence d'un juge. Le bateau avait à peine quitté le port qu'il s'aperçut qu'il avait le mal de mer ! Je ne pus m'empêcher de rire à travers mes larmes. Il passa son temps à vomir et à se tordre sur sa couchette sous les yeux perplexes de ses collègues. On finit par avoir pitié de lui et un bateau qui croisait en sens inverse le récupéra pour le décharger dans sa bonne vieille ville de Marseille dont il ne quitta plus jamais les quais, même par voie terrestre.

- C'est comme cela que t'es devenu tatoueur ?
- J'ai réalisé que j'ai dessiné toute ma vie. Alors je suis allé voir un vieux tatoueur qui m'a appris le job puis laissé sa boutique quand son heure est venue de quitter le port.

J'ai mis plusieurs années à réaliser de quel port il s'agissait.

Je regarde ce premier papillon sur mon épaule qui avait inauguré la longue liste et me dit que les suivants, il faudra bien les caser sur mes nichons, que ça plaise ou non à Alex. Et qu'après il faudra bien que je meurs comme un papillon, avant que l'envie de voler sur terre ne me quitte.

Je bois mon nescafé pendant que ma mère fait les courses de la semaine. Elle soupire, fronce les sourcils, réfléchit sévère. Parfois elle lève la tête de son ordinateur portable posé sur la table de la cuisine comme un plan de bataille :

- Yaourt aux fruits ?

Je ne réponds pas et elle appuie sur une touche avec son index. Elle doit cocher 'panier'.

- Pommes dauphines ?

Je ne réponds toujours pas et elle doit cocher 'Panier'.

Elle sort sa CB et pianote les 16 numéros, ce qui lui fait inévitablement 48 numéros à se taper car elle se trompe en moyenne 3 fois. Ensuite elle regarde sa montre :

- Le livreur va arriver d'ici une heure.

C'est dit sur un ton plaintif, comme si elle allait se trimballer les dix sacs de bouffes carrefour et les dix kilomètres pour arriver jusqu'à son frigo.

Je ne dis rien car c'est tout de même la seule qui a une CB valide. Ma mère travaille dans les bureaux. Ne me demandez pas quoi car je ne n'ai jamais bien saisi. D'ailleurs je crois que ma mère non plus. Quant à mon père il ne s'est jamais posé la question.

- J'ai mes RTT.

Je ne sais pourquoi, elle dit toujours cela du même ton qu'elle aurait dit « j'ai mes règles ».

- Je vais en profiter pour aller voir mon kiné.

Il y a dix ans qu'elle va chez le kiné et ça fait dix ans qu'elle a mal au dos. Il n'y a que mon père pour ne pas voir que ses jours-là elle met ses talons hauts. Je l'avertis cash :

- Tu ferais bien de ne pas me piquer mes petites culottes.

- Tu sais bien que je flotte dedans.

Ça, cela fait partie des petites vacheries entre mère et fille.

Je repense à Maximilien. Finalement on n'a rien fait, il s'est endormi dans mes bras après m'avoir donné du plaisir d'une manière désintéressée. Pour autant c'était bien sympa. Étrangement, il me reste dans la tête. Je me vois rêver d'une vie de famille. Ça me frôle comme une aile de papillon. Mais ça s'envole aussi vite.

- Perso j'ai un 'entretien d'embauche '.

Ma mère est plutôt surprise de ma progression fulgurante dans la société :

- Ah bon ? Bravo chérie. Et c'est pour faire quoi ?

Je crois que je tiens de ma mère car je ne m'en rappelle absolument pas.

- Un truc dans la finance.
- Caissière de supermarché ?

Cela doit être ça car j'ai pensé à Grand-mère pour les chocolats.

- Si j'ai un conseil arrive toujours un peu en retard.
- Ah bon ? On m'a dit qu'il fallait attendre de se taper le directeur pour prendre ses aises.

C'est une info Marie-Laure. Ma mère ne s'en offusque pas.

- Pffff ! Si c'était vrai tout le monde arriverait en retard.

Je ne suis pas sûre que mon père apprécierait. D'ailleurs, je vais de ce pas le voir dans la salle de bain qu'il prend toujours soin d'occuper avant nous. Il sifflote en se rasant. Il a l'air heureux de sa petite vie de famille. Pourvu que ça dure.

- Je passerai peut-être te faire un petit coucou dans la journée.

La lame de son rasoir s'est arrêté un quart de seconde puis a repris son chemin :

- Vers quelle heure ?

- Je sais pas. De toute façon ton boulot est statique que je sache.
- Tu veux dire que je bouge pas mon cul pour gagner des sous.
- Si c'est toi qui le dis.
- Les clients viennent à moi pour vider leurs poches, j'ai de la chance.
- Les banquiers aussi, mais ils prennent que les billets.
- Chacun son métier ma chérie. Moi je reste honnête.

Il disserte là-dessus :

- Un papa pauvre mais honnête ou un papa riche mais malhonnête, qu'est-ce que tu préfères ?

Je ne réponds pas pour ne pas le vexer.

Je jette un œil sur la crème hydratante 'rosée du matin' que j'ai achetée à la pharmacie. Elle en a pris un sacré coup. Mon père pense être le seul à être dans le secret qu'il se rase avec. Parfois c'est carrément à l'anti rides. C'est pas con car ça lui fait une espèce de masque. Il est quand même étrange de voir un homme se tartiner de la crème à raser jusque dessous les yeux.

- Tu as rendez-vous pour un job ?
- Comment tu sais Sherlock ?
- Je me demande pourquoi d'autre tu serais debout à cette heure ?

C'est vrai que je suis pas lève tôt. Pas vraiment papillon de ce côté là.

- Je te connais comme si je t'avais faite.

C'est la meilleure blague de mon père. C'est pas un comique, mais c'est un bon papa.

Je m'approche de lui et me colle dans son dos en l'enserrant dans mes bras. Parfois on voudrait que le temps se mette sur pause.

- J'ai pas eu mon argent de poche.

La lame de rasoir s'arrête un quart de seconde. Décidément, elle s'arrête beaucoup ce matin. Mon père est un émotif :

- Cela peut attendre demain?

- Demain on bascule dans l'autre mois.

- Je vois que tu lis les journaux. Au moins la date.

C'est vrai que je ne lis pas. Je suis en avance sur mon âge. Les adultes, les vrais, finissent par lire que leurs factures. Si j'ai bien compris la vie mode d'emploi.

- Bon, quand tu passes tout à l'heure. Si j'ai une bonne recette.

Mon père me fait un clin d'œil. Je ne compte pas sur sa recette mais sur sa générosité.

Je dessine un petit cœur sur sa joue enduite de crème à raser rosée du matin et fait un petit bisou dedans.

Mon père est aux anges mais comme tous les papas fait semblant de rien.

- Allez file te préparer, tu vas être en retard à ton rendez-vous. Il ne faut jamais être en retard à un entretien d'emploi.

Mon père et ma mère ne sont jamais sur la même longueur

d'ondes. Heureusement que très tôt j'ai décidé de m'éduquer toute seule.

Je passe devant leur chambre. Ma mère est courbée en deux pour mettre ses chaussures à talon. Elle a une jolie jupe assortie à sa culotte bleue qui est à bibi. Elle a pas l'air de flotter dedans. Au contraire, c'est elle qui me l'élargit ma culotte. Je prends mon mal en patience. Il faut être patient avec ses parents. Parce qu'on en a pour vingt ans et plus. Je claque la porte et file à mon rendez-vous.

Le type qui est en face de moi a l'air sûr de lui. De sa quarantaine, de son compte en banque, de sa femme. Un jour tout s'écroulera. C'est comme ça la vie. C'est un château de cartes. Pour l'instant ça a l'air d'aller pour sa pomme. Ça baigne, comme on dit.

Cela fait trente secondes qui me paraissent une éternité qu'il a la tête penchée sur mon CV. Peut-être qu'il comptabilise les fautes d'orthographe ou les mensonges, ça prend du temps. J'en profite pour ajuster sur mon nez les grosses vielles lunettes que m'a passées Marie-Laure. Il n'y a que le cadre mais qui peut s'en apercevoir ? « En tout cas tu fais plus mature comme ça » m'a dit Marie-Laure qui ne l'est absolument pas.

Il finit par lever la tête que l'on pourrait qualifier chez les animaux de rat.

- Vous faites de la danse classique ?

Je savais que ça ne passerait pas son truc à monsieur Pole

Emploi.

- Heu...de la danse classique sur de la musique moderne !

Ses pupilles s'écarquillent légèrement comme sous un choc invisible, puis il repique du nez sur mon CV. Ça va être ma fête. Il paraît qu'aux USA ils s'en tapent du CV. Ils ont tout compris. Pas la peine de forcer les gens à embellir leur existence sur une feuille A4.

- Vous avez un plan de carrière ?

Je ne l'ai pas vu venir celle-là. C'est comme si on s'attend à un crochet du gauche et il vient de la droite.

- Ha zut ! J'en ai pas du tout !

Il paraît scié, mais j'essaie de rattraper le coup. Je fouille dans mon sac qui est un vrai foutoir ambulant.

- ... Par contre je dois avoir mon plan de métro si vous voulez.

Il paraît éberlué comme s'il voyait le pape débarquer dans son bureau pour lui laver les pieds.

- ... j'avoue que je ne savais même pas qu'il y avait des carrières à Marseille !

- Vous plaisantez ?

Je considère à ce moment de mon existence que j'ai une chance sur deux.

- Non... heu... oui !

Je sens son corps se détendre. Moi aussi du coup.

Il se cale dans son fauteuil de directeur général adjoint. C'est du moins ce qui est écrit sur la porte. Ce serait un adepte du droit de cuissage que ça ne m'étonnerait pas.

- Quel est votre principal défaut ?

Serait-ce le jour le plus long pour moi ? Je réfléchis longuement.

- Je passe.

Il se cabre légèrement.

- Votre principale qualité ?

Comme je n'aime pas me la péter, je réponds sans hésiter.

- Aucune.

Là il se met à rire franco. Ça me rassure. Un homme qui rit n'est jamais méchant. C'est ma mère qui dit ça. Qui devait tenir cette pépite de l'esprit de sa grand-mère et ainsi de suite. C'est vrai qu'on n'a jamais vu Hitler rire un bon coup.

- Vous êtes pour la parité ?

Ce terme abscond me dit quelque chose. J'ai sa définition sur le bout de la langue.

- Pour la maternité plutôt.

Petit silence. J'ai dû passer à côté. Pour me donner contenance je me frotte l'œil. Geste banal si je n'avais passé mon index à travers le cadre de lunettes. Je m'en rends compte mais c'est trop tard. Pendant une seconde il se demande s'il est dans un monde de ouf, puis en prend son partit. Il passe. Lui aussi.

- Vous arrivez à l'heure ?

- Pas toujours à l'heure mais pas vraiment en retard.

Maintenant il rigole à chaque fois que j'ouvre la bouche. Pas facile de savoir si c'est bon signe ou pas.

- Fautes d'orthographe ?

Je botte en touche :

- Comme vous et moi.

Ça ne doit pas être brillant de son côté car il insiste pas.

Il regarde sa montre. Il a d'autres chats à fouetter. C'est normal, c'est un directeur adjoint.

- Sincèrement, vous êtes faite pour le job ?

Zut, je n'ai pas pensé à lui demander c'était quoi son boulot de merde au juste.

- ...Caissière ?

Il a un gros instant de doute. IL consulte sa fiche.

- Froid.

- .... Hôtesse d'accueil ?

- Tiède.

- .... Hot line ?

- Bingo.

Je me demande bien pourquoi il me demande si je suis bonne en orthographe.

Je m'imagine huit heures par jour avec un gros casque sur les oreilles à faire la polie et la gentille.

- Sincèrement je crois que non. On n'est jamais fait pour les jobs qui sont pas des boulots. On doit s'adapter, mais là je crois que c'est au-dessus de mes capacités.

Il a un grand instant de solitude. Peut-être qu'il pense à sa pomme derrière son bureau avec toutes ses fiches dont en vrai il n'a rien à foutre.

Il soupire comme mon père devant une montagne de factures :

- Oui on s'adapte ….

Il regarde de nouveau sa montre Tati :

- Je ne vous embauche pas mais je vous invite au resto du coin, le chef fait de très bons hamburgers maison. Cela vous va ?

- Banco. Mais je couche pas.

Il rit. Il a une dent en moins sur le côté droit. Ça lui va enlève son côté directeur général adjoint. Ce qui est un bon point.

Le hamburger maison est délicieux. Le directeur adjoint est sympa. Et je suis rudement soulagé de pas être embauchée. Je recule l'échéance de passer à l'âge adulte. Car une fois qu'on a mis le pied dedans, c'est terminé.

Je promène Grand-mère, ou plutôt on glisse car j'ai mis mes rollers et on roule toutes les deux vers le bonheur, ou un truc qui lui ressemble. Cela lui fait du bien de prendre de l'air et moi ça me fait digérer mon big hamburger. C'est une pierre deux coups. Même trois car elle s'est endormie et fait sa sieste. Elle doit avoir le sommeil léger car elle fait sonner sa cloche : on est passées devant un stand de crêpes. Je fais demi-tour pour lui acheter sa crêpe au Nutella. Sinon je suis bonne pour qu'elle sonne la cloche pendant cinq bonnes minutes. C'est que c'est aussi son instrument de protestation. Je pourrai éviter de passer devant le stand, mais le problème c'est que c'est un vendeur ambulant et je ne sais jamais où il est. Je me fais toujours avoir. J'y suis de ma poche.

Je me suis calée sur un banc au soleil pendant que grand-mère se badigeonne la margoulette de chocolat. Je sirote une bière, faut pas trop me forcer pour trouver la vie belle. J'ai pas besoin d'un patrimoine immobilier pour ça. Je sens le regard lourd de grand-mère, je fais semblant de rien, puis craque. Comme d'hab.

- Tu sais que c'est pas bon pour toi.

Elle sait surtout qu'elle s'en fout. Elle boit au goulot la canette que je lui tends et penche avec précaution. Elle fait un rot et on se marre toute les deux. Je suis Papillon. Nous sommes tous des papillons. Pourquoi faut-il que tout s'arrête un jour ? C'est ce que je pense toujours quand un moment de bonheur fulgurant me cisaille le ventre.

Il y a un type qui vient poser son cul à côté de moi. Je finis de vider la canette dans la bouche de grand-mère et je me retourne. Je suis doublement surprise : parce que c'est Maximilien et que je suis heureuse de le retrouver. Les prolongations, même si on n'a pas vraiment joué la partie, c'est pas mon genre.

- C'est ta grand-mère ?
- Tu as le sens de l'observation.
- Plutôt de la déduction.

Je regarde Grand-mère et me dis que les liens de l'amour sont plus forts que ceux du sang.

- Ce n'est pas ma grand-mère.

Il est un peu interloqué l'as du calcul mental, mais moi aussi de l'avoir dit.

- En fait mes parents l'ont acheté avec les meubles.
- Et ça coute cher une grand-mère avec des meubles ?
- Je suis sérieuse c'est vrai.

Grand-mère nous regarde avec attention comme si elle écoutait et comprenait tout ce que je dis. Elle est très forte pour imiter ça. Des fois je suis gênée quand je dis des cochonneries au téléphone. Je m'éloigne en me disant ' on sait jamais ' ...

- Mes parents à leur mariage avaient un petit pactole. Mon père avait acheté son kiosque et ils cherchaient leur petite maison. L'agent les a amenés dans une baraque hors de leur portée financièrement, mais il avait son idée derrière la tête. Une fois assuré qu'ils avaient flashé, il leur a mis le deal sur la table : un prix qui rentrait dans leurs cordes, mais ils s'engageaient à tout garder, meubles, chat et la vieille dame qui était assise sagement sur sa chaise roulante. À cette époque elle pouvait se déplacer toute seule et même faire sa popote. Il s'est passé quelque chose dans le regard entre la vielle dame et mes parents. Ils l'ont adoptée de suite. Il y a bien un notaire qui passe tous les ans voir si tout va bien, mais c'est plus pour prendre le café qu'autre chose.

- Elle ne parle pas ?
- Elle est atteinte d'aphasie. C'est souvent après un grave

traumatisme. Lequel ? On ne sait rien d'elle. À part qu'elle manie le fusil comme un as ! Et qu'elle adore le chocolat. Hein Mamy ?

Mamy se marre un coup et moi avec. Ça doit être l'effet de la bière.

- Depuis petite j'ai cherché dans le bric à brac de la maison des indices, des vieilles lettres ou des photos. Rien. Comme si elle avait voulu effacer toutes traces. Il y a juste cela que j'ai découvert par hasard dans son médaillon.

Je prends dans ma main le médaillon qui orne son cou et d'un geste sec je l'ouvre. Un petit déclic mystérieux comme un coffre-fort. Dedans il y a un mini bout de papier que je déploie avec d'infinis précautions. On dirait un papillon tout froissé. Un chiffre mystérieux écrit à l'encre bleue.

Maximilien se penche dessus comme Sherlock avec sa loupe.

- Tu permets ?

Il sort son portable et fais une photo du papelard. Je ne vois pas ce qu'il pourrait faire avec mais laisse faire. C'est de bonne intention. Et puis je me fais la réflexion que les chiffres c'est son domaine.

- Au fait, elle s'appelle comment ta grand-mère ?
- Mme Geneviève de Courteson.
- Sans rire ?
- Sans rire.

Sûr que c'est un genre de nom qu'on se coltine toute sa vie.

Même après sa mort.

Je lui écris le nom de Grand-mère sur un bout de papier, que je plie en tout petit comme un secret.

Grand-mère s'est endormie. Il fait bon au soleil. Maximilien me vole un baiser puis se lève. Je le regarde s'éloigner, frêle silhouette dans ce monde de sauvages. L'idée de venir me poser une fois encore sur lui me revient comme un refrain entêtant. Après tout il s'est endormi, ça compte pour du beurre.

Je fais un petit tour aux puces avec Grand-mère. Je farfouille dans des cartons pour chercher des objets hétéroclites des années après-guerre afin de réveiller les neurones de Grand-mère. Quelquefois il y a une petite lueur d'amusement dans son regard, j'ai alors l'impression d'avoir gagné ma journée.

- Hé Papillon ! Comment va la Grand-mère ?

Ceux qui me fréquentent m'appellent Papillon. Surtout les hommes. J'ai l'impression que c'est par ce qu'ils voudraient voir où ils sont nichés.

C'est José, il a un accent marseillais à couper au couteau. Cela fait plaisir à entendre, mais j'imagine qu'à la longue sa femme préfère l'accent parisien.

Il me fait la bise parce que c'est toujours ça de pris.

- Tiens j'ai quelque chose pour toi.

José penche son corps massif sur un carton, et se relève avec précaution comme quelqu'un qui sait ce que veut dire un lumbago. Dans sa main un téléphone comme j'en ai vu dans des films en noir et blanc. Ce n'est pas que je suis fan du catalogue de la cinémathèque, mais parfois il y a rien d'autre à la télé.

Il le met directement sur les genoux de Mamy qui regarde l'objet avec autant de circonspection qu'un esquimau examine un maillot de bain

- Hé Mamy, tu te rappelles plus comment tu appelais ton amoureux ?

Je pose doucement les mains de Grand-mère sur le téléphone, espérant une vague réaction, mais rien. Elle a mis les amours, les séparations, les morts et les innovations technologiques aux oubliettes avec un mouchoir par-dessus.

Je prends le téléphone qui fait bien son kilo mais m'aperçois que je ne sais pas m'en servir. José me l'arrache littéralement des mains :

- C'est quand même pas la préhistoire ce truc-là !

Mon ignorance l'a vexé et rejeté cinquante ans en arrière, ça fait toujours mal à l'atterrissage.

Avec ses gros doigts moulés en merguez il fait tourner le barillet avec application.

- Tu dois mettre une plombe à faire tes dix chiffres.
- A l'époque il y en avait six et on n'était pas pressé.
- Tu parles dedans ?
- Non, là c'est le haut-parleur, le micro c'est ça.

Je ne vois aucune différence entre les deux. Mais je fais comme si ça allait de soi.

- Bon tu veux combien ?

Il me regarde d'un œil rond, le commerçant se réveille en lui :

- Propose.

Je lui fais une proposition en tenant compte des possibilités de mon portefeuille et de ma sympathie envers lui

- Tu veux ma mort ?

Chez lui ça veut dire oui.

- Et à crédit stp.

Il met sa main à la gorge comme s'il allait avoir une crise cardiaque et va chercher son cahier d'école où il inscrit le montant, puis me fait signer. Vu le nombre de noms, je ne suis pas seule à avoir une ardoise. Mais il doit faire pareil chez le boucher. Et le boucher chez le coiffeur. Ici à Marseille tout se tient.

Quand on s'en va, il est sur le pas de la porte. Il nous regarde s'éloigner, je sens son regard protecteur. Nous sommes tous de la même famille. Celle des gens un peu à côté de la plaque.

Je place Grand-mère devant sa fenêtre. J'écarte bien les rideaux pour qu'elle puisse mater à l'aise. Je lui mets à portée de main de quoi grignoter, et un peu plus loin, pour la faire bouger, des petites confiseries. Elle fait celle qui n'a rien vu, mais je sais qu'elle a tout enregistré. Quand je rentrerai, elle sera toujours à la fenêtre, mais l'assiette de petits gâteaux sera vide. J'hésite à lui mettre son fusil à côté d'elle, vu comme elle a reçu M. Taudis, j'ai peur qu'elle fasse un carnage sur le facteur. Alors je lui mets le vieux téléphone. Ça lui rappellera peut-être un monde englouti.

J'oscille entre rollers et skate-board. Pour me décider je lance ma pièce de monnaie porte bonheur. Face. C'est skate-board. De toute façon Pile cela aurait été aussi skate. A Marseille, on s'arrange toujours avec la réalité.

Mon père me voit venir d'un œil rigolard :

- Ha ! Voilà une visite intéressée !

Petite visite express à papa parfois chiant mais toujours adoré. Il a l'air de bonne humeur. C'est que la recette doit être correcte. C'est bon pour ma pomme. Je pourrai demander des sous à ma mère, mais ma mère me dit toujours « Demande à ton père » alors je demande à mon père. Il faut toujours écouter ses parents.

Mon père n'est pas seul. Il a sorti la petite table pliante et les chaises qui vont avec. C'est l'heure de l'apéro. On sait quand ça commence, on ne sait pas quand ça finit.

Il y a la cliente qui prenait Marie-Laure pour ma sœur. D'ailleurs elle a de la suite dans les idées.

- Tiens, voilà une des deux sœurs.

Elle se présente : Madame Gilberte. Ce n'est pas un prénom qui fait tourner les têtes. Mais son corps non plus, ça tombe bien.

Il y a là aussi, accroché à son pastis comme à son guidon, monsieur Tour-de-France, qui a fini le tour en bon dernier mais qui l'a fait quand même. À Marseille on respecte les pauvres, les cancres, les menteurs et les derniers de peloton. Ce qui explique que nous avons fourni à ce beau pays beaucoup de nos ministres.

Visiblement le coefficient intellectuel n'est pas le critère de mon père concernant ses amis. Ce n'est pas un paradoxe, il privilégie le cœur à l'intelligence, l'intelligence à l'argent. Vu son porte-monnaie, c'est un principe qu'il semble s'appliquer à lui-même.

Monsieur Tour-de-France a le petit sourire en coin. Il a le regard genre rayon X pour voir sous le tee-shirt. Chez moi il y a de quoi voir, au moins cinquante papillons.

- Comment va la mémé ?

Ici on a le sens de la famille dans le sens des aiguilles d'une montre. Du plus vieux au plus jeune.

- Ça va monsieur Tour-de-France, elle vous attend pour son 4 heures.

Il glousse. Tour-de-France est connu pour son goût immodéré du pastis et de la jeunesse. On ne lui connaît pas de troisième passion.

Tout ce beau monde a l'air bien installé devant son verre et ses cacahuètes. Je me demande comment je vais pouvoir attirer mon père de côté pour mon argent de poche. Lui fait l'innocent. Il aime bien m'avoir à ses côtés et joue les prolongations. Il pousse sur la table le journal du coin plié en deux.

- Tiens regarde, ton père est devenu célèbre.

Je déplie le canard et vois en première page la photo de papa posant devant son kiosque, avec un gros titre large comme ma main : « Le dernier kiosquier de Marseille tient bon ».

Tour-de-France hoche le menton. Cela lui rappelle des souvenirs. Il n'avait jamais trop compris si dans l'article on se foutait de sa gueule ou pas, en tout cas il avait eu sa photo.

Madame Gilberte y va de son petit commentaire :

- Il va pouvoir se présenter aux élections.

Nul ne saurait dire si elle est sérieuse ou pas. Chez nous c'est un scénario possible.

- Bravo papa, ils ont raison, il faut tenir bon.

On se regarde. On sait que ce n'est pas gagné. Il est dans le rouge et vit sous perfusion de la CB de ma mère qui n'est pas à retrait illimité. Son rêve d'enfant est en train de s'effriter sous ses doigts.

On se tourne tous vers le kiosque. Il semble avoir sa personnalité à part. Fragile, précaire, en sursis. Un monde qui s'en va pour se faire remplacer par un autre.

Madame Gilberte, malgré les apparences et son double menton, a des propos guerriers.

- On les aura !

On les aura, qui ? Le progrès ? L'argent ? Le profit ? Internet ? La mairie ?

Après la minute de silence, les potins reprennent leurs cours, chacun y va de son propos sur qui a fait quoi, qui couche avec qui et qui est dans la merde jusqu'au cou. Je prends mon mal en patience car je sais qu'on ne peut rien faire contre ce sport régional. Et puis Mme Gilberte en a beaucoup dans son cabas.

Tour-de-France, qui a l'œil, me désigne du menton à mon père :

- Je crois que ta fille s'impatiente.

Je lui en sais gré. Je lui ferai bien voir un de mes coléoptères mais je connais les hommes. Vous leur faites voir un papillon et ils veulent tous les voir.

Mon père se lève à moitié et sort de sa poche une chaussette remplie de monnaie. Un coup d'œil à ses pieds me confirme qu'il en a sacrifié une.

- Tiens, tu donneras ça à ta mère.

C'est notre code entre nous quand il y a du monde. Ce n'est un secret pour personne. Mais l'honneur est sauf.

Je lui fais un bisou bien appuyé pour le remercier d'avoir mis quelques grammes de plus que d'habitude dans la chaussette.

- Et nous, on est des chiens ?

C'est la formule habituelle de Tour-de-France. Tout le monde se marre et je me penche pour lui faire un bisou sur son crâne dégarni. Il en profite pour jeter un œil dans mon tee-shirt et mater mes tétons. Comme d'hab je fais celle qui n'a rien vu. Mon père aussi. Avec ses amis il est bon prince.

Dans la lancée, je bisoute Mme Gilberte. Elle fait la blasée mais je la devine bien contente de faire partie de la fratrie.

- Et dis mon bonjour à ta sœur !

Je glisse sur mon skate et au tournant de la rue je stop pour me retourner : la petite place avec le kiosque au centre, le petit arbre où viennent pisser les toutous du quartier, la table où devisent tranquillement mon père et ses amis, comme s'ils avaient l'éternité devant eux. J'ai l'impression de voir une vieille photo jaunie, comme il y en a tant dans les cartons de José.

*

Marie-Laure et moi, on se fait une descente. Le jeu consiste à descendre le Prado en rollers à toute vitesse et de rafler au passage un coca à une terrasse de café. Comme on est un peu vicieuse, on s'attaque généralement au même café. Cela décuple les risques mais le butin est d'autant apprécié. On top là et hop c'est parti ! On prend de la vitesse, et proportionnellement le danger s'accroit de se chopper soit une mémé soit une poussette. Le timing est très serré. Marie-Laure doit repérer sa table, moi la mienne, et faut faire hyper gaffe aux serveuses qui débouchent à tout bout de champs du café. J'ai choisi un quinqua à béret qui tapote avec un doigt sur son smartphone, il entend le swiffft des rollers, se retourne, trop tard je lui ai piqué son coca light. À l'arrière, j'entends des cris, une table qui se renverse, des bris de verres, ce qui arrive souvent car le client pris de surprise se lève d'un bond et renverse tout par devers lui tandis que le patron sort du resto avec sa toque et pousse des cris de coq égorgé. On rigole un bon coup quelques rues plus loin, on se tope la main et puis on s'en va prendre notre boisson bien méritée sur la corniche qui domine toute la ville. C'est notre tradition. On observe en contrebas l'agitation qui ne nous concerne pas encore, mais dont on devine les tentacules qui vont bientôt nous happer. On arrive à la fin d'un cycle, on est trop bonne copine pour ne pas le savoir. Marie-Laure lâche la première salve :

- Je prends des cours de dactylo.

Ces mots raisonnent comme une prémonition.

- Comment tu fais pour les fautes d'orthographe ?

Je connais son niveau. Il est proche du niveau de la mer. D'où mon scepticisme.

- Je prendrai un patron étranger.

J'ai oublié que Marie-Laure a réponse à tout. Je complète tout de même :

- Et qui a du fric.

Elle ne me répond pas mais me fixe d'un œil rond qui en dit long sur sa pensée :

- Je finis la saison de lutte et je raccroche.

Marie-Laure passe souvent du coq à l'âne, mais là je vois le lien.

- Tu veux te mettre au piano ?

Elle rit à ma plaisanterie. Mais on distingue une pointe de nostalgie.

Pour passer à autre chose, je mets une pièce de 20 centimes dans la lunette de vue qui plonge son nez dans la ville. J'aime bien. Pendant deux minutes top chrono je suis papillon. Je vole au-dessus des rues, des voitures, des gens qui ne s'aperçoivent pas de ma présence. J'en profite pour faire un petit tour du côté du kiosque. Mon père n'est pas là. Je survole un peu plus loin, et finit par le repérer. Il est avec une femme. Une brune. Une genre brésilienne, qui apprend le français dans un petit livre. On dirait que Marie-Laure n'est pas la seule à changer de vie.

Je n'ai pas envie de faire la voyeuse et tourne le dos au panorama.

Marie-Laure est étonnée que je laisse tourner à vide la lunette de vue qui continue son ronron en solo

- Tu ne vas pas jusqu'au bout ?

Et comme cette phrase a d'autres résonances pour elle, elle précise sa pensée :

- Je veux dire des 2 minutes.

- J'ai vu mon père avec une femme.

- Ha la salope !

C'est le cri du cœur. J'ai toujours soupçonné que Marie-Laure avait un faible pour mon père.

Elle prend conscience que sa spontanéité la trahit. Elle rattrape :

- Tu me diras que lui aussi est pas en dehors du coup.

Elle rattrape encore :

- Enfin si je puis me permettre le mot.

Je pense à ma mère avec son kiné. On prend toujours ses parents pour des saints. On oublie qu'ils ont couchés pour nous faire.

Marie-Laure me chope par les épaules :

- Allez viens, c'est l'heure du repas du club. On va arriver en retard.

C'est pas tout à fait l'heure du repas du club et on n'est pas en retard. Mais Marie-Laure sait prendre en main les choses quand il le faut.

Tous les premiers mercredis du mois il y a resto avec le club. En bon entraineur, Jo sait bien que les compétitions ça se gagne sur des performances individuelles mais surtout avec une équipe soudée. Chacune à son tour choisit sa cantine, en général cela tourne autour de quatre ou cinq adresses de quartier. Entre la pizza, le chinois, le couscous, peu de place pour la gastronomie française. Il y longtemps qu'elle a capitulé sous les coups de boutoir des fastfoods ou des plats du jour.

Jo, les sourcils froncés, regarde son menu avec la même concentration qu'il lisait l'autorisation de sortie au collège. L'air de rien une fille lit à haute voix comme pour elle-même « lasagnes du chef, pastas aux lardons ...» Jusqu'à ce que Jo, l'oreille bien tendue, referme d'un coup sec son menu et le fait passer : « Pour moi lasagnes du chef doubles portions !» Pour ce qui est de la facture, Jo s'en sort très bien tout seul. Jamais de chèque, vive la CB. Jo sait très bien lire les chiffres. On se le rappelle toutes.

Une fois ce moment délicat passé, un délicieux brouhaha monte crescendo, alimenté par la chaleur du vin et du flot de plaisanteries que chacun a réservé pour ce moment de détente partagé. Tout ce beau monde semble inoffensif, loin des effets de muscles du tapis de lutte. Seul le serveur semble ne l'avoir pas oublié, il nous sert avec précaution, surtout quand il s'approche de la masse musculaire de Jo qui semble comme un ours affamé auquel on approche sa gamelle.

Celle qui a le plus de stock de blagues salaces c'est bibi. Mais aujourd'hui j'ai le bourdon, alors je laisse la place à ma seconde en la matière, Carré Gervais. De son vrai prénom Myriam. Une appellation douce et fragile, qui rappelle à ses parents, tous les jours de leur vie, qu'ils se sont plantés grave. Petite, dense, taillé d'une masse au burin, elle bénéficie au combat d'un centre de gravité très près du sol. Ses adversaires, généralement beaucoup plus grandes, pensent la soulever et la jeter plus loin comme un kleenex, quand elles s'aperçoivent qu'elle n'a pas bougé d'un millimètre et qu'une terrible douleur en bas du dos leur signale qu'elle vienne de se taper un lumbago d'enfer. Cette capacité à avoir plus de poids qu'on en a, Carré Gervais l'a plus encore travaillé chez des maitres japonais en art martiaux, ce qui fait qu'on a l'impression de vouloir déraciner un arbre. Mais avec sa bouche Carré Gervais est une fille légère, peut-être aussi avec son corps quand elle se met en jupe. Personne ne l'a vue en tenue de séduction et ne peut le certifier.

Tout le monde se marre aux salves de Carré Gervais, même les tables voisines qui ne font pas la sourde oreille. Jo a un œil égrillard. Parce qu'il comprend parfaitement le français et ses nuances quand il s'agit de blagues cochonnes mais aussi, les bruits courent, parce qu'il est le seul à avoir eu la technique pour soulever Carré Gervais et la mettre dans son lit. Il sait de quoi elle parle.

Parfois, une chanson digne du répertoire des légionnaires fuse d'un bout de table et envahit toute l'assemblée. Chewing-gum se lève un verre à la main et chante haut et fort. Chewing-gum, malgré ses airs de sainte nitouche a un grand répertoire à l'image de ses 1,90m. Ces airs de pas y toucher ne sont qu'une apparence car concernant ses amants elle a une liste longue comme son bras. Enfin, c'est ce qu'il se dit dans les vestiaires, quand elle n'est pas là.

Chewing-gum a des membres tentaculaires qui s'enroulent autour de l'adversaire comme un serpent et on ne sait plus si ce sont ses bras ou ses jambes qui enserrent le cou. Ses yeux ont une pointe jaune et vous fixent comme pour vous hypnotiser. Faut dire qu'elle est d'origine indienne, ça aide. Ceux qui aiment les sensations fortes payeraient cher pour passer dans son pieu. Et cela ne s'arrête pas à la clientèle masculine. Enfin, c'est aussi ce qu'il se dit dans les vestiaires, quand elle n'est pas là.

Chewing-gum boit son verre d'une traite et Jo n'est pas le dernier à la suivre. Une fois qu'il a roté comme un malpropre, il me regarde droit dans les yeux :

- Qu'est ce qui se passe Papillon ? On t'a pas entendu ce soir.

T'es amoureuse ? Attention ! J'avertis tout le monde !

Interdit de tomber en amour avec un rigolo avant la finale !

Cette aberration est dite avec tant d'autorité que personne ne songerait à se révolter. C'est dans cette seconde de silence que Marie-Laure choisit de lâcher le morceau.

- T'inquiète. C'est seulement son père qui fait cocu sa mère.

Jo, qui en bon coach, sait qu'il ne faut rien prendre à la légère, demande des explications :

- Elle en dit quoi la mère ?

Marie-Laure balance mais aussi répond :

- Elle le sait pas.

- Bon alors je vois pas où est le problème.

Carré Gervais hoche la tête avec conviction. Mais je ne suis pas sûre que la femme de Jo soit de cet avis. Je regarde Marie-Laure avec un air de colère mais renonce aussitôt. Elle balance avec un tel naturel qu'on ne peut pas lui en vouloir. Elle a décidément des points communs avec ma mère. Concernant mes liens consanguins, je vais finir par me demander si Mme Gilberte n'a pas raison.

Jo revient à la charge :

- Il a quel âge ton papa ?

Je suis sympa avec mon père, je lui allège la facture de cinq bonnes années :

- 45 ans.

Jo me regarde un peu surpris mais ne dit rien. Il a la mémoire des chiffres et se rappelle sans doute que je lui ai dit la même chose il y a cinq ans.

- Bon alors je vois pas le problème.

Je me demande à partir de quel âge Jo pense qu'il y a un problème.

S'en suit un débat général sur les vertus de l'adultère. De pas vu pas pris à ni vu ni connu. On s'arrange avec la morale et les bons sentiments. Je ne suis pas sûre que cette bouillabaisse soit une spécialité de la région.

Chewing-gum me fixe de ses yeux jaunes qui lisent l'avenir dans vos pensées :

- Peut-être que ta mère est au courant.

Saut-de-Puce met son grain de sel :

- Tu rigoles ? À cet âge-là on est pantouflard, pas partouzard.

Tout le monde se marre et visiblement les tables d'à-côté aussi. Je prie pour qu'il n'y ait pas une connaissance de mon père. Ou pire de ma mère.

Saut-de-Puce fait moins d'un mètre cinquante. Sa particularité est qu'on ne sait jamais où elle est. On pense qu'elle est à droite, et elle est gauche. On veut la saisir à gauche et hop elle est à droite. Le truc, c'est de foncer au milieu. Mais ça, il faut le savoir. Dans sa vie privée, elle est un peu pareille la puce. Dans une soirée, elle ne se gêne pas pour avoir un petit copain et le lendemain on reçoit un faire-part de mariage. Elle était largement au-dessous du minimum cérébral au collège, et l'autre jour, on ramasse par terre la photocopie de son bac. Mais ça, on ne l'a pas dit à Jo.

Jo fait sonner sa cuillère contre un verre. Signal qu'il a une chose importante à dire. Il sort son petit calepin et énonce du ton monocorde d'un porte-parole du gouvernement la liste des nominées pour la finale. Inutile de dire qu'il connaît la liste par cœur. Et nous aussi car c'est toujours la même.

- En premier Carré Gervais, pour décourager les troupes dès le départ.

C'est pas une première. Un grand classique connu de tous les clubs de lutte de France et Navarre.

- Ensuite Saut-de-Puce pour dérouter en passant de la tonne de barbaque au poids plume.

On jette un œil sur Carré Gervais, pas certain qu'elle apprécie la plaisanterie. Mais elle ne fait rien voir sur sa face impassible. Au cas où, on reste solidaire, aucune d'entre nous ne lâche un sourire, ne serait ce que de courtoisie. Jo se racle la gorge et continue sa récitation :

- Chewing-gum, pour passer de la vitesse de la lumière à l'extrême lenteur.

Jo regarde Chewing-gum, on ne sait pas ce qu'il lui passe par la tête, mais on préfère pas savoir.

- Papillon, pour mettre K.O d'un bon coup de tête et ramener la coupe à la maison.

On se regarde toutes, le compte n'est pas bon, il en manque une.

Jo se fait-il vieux avant l'heure ou fait-il enfin son âge ?

Carré Gervais n'y va pas par le dos de la cuillère :

- Te manque une case, pépère !

Aucune d'entre nous ne saurait affirmer si elle fait allusion au cerveau de Jo ou à son planning.

- Piano-à-queue nous a quittés.

Après une seconde de silence sidéral, il précise sa pensée qui nous fait pousser un ouf silencieux de soulagement

- Elle attend un bébé et a envoyé son faire part.

Comme son surnom de l'indique pas, elle ne joue pas du piano. Dans la vie ordinaire, elle déménage les pianos à queue. Une spécialité qui inspire respect dans le civil mais aussi sur le tapis.

On regarde toutes la chaise vide. Piano-à-queue est passée sur l'autre versant de la vie. Du côté des adultes qui ont des soucis et ont autre chose à faire. On va tous lui envoyer des SMS de félicitations. Mais pour l'instant, le cœur n'y est pas.

Jo nous dévisage en panoramique. À qui le tour la prochaine fois ? On regarde dans le flou ou au plafond, mais sans croiser son regard. On ne fait pas les fières. Ça fait deux fois que cela lui tombe sur le dos cette année. Son cheptel de championnes commence à ressembler à un gruyère.

- Marie-Laure va la remplacer.

Tous les yeux se tournent vers Marie-Laure. La seule à avoir conservé son prénom. La seule à n'avoir jamais quitté le banc des remplaçantes. Ceci explique peut-être cela.

Marie-Laure éclate en sanglots. On ne sait si c'est de joie ou d'angoisse. En tout cas c'est sûrement d'étonnement.

On va tous la consoler ou la féliciter, on ne sait plus. Tout cela finit par une tournée au champagne. Jo, en bon entraineur, sait marquer le coup. Et se faire plaisir.

Lorsque je sors du resto, je suis un peu pompette mais aussi un peu philosophe. L'air marin de la ville, le soleil flambant neuf et la sirène de bateau que j'entends au loin me donnent du recul sur les petits événements de ma vie. Je pense à mon père amarré à son kiosque comme à un radeau en perdition, je pense à ses 45 ans qui n'en sont plus depuis longtemps, je pense à ses rêves d'enfant ou d'adolescent qu'il a pas dû réaliser en nombre, alors je me dis que peut-être bien que Jo a raison, où est le problème ?

J'ai repris du poil de la bête. Cette après-midi c'est mission job. Advienne que pourra. Je fais une dizaine de pompes rapides pour m'échauffer puis me jette sur le téléphone : « Allo, heu bonjour madame, c'est pour le boulot, heu la proposition d'emploi que… » « C'est déjà pris mademoiselle ». Cette conne me coupe la parole et raccroche, comme si elle n'avait pas de temps à perdre avant de crever comme une chienne. Je ne me laisse pas envahir par le découragement qui pointe le bout de son nez et rebelote une autre série de pompes et un autre coup de fil pour briser le plafond de verre du premier emploi. Je suis en nage et regarde tous les ronds qui entourent les annonces que j'ai sélectionnées. J'ai l'impression d'avoir raté mes cibles. Je suis en culotte et Grand-mère regarde mes papillons avec de grands yeux d'enfant. Je m'assois près d'elle pour la laisser passer sa main sur mon dos. On dirait qu'elle lit du braille. Que déchiffre-t-elle ? Peut-être la beauté du monde perdu. Peut-être une liste sur un mémorial. Ou les reliefs d'une palette de couleurs qui perd ses taches multicolores. Le journal ouvert sur le sol semble lui-même un papillon avec ses grandes ailes roses. Inexplicablement ça me remotive et je reprends le téléphone en me disant « Encore une tentative et sinon tant pis, demain sera un autre jour. »

« Cherche serveuse. Avenue du Prado. Contacter le patron Othello ». L'annonce est sobre, et le nom du boss m'inspire, même si mes connaissances dans l'opéra s'arrêtent à Iglesias.

Une voix de crécelle répond. C'est bien monsieur Othello. En tout cas c'est pas lui qui remplira l'opéra Bastille. Encore des parents qui se sont plantés grave.

- C'est pour l'annonce.
- Quelle annonce ? La voiture ?
- Pour le job...pardon pour la candidature à l'offre d'emploi que vous proposez dans le Figaro et qui m'intéresse énormément.

J'ai dit ma phrase d'une traite et sans respirer, je suis contente. Faut dire que Marie-Laure m'a fait répéter cent fois.

Le grand chef soupire. Déçu que ce ne soit pas pour acheter sa vieille caisse. Sûr qu'il préfère gagner de l'argent qu'en perdre tous les mois que dieu fait.

- Vous avez de l'expérience ?

Je la joue cash :

- Je ne sais rien faire mais je suis de bonne volonté.

Il y a un silence, mais que je ne sens pas hostile.

- Vous êtes sportive ?

J'hésite entre la danse classique et la danse africaine.

- Je pratique la lutte.

- On ne cherche pas une videuse. Mais ça peut servir, pour faire revenir la mémoire à un client qui a oublié son code de carte bleue.

Il est pince-sans-rire le type. On n'est pourtant pas buveur de thé par ici.

- Vous êtes libre de suite ?

- A la vie à la mort.

J'ai lu ça quelque part et ça me paraît bien sonner.

- On ne fait pas de CDI ici. Que des CDD.

- Ce n'est pas un drame. J'ai connu pire.

Il rigole. Il paraît qu'un homme qui rit c'est à moitié gagné.

Je sens la main de Grand-mère qui fait du braille sur mon dos. Faut rester concentrée.

- Quelles sont vos prétentions ?

Aïe. Encore un terme inconnu au bataillon. Elle ne m'a pas mis au jus la Marie-Laure. Elle n'assure pas cette chieuse.

- Prétentieuse, moi ? Vous ne me connaissez pas. Je suis simple comme bonjour. Juste jean, tee-shirt et basquets.

Je ne lui dis pas que je suis en culotte et que j'héberge 253 papillons sur mon corps.

Le big boss laisse passer un ange ou deux. Il est gentil, il me fait une explication de texte.

- Ça vous dirait quand même une paie à la fin du mois ?

Quand on parle français je comprends le français. Suffisait de le dire.

- Votre salaire sera le mien.

Il me semble avoir entendu cette formule. Pas lui car il s'esclaffe directement dans mes oreilles. Ça fait un bruit de vaisselle qui se casse à vos pieds.

- Vous, on peut dire que vous voulez travailler.
- Pas vraiment mais on peut dire ça.

Il mitonne ma réponse. Après tout c'est son métier.

- On commence tôt. Faudra vous réveillez avant 7 heures tous les jours.
- J'ai l'habitude, je suis souvent matinale.

Je ne lui dis pas que c'est pour réveiller mon amant du jour pour qu'il saute par la fenêtre avant le réveil de papa maman. Et qu'ensuite je pionce comme une ouf en diagonale sur mon lit.

- Une demi-heure de pause par jour et 6 jours sur 7.
- Dites, vous voulez me dégouter ?

Il rit de bon cœur. C'est emballé.

- Allez, venez demain un peu avant les filles que je vous explique un peu le job. 6h30 ça vous va ?

Voilà ma grasse mat' qui saute. Faut s'y plier. Il paraît que c'est ça la vie d'adulte.

- Ok Patron ! Marché conclu ! À demain !

Et je raccroche avant qu'il se ravise. Je connais les mecs. Ils changent d'avis comme de chemise. Sauf pour la bagatelle. Ils sont têtus comme des mules. On n'apprend pas ça à l'école. C'est la vie qui vous l'apprend.

Je lève les deux bras et pousse un cri de victoire comme si j'avais remporté la coupe du monde. Pour moi, un job, cela équivaut à peu près à ça. Grand-mère me regarde avec son formidable sourire qui laisse voir le jour à travers. Ce n'est que du bonheur.

Je regarde l'adresse sur le journal. C'est un des cafés sur le Prado. J'espère que je n'ai pas tiré le mauvais numéro.

Ma mère a une 2CV et conduit pieds nus. Elle a repéré mon regard et mon léger agacement.

- Ton père est tombé amoureux de moi quand il m'a vu conduire ma deudeuche pieds nus.

- On peut pas dire que c'est un flash cérébral.

Ma mère rit. Elle est de bonne humeur. Comme la plus part du temps. Ce qui énerve des fois.

- Pas vraiment ! Mais de toute façon ça finit toujours pareil.

Elle a le regard dans le vague, ce qui est m'inquiète car elle est tout de même derrière un volant.

- C'est fou ce qu'on a fait comme chose dans cette voiture !
J'imagine que mon père ne s'est pas arrêté à la fascination des pieds de ma mère.

Je ferme les yeux, non parce que j'ai un coup de mou mais parce qu'un camion approche à la vitesse de la lumière droit devant nous. Ma mère a eu la bonne idée de doubler une Mercedes. La 2 CV tangue furieusement à droite, à gauche, gros coups de klaxons de part et d'autres, puis tout revient dans l'ordre. On ferme souvent les yeux quand on est dans la voiture de ma mère. Et on est toujours surpris d'être encore de ce monde.

Je cogite sur l'existence de mes parents. Ils ont eu une maison, une voiture, une fille et une grand-mère en rab. On ne peut pas dire qu'ils ont doublé la mise. La folie des grandeurs c'est pas pour eux. Cela a ses avantages. Que leur fille n'ait pas son bac importe peu dans leur équation de la réussite.

Comme une aile de papillon, un souvenir vient chatouiller ma mémoire. Je suis à l'arrière de la 2 CV, j'ai 10 ans, comme dans la chanson de Souchon. Ma mère conduit tandis que mon père met Radio Nostalgie : une voix charmeuse chante 'Le ciel, le soleil et la mer….' et mes parents l'accompagnent en se regardant parfois dans les yeux. Ma mère stoppe à un feu rouge car ça lui arrive aussi de s'arrêter à un feu rouge. Mes parents s'embrassent vite fait et mon père glisse un bras derrière les épaules de ma mère. Il se retourne vers moi et me fait un clin d'œil pour m'associer à leur bonheur. Je découvre que les souvenirs des jours heureux ça fait mal au ventre.

Je regarde ma mère avec ses cheveux blancs qui pointent ici et là. Que pense-t-elle de la vie ? De sa vie ? Pense-t-elle à la mort ? A la manière dont elle conduit, ce n'est pas certain.

- Maman ! Il y a la priorité à droite ! Ça existe !

- Oui, mais t'as vu comment il a freiné quand il m'a vue ?

La 2 CV fonce, tangue, dépasse. Ma mère est la preuve vivante que ça sert à rien d'avoir une Porsche. Il lui arrive de lever un doigt d'honneur. Non pas qu'elle jalouse les belles voitures, mais elle a repéré sur la plaque minéralogique un Parigot en 4 x4. Elle me rappelle qu'elle est Marseillaise. Et par voie d'hérédité moi aussi. Pas sûre que ce soit un cadeau.

Au programme : descente dans les grands magasins. Ma mère veut m'acheter une tenue correcte pour mon premier job. J'ai dit non, puis dit oui. C'est assez fréquent chez la gente féminine.

Pour se garer ma mère a deux points de repères : la voiture devant et la voiture derrière. Elle fait marche arrière et elle freine quand elle a entendu un gros boum. Idem pour la marche avant. Je fais la grimace quand il y a une belle Jaguar dans le tas. Et surtout quand le propriétaire est sur le trottoir. Mais là, les dieux sont avec nous. Une Clio et une Lada, et personne à l'horizon.

C'est dans les grands magasins que je sens qu'il y a une génération, voire deux, qui nous séparent ma mère et moi. Elle se ballade comme à la campagne, tandis que moi je vais droit au but. Mais là, comme je sors en dehors des sentiers battus que sont mes éternels tee-shirts, son avis ne m'est pas indiffèrent. Comme quoi, on a toujours besoin de papa maman. Même si ça fait mal au cœur de le reconnaître.

Je suis un peu perdue avec ces fringues à petites fleurs ou à dentelles. J'ai l'impression de jouer à la petite fille modèle. D'une main je colle une jupe contre ma hanche et de l'autre un chemisier sur mes nénés. Pas sûre que Gauguin apprécierait le mariage des couleurs

- Qu'est-ce que t'en penses ?
- Tu es à croquer ma chérie.
- Avec toi ça va toujours. Même un sac de pommes de terre tu me dirais que ça me va.

Ma mère approuve :

- Tout te va ma chérie.

Je mets pêle-mêle dans mon panier. Parce que je ne compte pas faire 36 allers retours à la cabine d'essayage.

Au premier étage je tombe sur un gros carton « Promotions », je jette un œil découragé d'avance, en fait toutes les merdes qu'ils n'ont pas vendues. Les commerçants, petits ou grands, ont l'art et la manière de vous prendre pour une conne.

On passe devant le rayon sous-vêtements. Ma mère s'arrête, je suis étonnée car je ne vais pas travailler dans un striptease.

- Qu'est-ce que t'en penses de cette culotte ?

Je pense qu'elle me la piquerait bien.

- Tiens ça me fait penser que j'arrive pas à retrouver ma culotte bleue.

Ma mère fait l'innocente car la culotte en question est juste sous sa jupe.

Comme elle ne sait pas mentir, elle s'arrange avec la réalité.

- Oh, elle doit pas être bien loin.

Est-ce que c'est ça la vie de famille : ça vous gonfle et en même temps on peut pas s'en passer ?

- J'espère que je vais pas la retrouver déformée.

On ne se fait pas de cadeau ma mère et moi. Mais c'est comme à l'escrime, tout est à fleuret moucheté.

Je me regarde nue dans la glace du vestiaire et me désole qu'on ne puisse pas vivre comme ça. On se cherche des complications ou on veut faire marcher l'industrie du textile. Je tourne sur moi-même comme une toupie et c'est comme si des centaines de papillons se mettaient à voler. Puis m'arrête : retour à la réalité. J'ai un coup de déprime. Je regarde dans le panier qui déborde de vêtements. Je n'ai pas le courage et remet mon jean et mon tee-shirt.

- Désolée, le shopping c'est pas mon truc.
- Ben, prends tout, tu choisiras à la maison.

Ma mère n'est pas regardante à la dépense. C'est parfois une qualité.

- Ok. Alors je prends aussi la culotte que tu as bien aimée.

On se marre toutes les deux. On s'est bien comprise à ce sujet.

Je suis ravie d'avoir mené à bien cette expédition. Mais c'est éprouvant de sortir avec ses parents. Il faut une patience infinie. Surtout quand ma mère sort sa carte bleue.

- Zut c'est quoi déjà le code ?

Plus que 2 tentatives avant que la carte soit bonne à jeter.

- Ton âge et le département où tu habites.

Je crois que sa banque lui a facilité les choses ou alors elle a la baraka.

Plus qu'une tentative.

Le caissier qui a écouté la conversation commence à regarder ma mère avec suspicion.

- Tu sais bien que quand je stresse je ne sais plus quel âge j'ai !

Je lui souffle dans l'oreille par égard pour son amour propre envers le caissier.

La carte passe, le petit ticket sort de la machine. Tout le monde soupire de soulagement. Moi y compris, sinon ma nouvelle tenue de travail me filait sous le nez.

Quand on rentre à la maison on tombe comme par hasard pile poil sur Taudis. Avec son costard et son casque de chantier, il a un air d'être un ministre en visite sur un chantier. Pour eux, c'est très amusant et ça donne faim.

Je le mets de suite à l'aise :

- Vous avez pas peur de vous faire tirer dessus, vous.

Il a pris soin de nous mettre entre la fenêtre de Grand-mère et lui, ce qui lui permet de faire le mariole :

- C'est les risques du métier. On a rien sans rien !

Il regarde ma mère d'un air intéressé car elle porte le sac Galeries Lafayette dans lequel surnage une culotte avec son étiquette indiquant son prix et ses mensurations. Après tout il est de sa génération. Ils ont des points communs comme Gabin ou les Chaussettes Noires. Ça donne un permis de draguer.

- Je vois que vous préparez vos armes de séduction.

Ma mère est honnête ou naïve, voire les deux :

- Ho ! C'est pour ma fille. Elle commence son nouveau travail.

Taudis a un deuxième point lumineux qui s'allume dans ses prunelles. Il se fait vieux, ce qui éveille en général un intérêt pour la jeunesse proportionnel au vieillissement.

Il a du mal à faire le lien entre la culotte et le job. Mais il fait comme si tout cela était du plus naturel :

- Oui, j'avais deviné.

Il se passe une seconde de silence où on entendrait à cent mètres Grand-mère armer son fusil à pompe si elle ne s'était endormie sur son fauteuil. Je devine à travers le rideau sa tête penchée sur son épaule. On a évité un carton.

Je précise, des fois qu'il croit que je fais le trottoir :

- Serveuse.

- Mes félicitations. Il n'y a pas de sots boulots.

- Je pourrais pas en dire autant pour vous.

Ma sortie a gêné ma mère.

- Mais voyons chérie, chacun fait comme il peut. M. Taudis n'a peut-être pas choisie sa voie. Peut-être même qu'il est un artiste qui s'ignore !

Tout le monde se gondole à cette aberration. Même ma mère.

Taudis est couvert de poussières. J'ai l'impression que ce sont les cendres des maisons centenaires qu'il a détruit une à une comme au bowling.

Taudis regarde droit dans les yeux ma mère :

- J'ai un très beau programme pour vous.

Ma mère cligne des cils malgré que le soleil soit derrière elle :

- Je vous crois sur parole, vous avez l'air d'être un homme qui sait où il va.

En fait l'antithèse de mon père. Je n'apprécie pas trop la mise en concurrence.

Taudis, qui est avant tout un tas de graisse mercantile, précise sa pensée :

- J'ai un programme immobilier en plein centre de Marseille. Je peux vous proposer un trois pièces flambant neuf contre votre bicoque pourrie.

Ma mother, qui n'est pas insensible aux invitations au resto, est un peu déçue. Comme je sens un peu de mou dans sa volonté d'envoyer paitre monsieur Taudis, j'emploie les grands moyens :

- Je vais aller réveiller Grand-mère.

Je n'ai pas fait deux mètres que Taudis se rappelle une urgence et file comme un voleur.

Je regarde notre maison. Pour la première fois, je me dis que peut-être elle ne résistera pas à la rapacité des hommes.

Me voilà assise sur le rebord de la fenêtre de Grand-mère. J'entends les grillons faire leur tapage diurne, une bande son dont je ne me lasse jamais. J'ai piqué une clope dans le sac de ma mère. J'avais envie de marquer le coup. D'appuyer sur pause quelques secondes. Je sens la vie m'embarquer sur ses flots, et j'ai bien envie d'aller à contre sens. Je ne comprends pas tous ces mouvements, toutes ces agitations. Je préfère rester dans la peau d'un cancre qui ne comprend rien aux équations et aux dissertations. Le monde selon Jo me plait plus que l'ambition de M. Taudis d'avoir une deuxième dent en diamant. Je ne suis pas la seule à lutter contre cette irrésistible force du futur qui devient présent, il y a mon père avec son kiosque, ma grand-mère avec sa maison, et toutes les filles du club qui un jour feront une croix sur l'entrainement pour endosser leur vie d'adulte responsable. Mais il n'y a rien à faire, même si on freine des deux pieds. Un jour, on n'entendra plus les grillons. Une aire d'autoroute leur sera passée dessus.

Je sens le regard de Grand-mère chauffer littéralement ma nuque :

 - Tu veux fumer, hein, Grand-mère ?

Je maintiens la cigarette entre ses lèvres pour qu'elle tire quelques taffes :

- Tu sais que c'est interdit pour toi ?

Elle me fait son sourire brinquebalant que je ne perfectionnerai pour rien au monde avec des dents toutes neuves.

Je la regarde et je me dis que maintenant elle est comme un papillon. Qu'elle vole ses dernières heures parmi nous. Y a-t-il des correspondances entre deux cerveaux ? Peut-on se parler sans bouger des lèvres ? Grand-mère d'une main tremblante prend ma main et la garde dans la sienne. Je suis émue jusqu'aux larmes.

Un papillon vient se poser sur mon épaule.

II

Le soleil se lève à l'horizon comme au premier jour. J'ai l'impression que pour moi aussi c'est la première fois. Une légère brise vient s'écraser contre mon corps : il faudra pousser un peu plus avec les jambes pour passer entre les dents de la mer. Je me sens comme un papillon qui sort de sa chrysalide pour s'élancer dans la vie. Je tourne le dos aux éléments qui ont fait mon quotidien. Maman, papa, Grand-mère, la maison, Marie-Laure, Jo, Alex, le collège, les filles du club, les amants de passage et même Tour-de-France. Je mets Maximilien en réserve. Comme une bouée qu'on garde autour du cou lorsqu'on se jette à l'eau.

Il me semble être au degré zéro de mon existence. Mais j'imagine que cela arrive plusieurs fois dans une vie. Parce qu'on vit plusieurs vies en une. On ne s'en aperçoit pas. On ne prend pas le temps de se poser et de se dire attention, j'attaque une autre vie. Les papillons de nuit se rendent-ils comptes qu'ils passent du matin à l'après-midi, de l'après-midi au crépuscule ? Du crépuscule au néant ?

Je suis nue face à l'océan. Inutile de dire que je me sens petite chose. J'ai sur mon dos un mini sac à dos en plastique où j'ai enroulé mon jean, mon tee-shirt et ma paire de baskets. Voilà toutes mes affaires. En toute simplicité. J'aurais aimé que cela soit comme cela tout le temps. Pour tout le monde. Comme à l'époque de la cueillette : une société de vagabonds et d'herbivores. Sans ces rêves de grattes ciel et d'usines. De bureaux et d'autoroutes. D'abattoirs et de Quick Burger. On a dérapé.

Je vais plonger, étendre mes ailes dans le ciel flamboyant. Pendant une seconde et demie je me rapproche du dieu soleil. Ou pour employer un mot qui n'a plus court aujourd'hui, de l'absolu. Seuls les papillons s'en souviennent encore.

Il y a des moments où la vie mérite de se vivre. Et descendre en rollers une colline qui surplombe la mer au lever du soleil, les cheveux encore trempés, avec un goût de sel dans la bouche, fait partie de ces moments-là. Les grillons m'accompagnent de leur chant antédiluvien, on se croirait au commencement de l'humanité. Un sentiment de bonheur intact, de joie immaculée m'accompagne dans cette grisante descente où je suis seule au monde.

Pourquoi faut-il toujours un cheveu dans la soupe ou une épine dans le pied pour vous rappeler à la réalité ? Pourquoi 5 minutes d'enchantement est-il un miracle hors de portée ? Le vrombissement d'un frelon à moteur se fait de plus en plus présent, brisant l'harmonie de la nature quand la présence humaine se fait plus discrète qu'une fourmilière.

Je me range sur le côté droit de la route pour laisser passer. Mais la Vespa 125 rouge reste à ma hauteur. Je sens mes muscles se tendre comme avant un combat de lutte.

  - Vous allez loin comme ça ?

L'accent est chantant. Dommage qu'il appartienne à un abruti.

- Je ne sais pas. En tout cas, je ne vais pas là où vous allez.

- Comment vous le savez ? Vous ne savez pas où je vais !

En voilà un encore qui a réponse à tout.

- Je vais chez mes parents.

Je précise pour le décourager encore un peu plus en insistant sur les premiers mots :

- J'habite chez mes parents.

- Je sais. Une belle maison sur les hauteurs.

J'en freinerai de stupéfaction si j'avais un frein sur mes rollers. Aurais-je à faire au violeur en série qui écume le quartier ? Une ancestrale peur de fillette resurgit en moi. Il doit le sentir depuis sa moto car il précise l'air de rien :

- Je t'ai croisé l'autre jour mais tu n'as pas fait attention à moi.

- Je suis sensé avoir eu un coup de foudre ?

- Au moins un regard intéressé.

En voilà un qui ne se prend pas pour de la merde.

- Désolée. Je suis fiancée en ce moment et j'ai la tête ailleurs.

- Ça m'étonnerait.

- J'ai pas la tête à être fiancée ?

- Et d'une. Et de deux une fiancée va pas faire un plongeon à l'aube en solitaire.

J'ai un gros doute.

- Tu m'as vu ?

- Et même admirée !

Je manque rentrer dans le décor. Cette descente n'en finira donc jamais ?

- Tu m'as vu à poil ?

- J'ai rien demandé ! C'est toi qui m'as offert le spectacle !

Je repense à toutes les génuflexions et les mouvements d'assouplissements que j'ai fait cul dos à la route. Il a dû transpirer le gars.

- Je poussais la moto sur la descente pour économiser l'essence quand je t'ai vu. Crois-tu que même un curé aurait klaxonné pour dire qu'il est là ?

J'avoue qu'il a de l'argument. C'est tant pis pour ma pomme. Mais de l'avoir émoustillé avec mes papillons n'est pas pour me déplaire. C'est bien connu, les filles c'est plein de contradictions.

- Si tu crois que je suis une fille facile tu te trompes. Tu peux mettre les gaz.

- Une fille facile ça n'existe pas. Tant qu'elle n'est pas dans ton lit.

- Je dis pareil pour les garçons.

Je ne sais pas si je dis ça pas ça par bravache ou pour l'allumer. On reste fille et un peu garce.

Je m'aperçois qu'on est passé au tutoiement. L'abruti a gagné une bataille et passé au stade de prétendant. Sans avoir quitté sa moto. Faut que je me méfie grave de chez grave.

Une montée se profile à l'horizon.

- Tu fais quoi quand ça grimpe ?

- Je marche du con.

Pourquoi j'ai accepté de me faire quiller sur sa moto ? Je me traite de conne. Ma mère m'a pourtant prévenue : « N'accepte jamais d'aller sur une moto avec un inconnu ». C'est dans ces moments-là qu'on s'aperçoit qu'on reçoit plein de conseils de ses parents qu'on ne suit absolument pas.

Il roule vite et il faut crier pour se faire entendre avec le vent qui vous frappe le visage. Je ne peux m'empêcher de ressentir une certaine sensation de joie.

- Tu t'appelles comment ?

Je suis un peu coincée. Je ne vais quand même pas lui dire que je m'appelle Marie. J'ai toujours caché mon prénom sous le manteau. Je n'ai jamais rien eu d'une sainte, encore moins d'une vierge. A 13 ans j'avais décapsulé ma canette. Un peu tôt, mais mieux vaut tôt que jamais. Dixit Jeanne d'Arc. Qui entre parenthèse ne méritait pas son nom car elle ne s'est jamais fait tirer.

- Papillon.

- Ha ! Super ! J'adore la nature !

C'est fou ce que je suscite comme vocation.

- Il y a aussi des hippopotames dans la nature.

- C'est pas trop mon style.

Pas la peine de lui présenter Carré Gervais. Jo peut dormir sur ses deux oreilles.

Ce petit malin se penche bien dans les tournants pour que je lui colle contre son dos.

- Je m'appelle Lucio.

J'aime bien mais ne le dis pas. Faut pas encourager les mauvaises actions, même si on les apprécierait volontiers.

- Tu reviens d'une soirée ?
- Du boulot.
- Tu travailles la nuit ?
- La nuit tous les chats sont gris.
- Tu es un voleur ?

Ça m'est venu aussi naturellement que si je lui demandais s'il était vendeur de chaussettes. Mais ma question ne le déstabilise pas car il fait un tournant encore plus serré si ce n'était possible.

- Parfaitement.
- Et tu as volé quoi cette nuit ?
- La Vespa.

Oh putain ! Juste au moment où on rentre dans le centre-ville avec tous ces flics au mètre carré. J'ai l'impression d'avoir une bombe sous les fesses. Pourquoi n'ai-je pas écouté ma mère quand elle m'a dit « Ne te fais jamais prendre en stop par un inconnu » ? J'avais alors répondu connement que c'est rare qu'on soit pris en stop par ses parents.

- Mais je suis aussi directeur d'école.

Inutile de dire que je le voyais plutôt pensionnaire à la Santé.

- Crèche ou maternelle ?
- Vol à la tire, pickpocket et à l'étalage.

C'est dit comme un programme universitaire.

- Et ça marche ?
- J'aurais bientôt plus besoin de travailler...heu... de voler je veux dire. Ça t'intéresse ?
- Pas vraiment. Je préfère faire partie des victimes.

Il ne répond pas. Je l'ai vexé. Faut pas croire, mais les bandits sont des sensibles. Faut juste gratter avec un couteau à huitres.

Il se range à dix mètres d'un commissariat :

- C'est là où les voleurs se sentent le plus en sécurité !

Il s'esclaffe comme c'est pas permis. Moi un peu moins. Je remarque au passage qu'il lui manque une ou deux ratiches. Il devrait demander à Taudis l'adresse de son dentiste.

Tandis que je me baisse pour ôter un petit caillou qui s'est bloqué contre une roue d'un roller, je sens son regard chauffer dans l'espace entre mon jean et mon tee-shirt. Il y a trois papillons qui s'y baladent. C'est vrai que c'est un amoureux de la nature.

- Salut !
- On se revoit ? Tu ne vas me laisser comme ça !
- Désolée. Je sors pas avec des types qui piquent des motos, des ordis et des télés.

Ça fait un peu maitresse d'école je sais, mais ça m'est sorti comme ça.

- Promis, je recommencerai plus !

Il se gondole comme si c'était la dernière blague. En voilà un que la conscience n'étouffe pas.

- Et en plus je suis fiancée. C'est vrai.

Il se gratte la tête comme s'il avait du mal à le croire. Je ne dois vraiment pas avoir une tête à ça.

Il tente de me voler un baiser. J'ai le réflexe de ne pas lui tordre la main et de le balancer par-dessus ma hanche avec étranglement au sol. Ce n'est pas difficile pour moi, ça dure une demie seconde. Je suis magnanime, j'esquive et lui tends ma joue. Il n'a pas l'air d'apprécier ce tour de passe-passe le Don Juan des rues. C'est vrai que les voleurs ont l'habitude de se servir sans demander la permission.

- Non merci. Je préfère les comptables.
- Ha. Parce qu'il est comptable ton....
- Ben oui.

J'ai un peu honte. Faut dire que je n'ai pas l'habitude.

Tandis que je m'éloigne il fait le mariole :

- Ils sont très beau tes papillons !

Difficile de dire si ça me met en colère ou si je suis contente.

Il me reste cent mètres à faire avant de prendre le croisement sur le Prado et d'attaquer la vie active comme on dit. J'ai l'impression de marcher sur une passerelle qui tangue. Pour me donner du courage je pense à Lucio. C'est comme un petit air de liberté. Je me le ferais bien le petit voleur de vespa. Mais je fais partie des personnes qui laissent faire le destin. Ça réserve de bonnes surprises. Et parfois des mauvaises.

Je me retourne une dernière fois avant de bifurquer, des fois qu'il m'aurait suivie.

Mais non il n'y a personne.

J'en suis presque déçue.

J'hésite à rebrousser chemin. Non pas que je veux retourner à la case chômeuse, mais c'est bien le resto où depuis des décennies Marie-Laure et moi on fait nos descentes en patin à roulettes. J'ai juste le temps de fourrer les objets du délit dans mon sac à dos quand le patron en tablier blanc vient se mettre sur le perron. Je prie plus fort qu'au catéchisme pour que le patron ne me reconnaisse pas. Il se met alors à pousser un « O solé mio !» à réveiller les morts et les faire fuir en courant. Je vois d'ailleurs un rat déguerpir dans la rue comme s'il avait vu la peste. J'attends poliment que la voix de crécelle ait fini de passer à la moulinette le célèbre refrain et vais m'avancer quand le chef me fait un geste du plat de la main, genre stop, il y a une mine ! Je regarde à mes pieds et m'attends à une grosse crotte de chien mais le danger vient d'en haut. Du troisième étage il y a un type qui verse un seau d'eau sur la tête du patron ! Heureusement, un store qui fait barrage, mais tout de même.

Le chef fait trois pas dans la rue et s'ensuit une engueulade à sortir du lit tout le quartier. Toutes les dérives sexuelles concernant les mères et les sœurs y passent. Pour autant ça ne porte pas à conséquence. Ici les mots sont plus forts que la colère. Mais bonjour l'ambiance.

On rentre dans le resto, beau décor. En général je fréquente les Macdos ou les menus du jour.

Le patron me jauge. Alors moi aussi. Il est petit, sec, nerveux, l'œil est vif, observateur, du genre à suivre la cuisson d'un œuf à la coque à la seconde près. On ne doit pas rire tous les jours, mais on ne doit pas pleurer non plus. Bref, je l'ai à la bonne.

- Alors c'est vous la championne de lutte ?

On devine qu'il ferait bien un combat avec moi dans son lit. Qu'il essaie un peu voir.

- Vous voulez vérifier mes capacités ?

C'est bien ça. Quand il rit on dirait un carton de verres qui se déverse à vos pieds.

- Pas vraiment. Mais je vous enverrai quelques clients récalcitrants à payer leur ardoise.

Cela me rappelle que nous sommes la seule ville de France et Navarre à garder cette tradition d'ardoise. Ce qui en découle un code d'honneur aléatoire et une comptabilité difficile à gérer.

Le patron me regarde droit dans les yeux :

- Vous savez faire du patin à roulettes ?

Je dois avoir l'air de quelqu'un qui passe la douane avec 60 kg de cocaïne dans son sac à dos.

- Heu… pas vraiment. Enfin si...

- Je vous dis çà car je pense que ça ferait moderne, vous voyez ce que je veux dire.

Je vois très bien mais je suis encore aveuglée par l'émotion.

- Mais on verra ça plus tard. Venez, je vous fais le tour du proprio.

Il me fait visiter en premier sa cuisine. Comme si ça m'intéressait de savoir où il cuit son steak.

Quand on parle d'Immaculée Conception on devrait parler de cuisine de grand chef. Difficile d'imaginer que des centaines de plats sortent de là chaque jour. Tout brille. Pas une trace de gras. Même pas une casserole en vue. Juste quelques gros sacs de patates qui font tâche dans un coin. Ma mère devrait faire un stage ici. Une fois j'ai vu une pantoufle dans le frigo. Loin de culpabiliser, elle m'a remerciée car elle la cherchait partout. Puis elle m'a demandé de regarder dans le congélo si des fois il n'y aurait pas la deuxième.

- C'est pas beau ça ?

Moi je trouve que ça fait chiottes de luxe. Mais je tiens à mon futur job.

- Vous avez une bonne femme de ménage.

Il tique un peu mais ne dit rien. Le grand chef met sa toque sur la tête. Ce qui ne l'empêche pas de m'arriver au menton.

Il ouvre une porte et fait un grand geste comme s'il me présentait la salle de réception de l'Élysée :

- Le vestiaire.

Ça fait un peu placard à balai mais c'est intime. Un mélange de parfums féminins flotte dans l'air. Je pense à toutes les filles qui se sont déshabillées dans cette petite cabine. Un lutin voyeur aurait été tout à son bonheur.

Le big boss remarque mon œil furtif vers le plafond.

- Vous inquiétez pas, il y a pas de camera pour mater vos papillons.

Ce qui ne l'empêche pas de me déshabiller du regard.

- Vous avez amené vos vêtements ?

Il fixe mon sac à dos d'un œil qui voit à travers. Je fais celle qui est à l'aise mais qui ne l'est pas vraiment.

- En général je porte mes habits sur moi.

Il casse trois verres avec son rire en pièces détachées :

- On travaille pas en pyjama ici ! Mais vous inquiétez pas, on a ce qu'il faut ici.

J'encaisse. Mon côté féminin en prend un coup. Mais je lui en veux pas, ce n'est pas un diplomate. Après tout, casser des œufs c'est son métier. Le chef rectifie le tir :

- C'est qu'on vise une étoile Michelin ici.

Une étoile ça me paraît pas beaucoup et je ne vois pas trop ce qu'ont à voir les pneus là-dedans. Je fais celle qui sait tout mais qui ne sait rien. J'opine de la tête, ce que savent faire parfaitement tous les imbéciles de la terre. Les ministres à la télé connaissent bien le truc.

- Passons aux choses sérieuses.

Le patron s'arrête devant le bar comme on s'arrête devant un autel. Avec respect et onction. Je m'attends à ce qu'il s'agenouille, mais non, il prend avec agacement une cacahuète oubliée sur le comptoir et hop, d'un coup de pouce se l'envoie derrière le barillet. On reconnaît l'homme d'expérience.

- Tu sais te servir d'une machine à café ? Faire un cocktail convenable ? Servir la bonne dose d'un whisky ?

Tiens, lui aussi passe rapidement au tutoiement. Je ne lui dis pas que j'ai du mal avec les personnes de plus de cinquante ans. Je ne voudrais pas lui faire passer de travers sa cacahuète.

- Je me suis arrêté au diabolo menthe.

Il me regarde de bas en haut, en passant par mes baskets :

- Il y a du boulot.

On poursuit la visite du musée :

- La première chose à faire quand vous arrivez, c'est de remettre tout la tête à l'endroit.

D'un coup de menton il m'indique la salle du restaurant art déco, lambris 1900 en tartines plaquées contre les murs : la moitié des tables est posée pieds en l'air sur les autres. Idem pour les chaises. Ça fait bordel rangé par un givré.

- Vous me donnez un coup de main ?

Le patron attaque avec des « han » et des « oufff », à mon avis il est plus doué pour battre le fouet.

Pour moi c'est facile, j'ai l'impression de faire un retourné en lutte. J'en descends dix d'affilée. Le boss, de ses yeux d'expert, apprécie la manœuvre et laisse faire les mains dans les poches.

- J'aimerais pas être dans votre lit.

À mon avis il aimerait bien quand même tester le matelas.

- Désolé, je joue pas dans la cour des seniors.

- On dit ça, mais quand je vous aurai préparé une bonne bouillabaisse ou un bon sauté de veau vous changerez d'avis !

En voilà un qui fait un lien avec le désir du ventre et l'appétit sexuel. Il n'a pas tort car il m'est arrivé de craquer pour des profiteroles.

On finit par les tables de la terrasse. Je suis un peu gênée, j'ai peur qu'il fasse des rapprochements.

Mais tout va bien, en deux temps trois mouvements on finit le taf.

- Un petit café ?

Il fait un grand sourire. Il a un espace à travers les dents de devant. On appelle ça les dents de la chance. C'est vrai car ce sont souvent des gens gentils qui ont ce défaut. Et les gens gentils c'est une chance de les rencontrer.

- Ici, tout le monde doit savoir être à tous les postes, ménage y compris !

- C'est vous qui décidez. Vous êtes seul maitre à bord.

Il apprécie. En général, il ne faut pas grand-chose pour que les hommes soient contents d'eux-mêmes. Comme dit Marie-Laure : « Suffit de les flatter un peu pour qu'ils bandent comme des ânes. »

- Je vais vous expliquer le secret d'un bon café.

J'écoute. J'opine du menton. Puis je fais un essai et manque de m'ébouillanter à la vapeur. Le patron rit, aux anges de me voir galérer. Le malheur des uns fait le bonheur des autres, c'est bien connu.

Je m'essuie le front. Je ne savais pas que faire des cafés étaient aussi compliqué que conduire un Airbus. Le patron compatit :

- C'est une démonstration comme quoi il n'y a pas de petits boulots.
- Je vérifierai cela sur ma feuille de paie.
- Allons, allons, ne parlons pas de choses qui fâchent.

Ce qui me fait penser que je ne sais pas combien je gagne. Je dois tenir ça de ma mère. Faudra que je me surveille.

J'apprécie mon premier café de la vie. Fait de mes propres mains et dans les règles de l'art selon saint Big Boss. Je regarde la terrasse qu'un timide soleil éclaire maintenant. Des voitures passent. Je crois voir une Vespa rouge mais ça doit être une illusion.

Ça débarque. L'équipe de choc défile dans une fourchette de 15 minutes. C'est que le patron n'accepte aucun retard. Mieux vaut se porter pâle ou finir aux urgences.

À chaque fois, il me présente et à chaque fois je suis acceptée du premier coup d'œil.

Je remarque qu'il n'y a que des filles. Hasard ou nécessité ? J'y vais de manière indirecte :

- Au fait, il n'y a pas de vestiaires pour les garçons ?

Le patron lève la main et dit d'un ton à la Louis XIV :

127

- Les garçons c'est moi !

Puis il précise sa théorie :

- Les histoires de fesses c'est dehors !

Pour enfin chercher du soutien :

- C'est pas mieux comme ça, hein les filles ?

La recette a l'air d'être d'appréciée par les principales intéressées. Toutes répondent par un « Hop ! Hop ! Hourra !» C'est pas très intello, mais ça fonctionne mieux qu'une tirade de Racine. Au moins on comprend ce que ça veut dire.

Les clients commencent à s'installer. Le patron redevient patron, c'est à dire qu'il ne discute pas et donne des ordres :

- Bon, Papillon tu peux y aller. Tu commences ta semaine demain. Comme tu es douée pour remettre les choses à l'endroit, tu démarres la première à 6h30. Pour l'instant, tu peux filer comme une voleuse !

Je ne me fais pas prier, je prends mon sac à dos et dis bye bye à tout le monde. Une fille me retient par la manche

Elle a des yeux bleus translucides. Un regard qui tue.

- Je m'appelle Marine.

Pour une fois des parents ne se sont pas plantés : elle a une encre marine tatouée sur son avant-bras.

- Ok. À demain.

Mais elle ne lâche pas le bras :

- Je suis la chef de brigade.

- Je savais pas qu'on était dans une caserne.

- Viens une seule fois en retard et tu comprendras que c'est pire.
- On lave les chiottes avec sa brosse à dents ?
- Non, on fait des frites.

J'ai la brève vision des sacs de patates de 50 kg dans la cuisine.

- C'est vrai que tu as des papillons de partout ?
- Comment tu sais ça ?
- Ici tout le monde parle à tout le monde. Et ça t'es surement arrivé de coucher avec quelqu'un.

C'est bizarre, je lui en veux pas. Je me dis seulement que j'aurais voulu avoir ses yeux à elle.

Je n'ai pas fait cinq pas dehors qu'elle me lance de sa voix légèrement rocailleuse :

- Hé ! Papillon ! Tu peux mettre tes patins à roulettes !

J'entends ricaner à quelques tables.

Elle a raison. Tout le monde connaît tout le monde. Je me demande si mes exploits sont parvenus jusque dans la cuisine d'Othello.

Direction la maison pour faire passer un peu de temps à Grand-mère mais je fais un crochet au kiosque pour annoncer le bonne nouvelle.

Mon père lit un journal, il me voit arriver et rapidement range ses lunettes de presbyte dans sa poche. C'est toujours marrant de voir un homme faire le coquet. Je fais semblant de rien et lui fait la bise.

- Ça y est, je suis embauchée. Mon premier job dans la poche.

- Tu en verras d'autres ! Viens là que je te fasse un câlin.

Il me prend dans ses bras et pendant quelques secondes j'ai la tête sur ses épaules. C'est si bon. Pourquoi j'ai une boule au ventre ? Comme si c'était pour la dernière fois ou comme si c'était le début de la fin.

Mon père a dû sentir cela aussi, ou quelque chose d'approchant :

- Tu rentres dans l'âge adulte.

Il soupire, mais il est content aussi. Il a fait en sorte que je vole de mes propres ailes.

- Tu sais bien que je serais toujours ta fille adorée.

Je le console. Les rôles commencent à s'inverser.

- Et puis j'habite toujours chez papa maman !

Pour combien de temps ? Ni lui ni moi n'approfondissons la question.

- Attention, l'argent de poche s'arrête à ton premier salaire !

On rit de bon cœur. Mais on sent une couche de sérieux derrière cette tranche de rigolade.

- Hello !

Je me retourne et me retrouve nez à nez avec la maitresse de mon père. Elle avait dû croire que j'étais une cliente. Son instinct féminin doublé de son sens de l'observation lui ont fait piger de suite que je suis sa fille.

- C'est ta cliente brésilienne ?

Mon père est gêné comme s'il avait fait une bêtise. Décidément, les rôles s'inversent plus vite que prévu.

- Heu. Oui...enfin maintenant c'est plutôt une voisine.

Chacun sait mais chacun fait semblant. Les apparences comptent plus que la vérité.

Je l'examine pendant qu'elle m'observe. C'est de bonne guerre. Je ne suis pas beaucoup plus jeune qu'elle. Mon père se paie du bon temps. Je pense une seconde à ma mère, mais mon sens de la morale la renvoie illico chez son kiné.

Je ne sais pas pourquoi, peut-être pour briser la gêne ambiante ou parce que je l'ai à la bonne, je sors ma chaussette remplie de pièces et la secoue comme une cloche :

- On se fait un petit repas chez Purée-jambon ? J'invite !

Purée-jambon est le surnom du restaurateur d'à côté. Parce qu'au menu de sa cantine, il n'y a que purée jambon, ou purée côte de porc ou purée steak haché. Il fait même purée frites. Fallait y penser.

- Bon alors si c'est toi qui invite...

C'est emballé. J'ai juste un brin de remords. Je pense à Grand-mère qui attend devant sa fenêtre. Faudra compenser par un cabas de chocolats.

Quand on entre dans la petite salle à manger il y a un grand tableau avec une écriture approximative : « Ici toutes nos purées sont faites maison ». Purée-jambon et Othello ont au moins un point commun, c'est l'épluchage de patates.

Ça sent bon et j'adore les petites tables avec des nappes à

carreaux en papier. C'est pas cher, et je me demande pourquoi les gens s'emmerdent avec des restos de luxe et des repas compliqués. Othello devrait faire un stage ici et jeter son étoile à la poubelle.

On se prend une petite table près de la fenêtre. Il y a un peu de gêne pour choisir sa place, la brésilienne veut me faire la politesse que je me mette à côté de mon père et moi de même. Je refuse, mais c'est quand même chic de sa part.

Purée-jambon se pointe et sort son calepin comme s'il n'y avait pas que trois plats au menu – il y a rupture de stock de steaks hachés. C'est facile à noter mais cela prend un certain temps. Ça ne devait pas être le roi de la dictée le Purée-jambon.

- Boisson ?

- Coca pour moi.

Mon père semble marcher sur des œufs.

- C'est pas trop le genre de la maison...

On sent que c'est un sujet sensible.

- Les américains nous ont libérés mais ils sont repartis chez
  eux. Qu'ils y restent !

Adieu mon coca. J'hésite pour le Fanta, mais c'est peut-être aussi américain ?

- Ici c'est de l'eau ou du vin. On est en France.

Ho putain ! Et devant une étrangère en plus.

Elle a l'intelligence de rire franchement. Ce qui déplait pas à Purée-jambon.

- Dans mon pays au Brésil y a beaucoup de gens qui prennent du coca. Et beaucoup d'obèses.

En voilà une qui veut avoir son rab de purée à l'œil. Mais elle frise l'incident diplomatique car la silhouette de Purée-jambon est à mi-chemin entre Obélix et le sergent Garcia.

Il me jette un œil :

- Comment va ta mère ?

Il a au moins le tact de pas demander à mon père « Comment va ta femme ». Ici, on ne regarde pas dans l'assiette de son voisin.

Je ne m'attarde pas trop sur la question car je devine une certaine tension autour de la table.

- Ça va, ça va. Et votre femme ?

Tout le monde sait qu'elle s'est barrée avec le coiffeur.

- Ça va, ça va.

Et il file comme s'il y avait le feu dans la cuisine. Pas difficile de l'envoyer promener le Purée-jambon.

Je lui demande à la brésilienne si elle est touriste ou si elle est là pour perfectionner son français.

- Non, non, je suis commerciale, je travaille six mois et repars six mois chez moi. Histoire de visa. Mais j'aime bien comme ça.

Je me demande combien de temps il en reste pour mon père de ces six mois.

- Il vous en reste combien de mois alors ?

C'est mon père qui répond :

- Un mois.

Il est tombé dans le piège, pourtant gros comme un camion. C'est pas futé les hommes. Dixit Marie-Laure et dixit ma mère aussi. Telle mère telle fille, dirait Madame Gilberte.

- Tu sais bien compter.

La brésilienne rit. Elle a les dents hyper blanches. La peau dorée. Silhouette de danseuse. Que demander de plus ? Je ne suis pas de nature jalouse. Mais il ne faut pas trop pousser.

- Et vous vendez quoi ?
- Je vends des abonnements de journaux internet. Les mêmes journaux que votre papa en fait.
- Mais vous gagnez plus que lui.
- C'est aussi plus confortable en hiver !
- Vous vendez des abonnements de culs ?

Elle est brésilienne et donc forcément ouverte d'esprit, mais là je la prends de court. C'est mes habitudes de lutteuse j'imagine, de vouloir surprendre.

- Heu. Non...pas vraiment.
- Vous êtes comme mon père alors. Dans son kiosque le porno s'est arrêté au poster de playboy.

Elle rit en regardant droit dans les yeux de mon père.

- C'est très frustrant !

Elle est un peu garce. Elle doit l'allumer comme un feu de paille.

- Tu as un petit ami ?

Elle tutoie facile. C'est vrai qu'il y a que le français pour inventer des barrières qui existent pas.

- Pas vraiment. Et toi ?

Je ne suis pas sensé savoir qu'ils mangent au même râtelier.

- ...heu pas vraiment.

Je les ai gênés. J'ai cassé leur insouciance. Je suis une conne.

Purée-jambon vient à point nommé servir les purées côte de porc. Et un coca.

- C'est bien parce que tu es la fille de ton père !

J'en verse la moitié dans le verre de la brésilienne. Pour faire la paix.

- Je m'appelle Malia. Et toi ?

Avant que mon père balance le prénom qui est inscrit sur ma carte d'identité pour le restant de mes jours, je soulève à demi mon tee-shirt :

- Papillon.

- Oh ! C'est beau. Celui qui t'a fait ça est un vrai artiste.

Décidément je fais beaucoup voir mes papillons aux filles ces temps-ci. Est-ce un signe ?

- Je peux toucher ?

- Vas-y, c'est fait pour.

Je remarque l'œil perplexe de mon père et rectifie le tir :

- Pour les filles je veux dire.

Elle ne touche pas, elle caresse. Les brésiliennes ont paraît-il le sang chaud. Je confirme.

Les côtelettes sont délicieuses, on les finit à la main. Je devine au loin le regard ravi du restaurateur. Pour lui un bon repas se termine les manches retroussées.

Je fais tomber ma fourchette par terre. Je n'en ai plus besoin mais la ramasse quand même. Un reste d'éducation. En lutte on est habitué à passer de la verticale à plat ventre en une fraction de seconde. Aussi mon regard glisse t'il sous la nappe plus vite que l'éclair. Et ce que je vois me sidère : Malia a les pieds nus. Comme ma mère dans sa 2 CV. Un de ses pieds est posé docilement sur une chaussure de mon père. Je réalise alors que l'affaire est plus sérieuse qu'elle me paraissait au premier abord.

Purée-jambon se ramène avec son calepin :

- Dessert ?

Malgré les apparences Purée-jambon ne sort pas de ses sentiers battus. Il y a un seul dessert. Et la mousse au chocolat est un peu la purée des desserts.

On vote tous pour et Purée-jambon repart avec son carnet de commande plein.

Je repense brusquement à Grand-mère. Une pointe de remords vient taquiner de ses ailes mon esprit repus. Mais surtout j'ai un doute si je lui ai laissé à portée de main le fusil. Pourvu qu'elle ne fasse pas un carton sur monsieur Taudis !

- Et voilà les mousses royales ! Faites maison et les blancs montées au fouet, à la main s'il vous plait !

Quand on voit ses avants bras, on n'a aucun doute là-dessus.

S'ensuit un silence non pas gêné mais religieux. Les mousses servies dans de généreux bols sont exquises. On ne finit pas avec les doigts, mais le cœur y est. Il y a juste Malia qui se permet un ou deux coups de langues. Oui je sais. Les brésiliennes ont le sang chaud.

Malia se lève et prétexte un rendez-vous avec un client :

- Faut que j'y aille. Et comme ton père sait, il ne faut jamais laisser passer l'occasion qui se présente.

A qui fait-elle allusion ? Aux rares clients de mon père ? À elle-même ?

Il me semble que si c'est pour elle, mon père ne l'a pas ratée.

Elle l'embrasse sur les joues. Avec une pointe de douceur en plus, qui dit qu'ils sont les meilleurs amants du monde.

C'est beau l'amour. Surtout vu par une personne qui n'y croit pas.

Elle me fait la bise. J'ai vu plongeante sur son décolleté. Deux fruits gorgés de soleil.

Malia offre le même panorama à Purée-jambon puis file comme dans un rêve.

- Elle est charmante ta voisine.

Faut toujours garder les apparences sauves. Ça n'empêche pas de lancer une petite pointe :

- Je suis sûre que si t'étais pas marié avec maman tu tenterais ta chance.

Je découvre que mon père sait faire le parfait innocent :

- Oh ! Tu sais, j'ai plus l'âge des amourettes.

Il sait aussi détourner la conversation. Mais ça, je le savais.

- Tu es contente de ton premier job ?

- Oui, le patron a l'air sympa. Et bonne ambiance dans l'équipe de filles.

- Que des filles ?

- Que des filles.

- Et le patron ?

Je fais la grimace :

- Un peu pédé.

Pourvu que cela ne vienne pas aux oreilles d'Othello. Je voulais juste faire plaisir à mon père. Les mâles aiment bien être le seul coq dans la basse-cour.

- Bon, si ça va pas, on peut toujours demander à Purée-jambon de t'embaucher pour le midi.

Je regarde le menu sur le tableau noir :

- J'ai peur de vite tomber dans la routine.

Justement quand on parle du loup. Purée-jambon vient pour l'addition. Il la fait sur la nappe en papier. C'est un des rares restaurateurs qui sache encore faire les calculs à main levée.

- Trente euros. Le café et le coca c'est pour moi.

Mon père me fait un petit signe de tête. C'est bon il y a assez. Je tends la chaussette bourrée de pièces à Purée-jambon :

- Tenez. Vous pouvez garder la monnaie.

Purée-jambon soupire :

- C'est pas la famille American Express chez vous.

Mon père touille son café. Alors qu'il n'y a pas de sucre dans sa tasse. La part secrète de ses parents apparaît de temps à autres mais étonne toujours. On oublie qu'ils sont face à leur destin eux aussi.

Me revient alors la phrase énigmatique de Malia « Et comme ton père le sait, il ne faut jamais laisser passer l'occasion qui se présente ». J'ai compris. C'est comme un coup de poignard. Elle lui donne le choix : de rester ou de partir avec elle dans son beau pays. Bizarrement je lui en veux pas à Malia. Comme je n'en veux pas à mon père de se poser la question. Même si ça fait mal.

Mon père prend mes deux pognes dans ses mains, exactement comme quand j'étais petite fille :

- On y va ?

On va où ? À son kiosque ? À la maison ? Au Brésil ?

- On y va.

On se lève, le ventre faut dire un peu lourd. Purée-jambon me fait promettre de revenir bientôt.

- Quand tu auras changé ton menu, promis !

On n'a pas franchi la porte que Purée-jambon lance un tonitruant :

- Et bonjour à ta femme !

Il y a quelques ricanements du côté du comptoir. Ici on ne regarde pas l'assiette du voisin, mais on sait ce qu'il y a dedans.

Qu'est-ce qu'on fait avec une grand-mère à la maison quand il pleut des cordes ? Jouer à cache-cache n'est plus de son âge et le

Monopoly lui est devenu aussi hermétique que le Code Civil.

Je décide de lui faire un peu d'activités physiques. Impossible de retrouver la balle en plastique. Je prends dans mon sac un sac de présas et en gonfle un pour faire un beau ballon. Il faut toujours avoir un présa sous la main pour les dépannages, c'est bien connu. Grand-mère me regarde faire avec intérêt. Malgré les apparences, elle n'est pas née de la dernière pluie. Elle a connu la guerre. Et à l'époque on avait toujours sur soi son paquet de présas, pour se protéger au cas où il ferait meilleurs temps.

- On joue ?

Je ne sais pas si cela lui rappelle son enfance ou ses écarts de conduite mais en tout cas elle est ravie.

Quand j'étais petite, on jouait souvent ensemble au ballon, même au badminton. Puis je suis devenu plus grande et elle plus vieille. Elle ne pouvait plus vraiment attraper la balle et moi je n'avais plus vraiment le temps. Je m'aperçois que maintenant je suis à un mètre d'elle. C'est sa distance maximale. C'est concret de vieillir.

Grand-mère attrape tant bien que mal et me claque trois ou quatre ballons, ce qui converti en présas, n'est pas donné. Mais on se marre à chaque fois et cela vaut bien tout l'or du monde.

Après une pause glace au chocolat bien méritée, on se fait un circuit de Monaco. Décharges d'adrénalines et grandes frayeurs garanties. Je prends le fauteuil roulant comme un taureau par les cornes et fonce dans le hall, tourne autour de la table de la cuisine, slalome autour des fauteuils du salon positionnés en huit, fait un petit crochet serré dans la chambre des parents, et pour finir saute par-dessus les trois marches qui séparent le salon de l'entrée - ça lui secoue les méninges, ce qui ne peut lui faire que grand bien - et de nouveau je fonce dans la grande ligne du hall. Quelques tours de circuits, à grand vitesse et moteur vrombissant, puis essoufflées toutes les deux, on se gare au stand. Grand-mère rit de toutes ses dents – si je puis dire- heureuse d'en être sortie indemne. C'est vrai qu'il m'est arrivé plus jeune de la faire valser à 3 mètres, fort heureusement elle avait les os solides et n'a jamais montré ses bleus à mes parents.

- Tu as mérité ta spéciale !

Grand-mère lève ses deux doigts en V. Elle s'exprime comme une vraie championne.

Je file préparer sa gâterie, qui consiste en une tartine de Nutella avec par-dessus une couche de confitures et le tout parsemé de morceaux de halva. Très bien pour ne plus toucher au sucre du restant de sa vie, mais ma grand-mère en redemande.

Grand-mère est en plein massacre de sa tartine quand on toctoc à l'entrée. C'est Marie-Laure qui fait une bise vite fait à Grand-mère et passe devant moi en me snobant pour s'affaler sur le canapé. Elle fait la gueule. Bouche cousue et regard au plafond. C'est vrai que je l'ai laissé tomber ces derniers temps avec toutes ces histoires de boulot. Mais ça ne fait que 24 heures.

Je la laisse mariner dans son jus et vais préparer des cocas.

Quand je reviens Grand-mère s'est assoupie le nez contre sa tartine. C'est que les émotions ne sont plus de son âge. Il y a du dégât sur la façade. Je relève délicatement sa tête et la débarbouille au gant. Celui qui a dit qu'on retourne à l'enfance n'est pas un menteur.

Avec Marie-Laure on aime bien parler à bâton rompu. Ici on appelle ça tchatcher. Elle fait encore la gueule mais on sent que le coca avec le morceau de halva ont fait baissé le feu d'un cran.

J'essaie de l'entrainer sur ses sujets favoris :

- Je suis amoureuse de deux types.

- Ils sont biens ?

'Bien' ça veut dire 'bon ' chez Marie-Laure.

- J'ai pas couché avec.

- T'es conne ! Moi je couche toujours avant d'être amoureuse.

Elle précise sa pensée :

- Ça permet de pas se tromper.

Finalement Marie-Laure est pragmatique. On n'aurait pas cru.

- Ils ont des sous ?

- Ce que tu peux être intéressée c'est pas croyable. C'est quoi une putain à ton avis ?

J'y suis allée un peu fort, elle se braque.

- Pas du tout. Ça m'est arrivé de sortir juste pour un Carambar.

Il y a un petit silence où chacune reprend ses marques.

- En ce moment j'ai personne.

Je suis un peu sciée :

- Tu as une irritation vaginale ? L'herpès ?

- Je teste l'abstinence.

- Laisse tomber.

- Pourquoi ? Tu me prends pour une salope ?

- Une putain, pas une salope.

- Il paraît que moins tu baises meilleur c'est.

- Et t'en penses quoi avec ton test ?

- Je pense que je préfère la quantité à la qualité.

Je jette un œil sur Grand-mère, elle ronfle la bouche grande ouverte. Mais je me méfie des personnes âgées. Elles ont plus d'un tour dans leur sac.

Je l'attaque sous un autre angle :

- Je croyais que tu voulais te marier.

- On peut avoir un mari et dix mecs.

- Tu veux le faire cocu, dis-le.

- Un cocu qui ne le sait pas n'est pas un cocu.

- Et c'est quoi alors ?

- Un mari.

Peut-on être nulle en math et bonne en logique ? Marie-Laure est un cas d'école.

- Et si c'est lui qui te trompe ?

- Si c'est souvent c'est pas grave. Mais si c'est une fois je passe pas l'éponge.

- En général c'est plutôt l'inverse.

- C'est une erreur. Une fois, ça veut dire que c'est une histoire importante, dix fois, c'est de la piquette.

Elle semble batailleuse aujourd'hui. Elle reprend le fil de la conversation et ne lâche pas le morceau :

- Bon alors ils font quoi tes deux amoureux ?

Entre copines on se dit tout, même si la vérité est dure à dire.

- Il y en a un qui est comptable.

Il y a un silence radio. Mais Marie-Laure est par nature optimiste.

- C'est un bon plan ?
- Je sais pas, je t'ai dit que j'ai pas encore essayé. On a couché mais rien fait. Juste flirté en fait.
- Même pas une pipe ?

Le minimum sexuel est haut placé chez Marie-Laure.

Pourquoi ai-je eu l'impression que Grand-mère a ouvert un œil ?

- Il a compté mes papillons puis s'est endormi.

J'ai sauté une étape. Mais je ne veux pas entrer dans les détails.

Le silence radio s'est transformé en minute de silence funèbre.

- Mais on s'est embrassé l'autre jour sur un banc.

Je sens que je m'enfonce.

Marie-Laure est bonne pomme, elle passe à la question suivante :

- Et l'autre ?
- On a juste fait un tour sur sa Vespa mais il est resté dans ma tête.
- Un petit con ?

- Comment tu sais ?

- Les types en Vespa sont souvent de taille moyenne, veste en cuir, cheveux brillantiné et chaussures cirées. Comment t'appelle ça ?

- Un petit con.

- Et ben voilà. Livreur de pizza ou agent immobilier ?

- Voleur de Vespa.

- Il a de l'avenir. Qui vole un œuf vole un bœuf.

- L'avenir ça peut s'appeler la case prison.

- Quelle importance ? Le principal c'est que le magot soit à la maison.

Elle me fait un gros clin d'œil. C'est la première fois que je réalise que ma meilleure copine sera bien plus riche que moi.

- Il a essayé de te faire ?

- Un peu oui. Je l'ai envoyé baladé gentil.

- Tu veux jouer les vierges effarouchées avec tous les papillons qui se baladent sur ton cul ?

Je suis un peu vexée par sa sortie. Mais je me rappelle que Lucio m'a vue à poil. Sans le vouloir je l'ai allumé grave.

- Tu m'as pas dit que moins on baise meilleur c'est ?

- C'est un mythe. Tu n'as pas appris que l'homme a besoin de mythe ?

Cela me dit quelque chose. Mais du fond de la classe, on n'entend pas très bien.

- J'ai surtout appris que l'homme a besoin de baiser.

Mais ça je l'ai appris sur le tas.

- T'en es où dans tes cours de dactylo ?

Marie-Laure pointe ses deux index en équerres et tape sur une machine à écrire imaginaire.

- C'est pas terrible.

- Je ne pense pas que mon futur patron m'engagera pour mes compétences. Plutôt pour son quatre heure.

Elle me fait son sourire angélique, un paradoxe qui rend fou les hommes.

- Il y a un minimum quand même.

- T'inquiète, je vais bientôt attaquer avec trois doigts.

A la manière dont elle dit ça, on ne sait plus si elle parle de son cours de dactylo ou de son quatre heure.

- Au fait, tu as pas trop les chochottes pour le championnat ?

Ce n'est pas très sympa de ma part, mais j'aime bien la faire flipper quand l'occasion s'en présente. Ça me rembourse de toutes les petites piques qu'elle m'a balancées dans la semaine. On n'est pas copine pour rien.

- Je me demande si je n'aurais pas dû faire du piano.

On ricane un petit coup, juste pour se mettre dans l'ambiance.

- Tu n'es pas assez agressive. Dans un combat faut que tu aies envie de leur bouffer la chatte comme dit Jo.

- Je devrais être plus douée pour les combats mixtes.

- Pourquoi ? Ça te plairait de mordre les couilles à un mec comme Jo ?

Marie-Laure réfléchit, ce qui en général ne prend pas plus d'une seconde :

- Heu non, je crois pas.

Je ne sais pas si c'est par goût ou par instinct de survie.

- Pense à quelque chose qui te révolte.
- Comme quoi par exemple ?
- ...un viol ?
- C'est question d'optique. Si tu le prends bien, est-ce qu'un viol reste un viol ?

Je suis sciée. Mais chacun sa logique. Et celle de Marie-Laure est hors de portée.

- ...un crime ?
- Du moment que j'y pense c'est que je suis encore vivante, donc tout va bien !

On se marre sur son raisonnement à la con. C'est vrai aussi que Marie-Laure a perdu ses parents dans un accident d'avion quand elle était petiote, alors elle n'a plus personne à perdre depuis longtemps.

- Qu'on te pique ton mec.
- Quel mec ?

La liste des remplaçants est longue comme une autoroute. Je change de piste :

- Qu'on renverse du café sur ta jolie robe.
- Pourquoi on me ferait cette saloperie ?

Je sens que je tiens le bon bout :

- Comme ça. Par jalousie. Parce que tu es jolie avec ta jolie petite robe.
- La fille qui fait ça je lui bouffe la chatte.
- Et bien tu vois on y arrive !

Est-ce que ce sera suffisant lors d'un combat de lutte ? La question reste entière.

- Bon, c'est pas tout, faut que je brosse les dents de Grand-mère.

Marie-Laure saute du canapé et file vers la porte. Ce n'est pas que je veux me débarrasser d'elle, mais je tiens à ma sieste et la journée qui a été longue n'est pas finie.

Marie-Laure a repéré en passant le paquet de présas.

- Tu m'en passes un ? Faut toujours en avoir un sous la main en cas d'urgence.

Je crois que je n'ai jamais utilisé autant de présas de ma vie en une journée.

Je l'observe avec attention. Elle tape les presas comme d'autres les clopes.

- Un ça veut pas dire trois !

Elle pouffe :

- Tu sais que quand on commence on peut plus s'arrêter !

Marie-Laure claque la porte et file. Elle sait qu'on se verra bientôt, ce soir il y a entrainement. Je prends Grand-mère dans mes bras et l'allonge délicatement sur le canapé. Une petite couverture et un petit coussin, et hop la voilà installée comme une reine. Moi je campe sur son fauteuil roulant, le pied sur un accoudoir du canapé, à la décontracte. Une habitude depuis ma prime jeunesse comme on dit dans les livres bien comme il faut. On devrait arrêter le temps plus souvent. C'est pas Grand-mère qui dirait non.

Jo est déchainé. Il commence à mettre la pression. Il nous en fait baver comme c'est pas permis. Chacune se demande si elle a bien fait de faire ce sport de merde.

- C'est quoi ces tas ramollos ? Vous me faites regretter d'avoir pris l'option fille, tiens !

On n'y croit pas trop, mais ça vexe quand même.

Il en rajoute des fois qu'on ne serait pas assez dégouté de la vie :

- La lutte à la base c'est un sport d'hommes. Vous avez vu des poteries grecques avec des filles en tenue de lutte ?

Silence radio. Il n'a pas tout à fait tort et on retournerait bien à nos coutures ou du moins devant la télé.

Carré Gervais qui n'a pas sa langue dans sa poche le rappelle à son destin :

- Oui c'est vrai, en général c'était des mecs bien balancés avec des muscles tout en finesse.

On ricane dans les rangs, Jo n'apprécie pas. Il change de cap et nous prend par les sentiments :

- C'est probablement mon dernier championnat, je vais pas tarder à raccrocher mon maillot, alors j'aimerais bien, pour une fois, ramener la coupe à la maison. Vous allez bien m'offrir ça les filles, hein ?

Ça fait dix ans qu'il nous dit qu'il va raccrocher mais on sent que cette fois-ci ce serait bien la bonne. On remarque ses cheveux gris qui envahissent son crâne, sa force de la nature qui devient un tas emmailloté serré dans un maillot une pièce.

- T'inquiète pas, on te la rapportera dans ta maison de retraite ta coupe !

Tout le monde se retourne, sidéré non par le propos optimiste mais parce c'est Marie-Laure qui l'a balancé.

- Bon alors si c'est Marie-Laure qui dit ça, tout va bien !

On se bidonne toutes et c'est reparti comme en l'an quarante.

Quelques assouplissements pour la forme et Jo nous explique des immobilisations. Il choisit toujours une fille pour son gabarit, selon son sujet : vitesse, force, déséquilibre. Mais jamais Chewing-gum. Depuis le jour où l'interminable bras de Chewing-gum avait rampé sous les cuisses de Jo pour lui serrer les couilles d'une main de fer. Elle avait récolté un mois d'exclusion et un bon millier de pompes, mais on s'était bien marré. Ce qui est le principal, car le sport, ne l'oublions pas, est une distraction.

Pour l'exercice d'application, chacune choisit une partenaire tandis que Jo passe d'un groupe à l'autre pour prodiguer ses conseils. Marie-Laure s'approche de moi ? Je l'envoie barrer :

- Si c'est pour papoter, tu ferais mieux de te faire allonger par un mec.

Cette conne me prend les deux pieds et me soulève comme un sac de patates. C'est rudimentaire mais je me trouve sur le cul. Jo a vu ma déroute et ricane comme une baleine :

- Alors Papillon, on descend en deuxième division ?

Tout le monde se poile. J'ai le boc. Expression typique du sud, qui veut dire avoir la honte de sa vie. On a du vocabulaire nous autres, on n'est pas resté coincé au Larousse.

En deux temps trois mouvements je rétablis la hiérarchie et Marie-Laure est saucissonnée. Mon visage est juste au-dessus du sien, elle implore ma grâce :

- S'il te plait, ne me crache pas dessus !

L'avantage de la lutte c'est qu'on peut régler son compte en toute discrétion :

- Tu préfères que je te morde le lobe de l'oreille ? Ou tes charmantes petites fesses ?

- Pitié, pas les fesses !

- Répète « Je ne ferais plus ça ».

- Je ne ferais plus ça.

- « Je suis une poufiasse ».

- « Je suis une poufiasse ».

Je desserre l'étreinte. Marie-Laure souffle. Elle sait qu'entre nous on ne se fait pas de cadeaux.

On répète l'enchainement de Jo, mais ça ne nous empêche pas de continuer la conversation.

C'est Marie-Laure qui attaque en première :

- Bon alors, il s'appelle comment ton comptable ?

- Maximilien.

- C'est pas un nom de chien ?

- Tu confonds avec Bernard.

Je lui serre un peu plus que convenable le bras pour lui apprendre la différence. Elle gémit un peu fort. Jo fait la sourde oreille. Il a comme règle d'or de jamais intervenir dans des querelles de filles.

- Alors comme ça tu lui as même pas fait une RMI ?

Chez Marie-Laure, en nom de code, une RMI c'est une branlette. Elle ricane d'une manière très agaçante.

- Je t'ai dit qu'il s'est endormi.

- Fallait le réveiller. N'importe quel type même dans le coma ne résiste pas au minimum syndical.

Dans le langage Marie-Laure, minimum syndical veut dire une fellation. Ce qui n'est pas loin de la vérité.

- C'est pas très sexy.

- C'est mieux ça que de rester comme une conne.

Je suis piquée au vif. La torsion que subit Marie-Laure est un peu plus appuyée qu'elle ne devrait l'être.

- Je suis pas restée comme une conne. J'ai regardé la télé.

Marie-Laure rigole ouvertement :

- Tu as regardée Questions pour un champion ?

C'était les Feux de l'amour. Mais je préfère crever que le lui dire.

Jo s'approche, on se remet à travailler aussitôt sec, exactement comme sur le banc d'école, quand la prof se ramenait.

Jo pose un pied en forme de brique sur mes fesses :

- Il faut me perdre ces bourrelets.

Il ne s'est pas vu. Mais personne n'irait lui dire.

Marie-Laure en profite :

- Elle ne fait pas assez d'exercices physiques.

On s'esclaffe ici et là. Tout le monde sait ce que ce terme désigne chez elle.

Je resserre tellement ma torsion que Marie-Laure en a les larmes aux yeux.

Jo s'accroupit à notre hauteur et place son visage de rhinocéros très près de celui de Marie-Laure :

- Tu souffres ?

- Han han !

Vu ce que je lui mets, elle ne peut pas s'exprimer autrement qu'en onomatopées.

- Glisse ta main droite sous l'articulation de son genou. Voilà. Maintenant tu vas d'un coup brusque surélever tes hanches en basculant sur ta gauche, sans oublier de te servir de levier avec ta main droite.

Marie-Laure pousse un kia de karatéka et me renverse comme une crêpe. Maintenant c'est elle qui est sur moi. Situation retournée.

- Tu progresses Marie-Laure. T'as raison, Papillon manque d'exercice physique.

Jo s'éloigne en gloussant. Qu'est-ce qu'ils ont tous contre moi aujourd'hui ?

Marie-Laure passe un coup de langue sur mon visage. Et je vois un long filet de bave sortir de sa bouche.

Comme quoi, la roue tourne.

*

Je n'aurai jamais pensé que s'adapter à un job était plus exténuant qu'un Paris-Dakar à vélo. Marine la chef brigade m'insère petit à petit dans le ballet. Elle me passe tous les petits secrets du boulot et tous les potins sur les unes et les autres. Ça me gonfle, mais je prête l'oreille quand même.

J'ai la honte de ma vie quand je me prends le pied sur une chaise et m'étale de tout mon long avec un plateau et trois cafés. Juste au moment où Grande Toque sort de sa cuisine.

Il y a une seconde où tout Marseille semble s'être arrêté, y compris les voitures sur le Prado, puis des applaudissements et des « Olé ! » éclatent en joyeuses exclamations.

Le patron pointe sa tête à la terrasse et lance à la criée :

- Vous inquiétez pas, c'est sa première journée ! Attention à vos smokings !

Tout le monde rit et le cours de la vie reprend. En deux temps trois mouvements, les collègues ont essuyé les dégâts. J'apprécie leur discrétion solidaire.

La carte de la France semble dessinée à l'encre noir sur mon chemisier blanc repassé façon 16ème.

Marine me tend déjà une autre tenue :

- Tiens, on en a toujours en réserve pour le cas où.

Je vais me changer sur place quand elle me rappelle qu'il y a un vestiaire et qu'on n'est pas sur la plage.

Je suis un peu agacée car tout à l'heure je me suis changée devant le patron. Je me suis fait avoir comme une bleuette.

Je me déshabille dans le placard à balais. On toc toc discret à la porte « Oh! Putain! Ça doit être le boss qui ramène sa fraise ». Comment fait-on pour rembarrer un patron sans se faire virer ? Je n'ai pas les codes, moi.

C'est Marine qui se glisse comme une voleuse et referme la porte derrière elle.

- Tu me fais voir ?

Ce serait un garçon je saurais de quoi il parle, mais une fille ?

Je finis par piger et j'ôte mon tee shirt. Avec la petite lumière qui tombe du plafond, les papillons semblent en 3 D. Ils sont beaux et on les devine à l'aise sur ma poitrine.

- Oooooh ! C'est troooop mignon ! On dirait qu'ils vooolent !

Elle me secoue les nénés comme des grelots. C'est sympa mais je n'ai pas l'habitude.

Elle devine que pas mal de papillons se sont glissés sous ma culotte.

- Bon, tu me feras voir les autres une autre fois, okay ?

Je savais que le miel attire les abeilles. Mais pas que les papillons attirent les gouines. J'aurais dû me tatouer entièrement de serpents. Pas sure qu'elles aiment.

Je reste diplomate. C'est ma supérieure hiérarchique.

- Okay, okay ! L'entrée est gratuite !

J'espère tout de même qu'elle prend mon propos au sens figuré.

En tout cas ce qui est sûr, c'est que la Marine, je l'ai *in the pocket*.

Je fais des cafés pour une collègue. Je les pose sur son plateau et elle file comme une fusée. Je remarque un client au comptoir. La manière dont il s'est installé, c'est soit un pilier de bar soit un habitué.

- Monsieur ?

Faut toujours savoir mettre des distances. Leçon number one de Marine.

- Un café crème.

C'est un habitué. Mais aussi un emmerdeur. Il ne peut pas demander un café comme tout le monde ?

Ce type me dit quelque chose. Je cherche dans ma tête, mais pas dans mon catalogue personnel. Je sais que ce n'est pas mon genre.

J'improvise comme je peux et lui sert son café crème. Le client regarde dans sa tasse comme s'il voyait un cafard dedans :

- J'ai demandé un café crème, pas une soupe !

- Vous voulez que je vous le serve dans une petite tasse ?

Il me regarde comme s'il réalisait soudain qu'il était dans un asile psychiatrique.

- Ce serait bien aimable à vous.

Aussitôt dit, aussitôt fait. Et comme je ne sais pas quoi faire du surplus, j'en rempli trois autres petites tasses. Comme ça cela lui fait 4 petits cafés au prix d'un. Le veinard.

- Vous pouvez me les réchauffer ?

J'avais bien dit que c'était un emmerdeur :

- Dis, tu vas me courir sur le haricot longtemps ?

Zut, ça m'est sorti comme ça. C'est l'expression de ma mère. Quand elle est très en colère. Ce qui arrive une fois l'an. En plus je le tutoie maintenant. La leçon de base de Marine a fait long feu.

C'est le moment que choisit le big boss pour faire son petit tour.

Il penche sa tête sur le comptoir et regarde les tasses à café comme si c'était la première fois de sa vie qu'il en voyait.

- C'est quoi cette merde ?

Je crois bien que je rougis.

Le client me jette un rapide coup d'œil. Il prend tout pour lui.

- C'est rien. Je faisais une expérience. Qui a foiré !

- Bon, Papillon, jette-moi ça et sers nous deux Ricard. Pas trop d'eau mais un peu quand même ! C'est une nouvelle recrue. Mais attention, pas touche, c'est une lutteuse, qui s'y frotte s'y pique !

Pour le pastis ça va. On apprend à le faire pour ainsi dire à la maternelle. Il fait partie de notre patrimoine culturel. Certains le place même avant la Marseillaise.

C'est alors que je me souviens où je l'ai vu le client du bar. Il était 3 étages au-dessus. C'est lui qui versait un sceau d'eau sur la tête de mon patron ! Apparemment, hormis leur quart d'heure de guerre matinale, ils sont les meilleurs amis du monde. Chez nous les fâcheries sont rarement de grande durée quand il n'y a pas mort d'homme ou cocufiage. Le pastis est notre calumet de la paix.

Je les laisse parler entre hommes de choses sérieuses, c'est à dire foot, pétanque et tiercé. Je donne un coup de main pour mettre les tables sous l'œil vigilant de Marine. Difficile de différencier les verres à vin des verres à eau ou de poser les couteaux à poissons au bon endroit quand on mange habituellement dans des assiettes jetables. J'explique mon cas à Marine qui relativise :

- Oh, c'est pas un problème. Les africains mangent bien avec leurs doigts.

À Marseille les préjugés ont la dent dure.

- C'est sûr qu'ils vont pas se faire chier à manger une pêche avec couteau fourchette.
- Quand on est au sommet de la civilisation, on se complique toujours la vie. C'est mathématique.
- Tu te prends pas pour de la merde.
- Qui a inventé les airbus ? Les TGV ?

- Qui nous écrase au marathon ? Qui met les buts en équipe de France ?

Je sais, c'est pas terrible comme arguments.

- Tu milites pour les droits de l'homme ?
- Et toi, pour les chiennes de garde ?

Ça m'est sorti direct, il y a une seconde de silence que vient interrompre le patron. Il fait semblant de pas avoir vu que le mercure a grimpé comme une flèche :

- Dépêchez-vous les filles si vous voulez manger avant le coup de feu.

Il me congratule en passant d'une petite tape sur les fesses parce que c'est toujours bon à prendre.

Marine qui a le coup d'œil sur tout me rassure.

- T'inquiète. Avec lui, ça mange pas de pain.

Vu son regard sur mes papillons tout à l'heure, je me demande si c'est pas avec elle que ça mange du pain.

Elle a déjà zappé notre querelle mais moi, j'ai encore le sang chaud :

- Avise-toi de me toucher encore une fois les lolos et tu t'en souviendras toute ta vie.

Marine ne se démonte pas. Elle me plante ses yeux translucides :

- Je ne demande que ça de me souvenir toute ma vie.

Le patron lance depuis sa cuisine :

- Papillon, encaisse le bar et file à la terrasse voir s'il y a des commandes !

J'encaisse la monnaie du 3ème étage.

- Merci pour tout à l'heure. Vous m'avez sauvé la vie.

- Ce n'est rien. Vous m'offrirez un café crème… quand vous saurez bien les faire !

Il s'éloigne, sa sacoche sous le bras. Chic type. Comme quoi, il ne faut jamais se fier aux apparences. Un mec bien peut se cacher derrière un emmerdeur.

Ça sent merveilleusement bon dans la cuisine à Othello. Il a raison, je vais finir par craquer.

- Dites, patron, ça vous dérange pas que je prenne pas ma pause ici ? Faut que j'aille sortir Grand-mère.

Ici on a le cœur sur la main. S'il faut sortir Grand-mère, on sort Grand-mère. Mais pas le ventre vide.

- Je te fais un sandwich au pâté fait maison et tu files.

En deux temps trois mouvements, il me fait mon casse dalle et me le cellophane. Il va piocher avec sa louche dans une énorme marmite et me la met sous le nez :

- Tiens, goutes ! Que tu saches au moins ce que tu rates !

Il y a une petite lueur sadique dans son regard. Il y en a qui aime remuer le couteau dans la plaie.

- Délicieux chef. Presque aussi bon qu'à la cantine.

C'est archi exquis. C'est aussi sa manière de me draguer. Je fais celle qui passe à autre chose :

- Dites, vous pouvez me faire une gâterie ?

Je rectifie vite le tir :

- ...je veux dire une faveur ?

- Ce que tu veux ma poule, je suis à toi.

Les mecs parlent beaucoup par sous-entendus. Mais c'est facile à décoder.

- Vous avez pas quelque chose au chocolat pour ma Grand-mère ?

Je repars avec mon sandwich pâté maison et un fondant au chocolat. Othello a monté d'un cran dans ma liste de prétendants. Mais il n'est pas arrivé au bout de sa peine. Faut dire que vu son âge, il démarre avec des pénalités.

Je traine à la cuisine avec ma mère. Elle scotche les factures à payer sur le frigo et déscotche celles qui sont payées. Inutile de préciser que les dernières ne sont pas en nombre. Je soupçonne même qu'elle en enlève certaines par excès d'optimisme, c'est le genre. Je bâille aux corneilles.

- Tu retournes pas à ton boulot ?

- Je me suis endormie.

C'est que j'ai eu une panne d'oreiller. Je me suis assoupie pour deux minutes et me suis réveillée alors que le resto devait être pas loin de baisser le rideau. Mais je relativise.

- Pas grave, ils se sont passés de moi depuis 10 ans, ils se passeront bien de moi un jour de plus.

- C'est pas connaître le monde du travail. L'heure c'est l'heure. Même si on a rien à glander. J'en sais quelque chose.

Elle soupire comme si elle faisait allusion aux deux guerres mondiales qu'elle ne s'est pas tapées.

On sonne à la porte. On a toutes les deux un sursaut de frayeur. Moi de penser que c'est Othello qui veut me ramener illico au resto, elle que c'est son kiné qui vient chercher un rab de tendresse à une heure où je ne devrais pas être à la maison.

On est rassuré : dans l'encadrement de la porte, un type en 3 pièces avec un gros cartable à la main et une Mercedes à l'arrière-plan. Probablement un promoteur immobilier qui fait ses courses lui-même.

- Maître Henri Courtois, notaire et associés. Je viens pour le rapport annuel de Mme Geneviève de Courteson.

Le nom à particules de Grand-mère. Ce n'est pas de sa faute, elle l'a pris pour perpète en se mariant.

Ma mère le fait entrer. On devine la femme d'expérience qui a l'habitude des mondanités. Le notaire la suit tandis que je ferme le banc. Il trottine avec précaution, comme s'il allait marcher sur un cafard ou sauter sur une mine, ce qui niveau frayeur revient à peu près au même. Il est tout de même un peu surpris de passer devant le salon sans s'arrêter. Chez nous tout se fait à la cuisine. Même les bébés, si j'ai bien saisi les confidences de ma mère.

On s'assoit tous à table comme en conseil des ministres. On a même ramené Grand-mère qui ne refuse jamais la perspective d'un goûter. Maître machin chose a le regard hautain de tous les notables de France et de Navarre. Un stage dans les pays nordiques où les ministres vont à bicyclette lui ferait grand bien. La France est le tout de même le seul pays qui a inventé les immortels. Il arbore des grandes lunettes cerclées d'écailles. Je me suis toujours demandé si ce genre de type les enlevait pour faire l'amour. Je n'ai jamais essayé. Tiens, je devrais poser la question à Marie-Laure. Perso j'imagine toujours ces grands hommes d'état en caleçon. Ça relativise.

Ma mère lance le débat

- Maitre Destun n'est plus là ?

Il soupire, et fait un geste évasif vers le lointain. Pas besoin d'un dessin. Encore un qui a eu son heure avant l'heure. C'est le quatrième notaire qui passe à la trappe. Il ne doit pas trouver ça juste. Les notaires, c'est pas fait pour clamser avant leurs clients. Il jette un œil agacé sur Grand-mère, mais se rassure sur son état avancé de décrépitude. Ça tombe bien, je ne lui ai pas remis son dentier.

Chaque année on a droit à la visite du notaire pour le coup de tampon qui certifie que Grand-mère est bien traitée et que le contrat reste valide. C'est gagné d'avance, mais l'air de rien on est content de l'avoir le tampon. À force, les notaires deviennent des habitués de la maison, ils finissent tous par prendre leur café et dragoter ma mère. Ils en oublient de passer par la chambre de Grand-mère et de faire l'inspection de la maison, des fois qu'il y aurait des instruments de torture ou une partouze en cours.

- C'est une belle maison. Le moment venu, le plus tard

possible bien entendu, si vous voulez la vendre, j'ai plein de clients qui seraient intéressés.

- Vos 'plein de clients' s'appellent M. Taudis ?

Il tique le baron. J'en rajoute une couche :

- Ça vous plairait qu'on fasse sauter cette belle maison ?

Il fait le même geste évasif par lequel il avait envoyé dans l'au-delà son confrère. Pour lui la vie c'est la vie et la mort c'est la mort. On n'y peut pas grand-chose. Encore moins contre des M. Taudis avec leur gros chéquier.

Ma mère, bonne pomme, détourne la conversation.

- Il y a quelque chose qui vous ferait plaisir ?

Pourquoi elle dit ça en relevant ses cheveux et en compressant ses seins ?

- ...heu...

Comme toutes les femmes, elle capte les ondes sexuelles aléatoires :

- Je veux dire un café avec un bout de tarte ?

- Volontiers ! J'adore les douceurs !

Elle, qui en général est niaise à donf, capte le message codé. Elle rosit et se rabat vite vers son congelo.

Un quart de seconde, il m'a semblé voir chez le notaire et associés un sourire d'enfant. Pourquoi les hommes jouent-ils toujours à être des hommes ?

Je sens le notaire surpris de voir ma mère sortir du congélo le moule à glaçon et d'en extirper un cube de café, qu'elle jette dans une tasse et fourre le tout manu militari aux micro-ondes. Dix secondes plus tard, le café brulant est devant lui.

Il se concentre sur son dossier mais on sent qu'il a du mal. Il a pris un coup de vieux. La modernité va trop vite pour lui.

Ma mère a mis son tablier de cuisinière et pris à bras le corps le carton de la tarte surgelée. Le notaire comprend que c'est bibi qui réponds aux questions. Il jette un œil de croquemort sur Grand-mère :

- Elle parle ?

- C'est écrit sur vos rapports.

Il ne le prend pas mal mais tique néanmoins :

- C'est vrai. Et comment elle fait pour dire qu'elle est contente ?

- Elle sourit, comme tout le monde.

- Sans son dentier ?

Je soupire et hausse la voix d'un demi ton :

- Grand-mère, tu veux une mousse au chocolat ?

Grand-mère lève son pouce avec un sourire en pâte à modeler.

- Une ou deux mousses ?

Grand-mère lève ses deux doigts en V, on ne sait pas si c'est le signe de la victoire ou le chiffre deux, en tout cas elle est ok pour doubler la mise.

- Vous voyez, elle comprend tout. Elle sait même qui vous êtes et pourquoi vous êtes là.

Comme je suis un peu vache, j'ajoute un brin de sadisme à mon commentaire :

- Juste qu'elle doit se demander pourquoi le notaire a encore changé et si ça va encore changer dans pas longtemps.

A-t-il un début de crise cardiaque ou son café hyper carabiné a du mal à passer ?

Ma mère cherche le temps de cuisson sur le carton. Même marque depuis 10 ans, même emballage, même mode d'emploi en bas à gauche en minuscules. Pourquoi ai-je eu au monde une mère pareille ?

- Ha ça y est. J'ai trouvé : 10 minutes !

Son index est pointé sur l'horloge dessinée, comme un analphabète déchiffre le coran en pensant que c'est la bible.

- Ça tombe bien car ça fait 15 minutes qu'elle est au four.

L'odeur de cramé appuie mes dires. Branle-bas de combat. Ma mère se brule, le notaire arrive à la rescousse, se crame, et la tarte comme éjectée du four atterrit sur la table. A l'envers.

- Vous aimez les tartes tatins monsieur Courtois ?

- J'adore !

En voilà un qui a déjà oublié pourquoi il était là. J'avais déjà remarqué ça : ma mère, avec ses airs de quadra complètement à l'ouest, affole le compteur Geiger des hommes. C'est que son coté naturel déborde de son corsage quand elle se penche pour servir le café. Et on se dit qu'elle est assez fofolle pour finir dans votre lit à l'heure de la sieste. Mais c'est une impression trompeuse. Ma mère est fidèle à son mari. Et à son kiné.

Le notaire a relevé ses grosses lunettes sur son front. Ça fait surfeur, sans la tablette de chocolat, mais ambiance plage tout de même. Il a replié ses manches et s'est mis discrètement en chaussette sous la table. Encore un peu et il lirait son Paris Match.

Il est arrivé que le notaire du moment joue les prolongations, reste diner pour le repas de famille et dorme dans la chambre d'amis. Je peux dire que j'ai vu un notaire en pyjama, ce n'est pas donné à tout le monde.

Le notaire se rappelle qu'il est notaire et rabat ses lunettes sur le nez :

- Elle mange à tous ses repas ?

- Oui mais c'est surtout le quatre heure qu'elle apprécie.

A la manière dont Grand-mère s'en met plein la gouille de chocolat, il n'a aucun doute sur ce sujet.

- Elle va chez le médecin ?

- Jamais.

Monsieur lunettes d'écaille lève la tête avec un sourcil en point d'interrogation.

- Elle enterre tout le monde.

Il recule de la tête comme si je lui avais donné un coup de poing sous le menton.

- Ses occupations ?

- Promenades et tir au fusil.

- Tir au fusil ?

- Vous voulez voir ?

- Heu, non merci.

C'est qu'il ne tient pas à passer le relais trop vite au cinquième notaire.

- Autonomie...vous voyez ce que je veux dire...

Je le regarde droit dans les yeux :

- Pas vraiment.

- ... C'est pas grave, passons.

En voilà un qui a du cran.

- Elle regarde la télévision ?

- Oui, mais que les émissions scientifiques.

Il ne sait pas si c'est du lard ou du cochon, il passe.

- Le fauteuil roulant en bon état ?

- Vous voulez l'essayer ?

- Heu.. non merci.

Ma mère s'est assise juste à côté de lui. Il doit sentir son parfum. Ça le trouble. Elle le fait exprès ?

En tout cas ça marche. Il met deux ou trois coups de tampon bien frappés et referme brusquement son dossier.

- C'est bon pour moi. Est-ce que je peux vous demander un autre café ?

Ma mère est scotché. C'est la première fois qu'on lui redemande un café. Il a gagné un bon point le monsieur Henri.

- Et sans glaçon s'il vous plait !

Tout le monde se marre, même Grand-mère. Et c'est à mon tour d'être surprise d'apprendre que les notaires peuvent avoir de l'humour.

Après deux apéros, Notaire et associés finit par remettre ses mocassins. Il fait la bise à ma mère, à Grand-mère et à moi, au moins il n'a pas raté une seule génération. Comme tous ses prédécesseurs, il nous donne rendez-vous à l'année prochaine et reviendra souvent le samedi après-midi, ' parce qu'il passait par là', prendre le café dans la douce chaleur de la cuisine de ma mère. Jusqu'à ce que mort s'en suive.

On lui fait bye bye du pas de la porte, même Grand-mère lève ses deux doigts en V. Je la regarde et l'admire. Je me dis qu'elle est forte Grand-mère, elle avait tout organisé pour finir ses vieux jours dans sa maison et au sein d'une famille d'adoption. C'est sûr, elle a eu de la chance de tomber sur nous, et surtout sur moi qui n'était pas encore née.

Ça a mal démarré ce matin. Sur mon écran il y avait un magnifique papillon bleu turquoise à taches jaunes qui ne survolera plus les côtes africaines. J'ai eu un instant de découragement. Pourquoi continuer à vivre si la beauté du monde s'en va ? Les ambitions de cette société ne m'intéressent pas. Je fais un effort pour donner le change, mais je sens que tout cela ne tient qu'à un fil. Un jour je leur laisserai leurs autoroutes, leurs parking, leurs supermarchés, leurs métros et je ferai le saut de l'ange. Je m'approcherai du soleil pour me bruler les ailes.

D'avoir séché le resto n'a pas été sans dommages et intérêts. Au début c'est comme si de rien n'était. J'ai droit à des petits saluts comment tu vas. Puis des railleries fusent comme des pétards mouillés « Tu reviens cette après-midi ? Je crois qu'il va y avoir des frites au plat du jour, sympa le planning à la carte. » Que leur dire ? Que j'ai préféré mon oreiller à leur boulot de merde ?

Je suis 'convoquée' par le grand manitou, qui m'attend le dos tourné, tout à son devoir culinaire. Du premier coup d'œil je remarque sur la table un gros sac de 50 kg de patates, un éplucheur et une grosse marmite. Pas la peine de me donner le mode d'emploi. Autant payer la facture. Finalement, ça ne change pas des centaines de pompes supplémentaires que nous impose Jo pour le moindre retard. Nous vivons dans un monde de brutes.

Je sifflote comme si j'en avais rien à faire. Je m'efforce de faire des frites calibrées, mais nourrie au surgelé dès ma naissance, je n'ai pas vraiment d'exemple à suivre. Au bout d'une heure je lâche des soupirs. Deux heures après et le quart du sac descendu, j'ai les mains écorchées vives, je découvre l'acidité de la pomme de terre qui rentre dans la peau. Tandis que ça mijote à feux doux, Othello est allé à la banque déposer ses chèques. Marine vient se mettre à côté de moi pour me donner un coup de main. Et une à une toutes les filles viennent s'attabler pour finir au plus vite le sac de patates. J'en pleurerais de reconnaissance. La solidarité féminine ça existe. Je l'ai rencontré.

Il ne reste que 3 patates quand le sifflet de la fille qui fait le guet fait s'envoler les collègues comme une volée de papillons. Othello a un petit arrêt quand il entre dans la cuisine, puis retourne à ses fourneaux. Il fait celui qui n'a rien vu, c'est un bon chef. D'ailleurs, estimant que l'incident est clos, il vient me faire gouter sa tambouille comme si nous étions les meilleurs amis du monde.

- Ça te dit ce petit lapin sauté aux lardons ?

- Ça me dit, tant que ce n'est pas moi qui passe à la casserole.

Il rit en cassant trois verres comme au bon vieux temps. La vie reprend son cours au point où on l'avait laissée. Ce qui est bon dans les fâcheries, c'est qu'on est plus amis qu'avant. Mais pour la sauvegarde de mon orgueil je lâche en sortant de la cuisine un « Ce sera sans frites pour moi ! » Faut pas abuser tout de même.

Je perfectionne mes cafés, je suis plus à l'aise et mes gestes se professionnalisent. Je pige qu'on capte facilement quand on veut vraiment. Ce n'est pas à l'école qu'on apprend ça. Café-crème est passé, mais il a eu le tact de me demander un café nature comme tout le monde. J'ai apprécié le geste. Si ça continue, il va rentrer dans le top ten de mes prétendants.

Le téléphone sonne. En général, je fais celle qui n'a pas entendu ou qui doit aller en urgence aux toilettes mais cette fois-ci Marianne décroche et me tend d'office le bigophone.

- Faut que tu prennes tes responsabilités.

Je lui ferais bien une manchette suivi d'un jeté avec

étranglement, mais pas sûre que ce soit bien vu entre collègues.

- Allo oui ?
- Faut dire : 'Bonjour, restaurant Othello'.

Elle me chuchote dans l'oreille. Est ce qu'elle fait exprès de me toucher avec sa langue ?

- C'est pour une réservation ? Combien de personnes ?

Je suis très fière d'avoir pensé à ce détail. Je note sur le calepin 6 personnes.

- Demande-lui son nom.
- Votre nom ?
- Zrykimsky
- Dis-lui qu'on accepte pas les chiens.
- On accepte pas les chiens.

Il y a une seconde de silence dans laquelle je saisis que je me suis fait avoir comme une bleue.

- Comment ça vous acceptez pas les chiens ?

J'entends au son de la voix que le type est style montagne russe, avec des bosses là où il faut. Et qu'il est du genre sanguin à se rappliquer dans les cinq minutes.

- Excusez-moi, je parlais à une dame à côté de moi.

Je sens que cela se détend à l'autre bout du fil. C'est comme une dynamite à laquelle on arrache la mèche à la dernière seconde.

- Ça s'écrit comment ?

J'y vais avec la voix douce, des fois qu'il serait susceptible :

- Comme ça se prononce.

- Pas de Y ?

- Oui, bien sûr. Je vous l'ai dit, comme ça se prononce.

- Bien monsieur.

Le ton est pro, je m'épate moi-même. Le truc, c'est simpl : suffit de laisser glisser. Même la connerie.

- Au fait c'est pour quel jour ?

- Je vous l'ai dit, pour lundi.

Il ne m'a rien dit, mais leçon Marine number 2, les clients ont toujours raison. Alors je ferme ma gueule.

- Donc à lundi.

Je raccroche pour laisser place au cours de « réservation par téléphone » de Marine .

- Primo faut dire monsieur ou madame à chaque fois.

- Moi j'aimerais pas qu'on me dise madame.

- N'oublie pas qu'on vise une étoile au Michelin.

Ils me bassinent avec leur étoile Dunlop.

- Et ça sert à quoi d'avoir une étoile mon général ?

- Tu vois le menu ? Et bien le même, mais tu triple le tarif.

- Même le café ?

- Il y a pas de petit profit.

- Secundo ?

- Secundo faut que tu aies la voix plus douce.

- Je ne suis pas une putain.

- Seulement pendant les heures de bureau.

- Tiercé ?

- Il faut éviter de prendre une réservation pour le jour de fermeture. Il y en a qui vont être surpris lundi.

J'ai l'impression de recevoir sur la tête le saut d'eau du troisième étage destiné au patron.

- Tu pouvais pas me le dire ?

- On apprend en faisant des erreurs.

Et elle rajoute, pernicieuse :

- Tu peux toujours le rappeler...si tu as noté son numéro.

Marine file à la terrasse. Elle ne tient pas à ce que lui fasse un cours de lutte.

Finalement la journée s'est pas trop mal passée. J'ai appris, dans l'ordre : à découper des frites, doser un panaché, servir côté droit et pas à gauche, tenir deux assiettes dans une seule main, passer la commande sans se tromper de tables (deux fois quand même), essuyer les vannes sans broncher (le plus difficile), à me laver les mains après être allée au toilettes (j'ai eu droit à un savon de mister Othello), enfin tout un tas de trucs qui font que ce job, qui n'en est pas un, est un vrai boulot. Quand le store est baissé, je suis contente de moi, mais j'ai du mal à réaliser qu'en théorie je devrais y passer les quarante dernières années de ma vie - si j'ai bien compris le contrat que j'ai signé. Je pense à ma mother qui travaille dans la même boite depuis vingt ans. Ça ne se voit pas, mais elle est costaud mentalement. Ou alors elle a trouvé la planque de sa vie.

- Tu m'accompagnes un bout de chemin ?

C'est Marine, qui m'a chopée avant que je mette mes rollers. Je dis Ok. À Marseille on a le sens de l'amitié. Et l'amitié, ça commence souvent par un petit bout de chemin ensemble.

Étonnement, on reste silencieuses. Un silence tranquille. Comme de vieux potes.

Marine, qui est peu pipelette sur les bords, craque en première :

- Tu penses à quoi ?

- A rien. Au temps qui passe.

- Te plains pas. Tu en as plus devant que derrière.

- Il y a ma Grand-mère, mon père, ma mère. Je ne suis pas seule au monde.

Je pense à Marie-Laure qui elle, est seule au monde.

- Tu as de la chance. Moi j'ai personne.

Elle répond à ma question silencieuse :

- Orpheline de mère et de père comme on dit.

- Accident de voiture ?

- Non, née sous X.

- Aïe. Ça fait plus mal qu'un accident de bagnole.

- Tu veux dire que on peut pas invoquer le sale destin c'est ça ?

- Oui. En même temps tes parents ont dû avoir leur lot de drames.

- Je n'en veux à personne. En tout cas plus maintenant. Il faut aimer ses parents, même qu'on a pas eu. C'est un type dans un train qui m'a dit ça un jour. Ça m'a sauvé.

- Tu auras plein d'enfants pour compenser, tu verras.

- La procréation assistée ? C'est pas ma tasse de thé.

Je ris un petit peu gênée, j'avais zappé sa situation matrimoniale.

- Faudra faire un petit effort.

- Pourquoi pas ? En matière de sexe, faut pas être sectaire.

En voilà une qui n'est pas perdue pour le renouvellement des nations.

Je regarde discrètement Marine tout en marchant. Derrière la façade de chaque être il y a son lot de tragédies, de rêves loupés. Je peux faire la liste. Marie-Laure et son avion qui n'est jamais revenu. Mon père avec son kiosque qui part en cacahuètes. Ma mère qui rafistole ses rêves d'une vie balnéaire avec son kiné. Othello qui court après son étoile perdue. Alex qui est resté sur le quai. Tour-de-France qui se serait bien vu sur le podium. Grand-mère avec son secret qu'on devine dramatique. Et moi, qui suis devenue le cimetière des papillons.

On nait tous pour mourir. Mais sans douleur, c'est pas gagné d'avance.

Marine s'arrête en bas de chez elle. « Tu vois, j'habite là, au troisième étage, deuxième porte à gauche. Tu es bienvenue, de jour comme de nuit ».

Je remets mes rollers. Marine me chope le bras, comme elle l'avait fait la première fois au resto :

- On est copine à l'extérieur, mais au boulot je suis la chef, Ok ?

- Tope là !

On tope là et je file. Le vent vient me caresser le visage. Je ne sais pourquoi, mais des larmes coulent sur mon visage.

Rien ne vaut une bonne douche pour se refaire le moral. Je sors de la salle de bain quand Marie-Laure me téléphone. Sa voix rafraichissante et débordante de vie me fait du bien.

Elle attaque de front :

- Tu peux me rendre un service ?

Je ne suis pas chaude. La dernière fois c'était pour faire le guet devant une maison, des fois que madame entre avant l'heure.

- Ça dépend.

- Dis oui d'abord.

- Et pourquoi je devrais dire oui d'abord ?

- Parce que je suis ta meilleure copine.

Je ne sais pas si je devrais en être ravie ou pas.

- Ok. Mais si c'est un mauvais plan je retire mes billes.

- Je me suis plantée. J'ai deux rendez-vous ce soir à la fois.

- Reporte l'un. Dis que t'as une gastro.

- Je peux pas. L'un c'est mon futur patron et l'autre est riche comme Iglesias.

Chacun ses points de repère.

- Faut que tu m'aides sur ce coup-ci.

Bonne princesse, elle précise :

- T'es pas obligée de coucher.

- Merci pour ta compréhension.

- Mais ce serait sympa de ta part.

- Et pourquoi donc ?

- Parce que tu me remplaces. Et que moi je couche toujours.

La logique de Marie-Laure est imparable.

- Il est comment ton prince charmant ?

Marie-Laure se poile, ce qui n'est pas bon signe :

- C'est pas vraiment le terme. Tu vois Coluche ?

- Pourquoi, il est comique ?

- Pas du tout, mais il est bien enrobé.

- Buveur de bière ?

- Buveur de champagne. D'ailleurs tu as rendez-vous à 9 h au restaurant La Fourchette d'Argent, chère amie.

- Il se fout pas de toi !

- Tu comprends que je veux pas me le fâcher.

- Tu le préviens que c'est moi ?

- Je considère que tu es une bonne surprise.

- Un cadeau en somme.

Marie-Laure prend souvent au pied de la lettre vos propos :

- Si tu pouvais mettre une ficelle d'emballage cadeau autour de ta culotte ce serait sympa.

- J'y vais à ton rencart. Mais je ne promets rien. Je suis pas responsable si ça foire.

- Vas-y les yeux fermés. Mais tu peux garder les yeux ouverts, si je puis me permettre.

Je raccroche, un peu agacée. Je suis trop bonne pomme.

Je déambule nue dans la maison, j'adore ça. Parfois je virevolte sur moi, bas des ailes, je suis papillon. La vie est si simple. Pourquoi faut-il tout se barda de bagnoles, de buildings, de fringues, de cinémas, de supermarchés pour se sentir heureux ? Moi je n'ai besoin de rien. Un peu d'amour familial, un peu de sexe à la carte, une maison en bois et picorer des salades tous les jours me conviendrait très bien. Bon dieu, pourquoi faut-il que j'aille ce soir à ce rendez-vous à la con ? Un papillon se pose là où il veut. Mais parfois il se laisse avoir.

Je m'habille vite fait car je suis à labour. Je pense que j'évite un repas surgelé et peut-être bien le Monopoly, une pierre deux coups. J'entends ma mère qui rentre sur les talons. On est mercredi, le jour du kiné. Je passe ma tête par la porte de ma chambre, et crie :

  - Au fait, tu aurais pas une ficelle pour papier cadeau ?

La Fourchette d'Argent, c'est genre grand tralala. Je fais celle qui a l'habitude, mais j'ai les chocottes. Surtout quand je m'assois et vois 3 verres devant moi. Lequel est ce pour du coca ? La serviette est si immaculée et si parfaitement pliée qu'on n'ose pas la toucher. Le type qui est assis en face de moi est genre à se trouver dans tous les stades de France et en particulier celui de Marseille. Pour souligner le trait, des fois qu'on a des illusions sur son QI, il porte une gourmette avec son prénom en gros titre. C'est peu dire si ça ne me fait pas mouiller.

Je souris un peu pute car je n'oublie pas que je remplace Marie-Laure au pied levé.

Le maitre d'hôtel vient prendre la commande. Je pointe mon doigt sur le menu. Je sais, ça ne se fait pas.

- C'est quoi le gratin façon Jacqueline ?

- Du gratin de courge, Madame.

J'avais bien dit à Marine que ça m'agacerait qu'on me dise madame à tout bout de champs. Le maitre d'hôtel devine que son explication ne me suffit pas, il ajoute sur le ton de la confidence :

- C'est la femme du patron.

Pas sûre que j'aurais apprécié d'être le nom de baptême d'un gratin de courge.

- Poulet Queue de pie pour moi s'il vous plait.

Il y a un petit moment de flottement car le majordome porte lui aussi une queue de pie. Mais je n'y peux rien, c'est sur le menu.

Marcello lève son verre avec sa paille pour dire « idem ». Il n'est pas difficile, ou il a la tête ailleurs. Il me regarde avec des yeux brillants comme si j'étais une gourmandise :

- Les femmes sont faites pour les hommes !

- C'est sûr, mais je ne suis pas certaine que les hommes sont faits pour les femmes.

Il me regarde, cherche à comprendre, puis chasse la réflexion comme une mouche.

- Champagne ?

- Coca.

- Pas d'alcool ?

- Seulement au lit.

- Ha ! Ha ! Tu mêles l'utile à l'agréable je vois.

- C'est quoi l'agréable ? L'alcool ?

Il est secoué comme si je lui avais donné une taloche au cerveau.

Puis le naturel revient au galop :

- Il paraît que tu as des papillons fluorescents, c'est vrai ?

- Où ça ?

- Heu...sur les fesses. Parait que même sur ... enfin tu vois ce
  que je veux dire.

- Sur la chatte.

- Voilà, si c'est toi qui le dis!

Il transpire. Je ne sais pas pourquoi.

- Tu veux voir ?

- ..... Maintenant ?

- Ben oui... pourquoi pas ?

Je me lève et commence à déboutonner mon pantalon. Il peut voir de ses gros yeux la ficelle dorée qui entoure le haut de ma culotte. Il me plaque contre lui et me serre très fort. Pour pas que je me déshabille. Paraît que les hommes ne savent pas ce qu'ils veulent. Je confirme.

On se rassoit comme un gentleman et sa lady.

- Ouf. On peut dire que t'es chaude toi.

- On t'avait prévenu ?

- ...heu..oui.

Je pourrai demander des noms. Mais la liste serait trop longue.

On mange en silence. Il pense à ce qu'il va faire avec moi et moi je pense à ce que je vais pas faire avec lui.

Marcello interrompt sa méditation pour me faire admirer sur son smartphone sa bagnole, la maison de ses parents, son papa et sa maman, et sa collection de selfies avec des vedettes de football. Il doit penser que ça m'excite profond.

Je pense à Roméo sur sa Vespa. A Maximilien qui compte mes papillons. Pourquoi n'est-on jamais heureux ?

- Tu connais bien ma copine Marie-Laure ?

Comme il a la bouche pleine, il s'exprime par geste. Il fait un rond avec sa main gauche pour faire rentrer et ressortir plusieurs fois son index dedans. N'importe quelle personne qui ne sait ni lire ni écrire ou qui est malentendant comprend ça. C'est un avantage certain. Mais j'en reste scotché.

- Longtemps ?

Il lève son pouce. Traduire : une fois.

- Elle m'a dit que la vie est trop courte pour se poser deux fois au même endroit.

La garce me pique mes formules maintenant. Je vais lui frotter les oreilles au prochain entrainement. C'est pas Jo qui dira non.

- Et tu lui as répondu quoi ?

- Le facteur sonne toujours deux fois.

- Pas mal ! Et elle t'a dit quoi ?

- C'est moi qui sonne les cloches.

Je me bidonne. Marie-Laure prouve si ce n'était nécessaire, que même avec une case en moins les femmes sont plus fortes à la répartie.

- Et en attendant tu veux me sauter c'est ça ?

Il s'essuie le visage avec la serviette de table. Il transpire beaucoup malgré la clim. C'est qu'il est en surpoids. Marie-Laure a vu juste.

- Heu… si c'est toi qui le dis.

Marcello se met à boire son cocktail avec une paille et de l'autre main fouille dans sa poche pour en sortir un petit cadeau qu'il me tend.

Je suis rassurée par le mini sachet transparent barré de 4 lettres et la mini bague en argent qui s'y trouve. Au poids elle ne doit pas coûter un bras et ne porte donc pas à conséquence. On n'est pas obligé de coucher avec un type qui sort tout droit son cadeau de chez Tati.

Je veux mettre la bague à mon index, mais elle ne passe pas. Je flippe un peu car j'ai l'impression d'avoir un des gros boudins de Jo. Marcello me fait signe du doigt que non, c'est pas ça, en se marrant. Je suis une couillonne, c'est une boucle d'oreille ! Ceci explique cela. Je la mets contre mon oreille en cherchant l'ouvroir, mais rebelote, le type me fait signe non, non, non, de l'index en se tordant de rire. J'ai un coup d'inspiration et je la mets sous mon nez, à la mode punk, en levant mes sourcils en point d'interrogation, genre c'est bien ça petit con ? Et bien non, ce n'est pas ça. Marcello retire la paille de sa bouche et tire grand sa langue pour pointer son doigt dessus. Mon sang ne fait qu'un tour. Il veut que je sois son fantasme ! Me réduire à l'état de rêve érotique ! Je me lève et lui balance la table sur la tête. Manque de pot, le poulet Queue de pie trouve fort aise de s'accrocher à son crâne. Par une mystérieuse loi de la physique, le gratin Jacqueline vient ensuite s'étaler par-dessus. Tout le monde a l'air ébahit. Moi y compris. Un ami qui lui veut que du bien immortalise l'instant avec son smartphone et doit le balancer sur Facebook plus vite que son ombre. Marcello est bon pour déménager à Mexico se faire une nouvelle vie.

Mais je m'en veux à mort. J'aurais dû m'en douter. Il a une gourmette. Et ma mère m'a toujours dit : « Ne discute jamais avec un homme qui a une gourmette ».

Je sors du resto en lui laissant la note qui risque d'être salée. Une bonne brise d'air marine vient laver délicieusement mon visage. Les papillons ne se posent qu'une seule fois au même endroit. Mais pas n'importe où.

Troisième étage. Deuxième porte à gauche. Je frappe doucement. Marine ouvre, en chemise de nuit translucide genre rien dessous. Ça tombe bien, j'en ai soupé des mecs. J'appuie sur pause.

Je la pousse de l'épaule pour entrer, tellement elle a l'air hallucinée :

- Faut que tu prennes tes responsabilités.

Et ça tombe bien, j'ai gardé ma culotte emballage cadeau.

Alex a sa tête entre mes jambes. Il porte ses lunettes loupes attachées par un bandeau élastique, on dirait un plongeur en apnée qui contemple les merveilles de la nature. Je ne parle pas de mon minou mais des papillons, créatures imaginées par un dieu bienveillant mais qui a fini par nous laisser tomber.

La douleur m'a arraché des larmes silencieuses. J'en ai profité pour pleurer sur Grand-mère, sur mon père, sur les papillons du monde entier et en passant sur moi-même. Les filles ça pleurent facile, c'est bien connu. Alex relève sa tête, pose son aiguille, il a terminé. Il prend un miroir qu'il penche au-dessus de mes cuisses en v, comme le fait le coiffeur avec l'arrière de votre tête. Le papillon est magnifique. Plus beau que nature. De l'autre côté de ma hanche, il y a l'autre papillon qui lui fait pendant. Vu de loin on dirait les deux ailes d'un papillon que forme ma fente. C'est normal, l'amour ça vole de nuit.

Alex me mate et m'admire. Je suis un peu sa création. En tout cas il aura mis la main à la pâte.

- Allez, rhabille toi et file. J'ai ma tribu qui m'attend.

J'enfile ma jupe que j'ai pris soin d'amener avec moi, et fourre jean et culotte dans mon sac en bandoulière.

- Tu as une famille, toi ?

J'avoue que concernant Alex je n'avais pas pensé à cette option.

Je l'imaginais naviguant en marin solitaire. Comme ma pomme.

- Un peu, oui.

Il lève quatre doigts de sa grosse patoune.

- Je veux voir pour le croire.

Je m'attends à ce qui sorte de son larfeuille une photo kodak, mais non, il me lance un casque de moto :

- Je te préviens. Je raccompagne pas.

- Merci pour la galanterie. Mais j'ai ce qu'il faut.

Je pointe mes rollers attachés en bandoulière à mon cou.

Outre la sensation de vitesse, la Kawasaki 750 de Mister Alex envoie agréablement de l'air frais sous ma jupe. J'apprécie car Alex a mis le feu dans le creux de mes reins. En tout bien tout honneur.

Une maisonnette dans les environs de Marseille. Avec vue sur les calanques. Un Éden pour bien des gens en mal de nature sauvage.

Fidèle à sa bonne éducation, sa femme japonaise nous accueille avec une légère courbette. J'ai toujours apprécié ce geste de profonde humilité et de respect envers autrui. Dommage qu'ils ne font pas la même chose avec les baleines.

Alex porte à bout de bras Asia pour l'embrasser et la repose délicatement, comme un vase précieux. C'est pas fini, à la queue leu leu une ribambelle de minots vient faire de même. Il semble que ce soit la cérémonie d'usage, car les enfants à tour de rôle me font la bise comme si j'étais une habituée des lieux. Cette marée familiale donne chaud au cœur. Mes désirs de célibat en prennent un coup.

Les gamins s'éparpillent pour retrouver leurs consoles. Le temps des legos et des mécanos est rejeté à la préhistoire. Alex s'est éclipsé tandis que sa poupée japonaise installe une table basse pour servir le thé. Ici tout est à ras du sol, mobilier et humain compris. Ce rappel incessant à notre terrestre condition n'est pas pour me déplaire.

Le grand voyageur à domicile débarque justement en caleçon dans le salon, visiblement passé par la case douche.

- Tu permets ?

J'acquiesce sans savoir car je suis polie et il descend son caleçon pour s'allonger de tout son long sur le tatami. Sa femme menue, qui n'a néanmoins pas sa langue dans sa poche, lui passe un sacré savon japonais tandis qu'elle lui jette une serviette sur le popotin.

J'ai eu le temps d'admirer sur sa fesse gauche un énorme voilier naviguant sur des flots. Faut dire qu'il y a de la place. Sur la fesse droite c'est le port de Shanghai, qu'il n'a jamais atteint.

- Qui t'as fait ça ? On dirait toi mais c'est pas toi.
- Mon maître Jean. En fait sa dernière œuvre.

Il a une légère pointe de tristesse dans sa voix. Comme quoi la mort des autres reste longtemps vivante.

Alex souffle comme une baleine qui expire en se laissant aller aux mains expertes de son épouse. Il doit bien le lui rendre quand les enfants sont couchés. C'est la rencontre de deux mondes. Deux civilisations qui se font du bien l'une à l'autre. Ça fait plaisir à voir.

Alex me fait un gros clin d'œil. Il est arrivé à bon port. Sans jamais partir de sa terre natale. Il a fait fort.

Je pense au port de Shanghai. L'arrivée à l'aube. Ses quais, ses grues, l'agitation permanente et à l'arrière-plan ses gratte-ciels comme des géants au milieu des maisons de bois. Il ne faut jamais renoncer à ses rêves. Quitte à les dessiner sur son cul.

Je me suis assoupie dans mon coin. J'entends vaguement Alex dire deux trois mots en japonais à sa femme qui s'éclipse aussitôt à petits pas rapides, pour revenir deux minutes après avec un petit coussin qu'elle me glisse sur la tête. Elle pose une serviette au-dessus de ma robe qu'elle enlève vite fait bien fait par dessous et me passe à l'aveugle une grosse couche de vaseline là où je suis à vif. C'est fait avec douceur et précision. Le menu n'est pas terminé. Asia enlève mon tee-shirt comme si j'étais un de ses enfants et me retourne avec délicatesse pour me masser des pieds à la tête. Je glisse dans les limbes. Les mains des femmes sont douces.

Marie-Laure fait la gueule. Je lui ai gâché sa soirée que j'ai passée à sa place. Elle est perchée au bar du resto où elle a pris ses quartiers entre 15 et 16. L'heure creuse où on n'a rien à faire dans un bar à cette heure-ci. Sauf Marie-Laure.

Je dégaine en premier. L'attaque est la meilleure défense paraît_il.

- Prends ta limonade et tire-toi. Si c'est pour me faire la tête c'est pas la peine de venir me voir ici.
- Tu sais qu'il a une Land Rover Evoque ?
- Tu t'y connais en caisses toi ?
- Non, mais j'ai vu le prix catalogue. 40 plaques.
- Désolée, ça ne me fait pas mouiller.
- Moi non plus, mais ça me fait de l'effet.

Elle sirote sa limonade en faisant du bruit avec sa paille. Cela porte terriblement sur les nerfs.

L'air de rien Marie-Laure décoche une flèche. Elle est empoisonnée, mais je ne le sais pas encore.

- C'est que son père est blindé à craquer. Il a le bras long, jusqu'à la Mairie, voire l'Élysée à ce qu'il paraît. Tu vois le genre que c'est ?
- ... un homme politique, c'est ça ?
- Presque.
- Un comique ?

Elle écarquille ses yeux comme si elle voyait un film d'horreur. Je crois deviner la vérité :

- ...Mafia ?

Marie-Laure fait une croix sur sa poitrine. Mais comme elle n'a pas l'habitude, je suis pas sûre que ce soit dans le bon sens.

- Tu aurais pas pu me le dire ?

- Comment tu veux que je devine que tu lui foutes un poulet sur la tête ?

À cette image, on se marre comme des tordues. Faut dire qu'on n'est pas les seules. La moitié de Marseille s'est poilé dessus.

- Ma pauvre, tu as donc fini toute seule au lit ?

On se dit tout Marie-Laure et moi. C'est un pacte tacite. Mais là je saute une case. Je garde mon expérience sexuelle pour moi. Néanmoins je ne mens pas. L'honneur est sauf.

- Pas de garçon cette nuit-là.

Marie-Laure compatit. Pour elle c'est triste comme un jour sans pain.

- Tu sais que ça se présente bien avec mon futur patron de mari.

- Comment tu le sais ?

- On a pas couché ensemble.

Je lui renvoie la balle :

- Sérieux ? Même pas une RMI ?

- Pinnuts.

- Ben alors, tu as fini toute seule toi aussi.

- J'ai pas dit ça non plus.

Elle me regarde, genre tu m'as bien compris.

- Des news de ton comptable ou de ton voleur de Vespa ?

Je fais comme Marcello junior : un zéro avec mon pouce et mon index. Seulement je ne mets pas le doigt dedans. Enfin, pas encore.

Un client vient interrompre notre papotage. Il s'installe sur le côté du comptoir, avec son journal et la ferme intention de pas bouger une plombe. Marie-Laure fait la grimace comme si on venait la déranger dans son salon.

- Bon, fait que j'aille m'épiler le minou.

C'est dit en chuchotant, mais assez fort pour arriver jusqu'aux oreilles du voisinage.

- À l'entrainement ce soir ? Ne rate pas car ça commence à chauffer.

Marie-Laure regarde subitement le client du bar comme si elle voyait un mort vivant siroter son café. Je me tourne. Le type a déplié son journal. En gros titre ' Explosion criminelle'. Et juste en dessous la photo du restaurant La Fourchette d'Argent.

- Oui, ça va chauffer.

Marie-Laure fait de nouveau un signe de croix. Mais cette fois ci dans le bon sens.

Une autre journée de boulot s'est terminée. Ce n'est pas la routine, mais pas loin. J'ai pris mes marques, je sais faire un café crème et commence à connaitre tous les petits trucs qui font qu'un resto c'est un resto et pas une cantine. Dixit Othello.

Je me faufile entre les bagnoles, trace ma route propre au skateboard, c'est à dire invisible, frôleuse, zigzagante, parfois taclante, toujours impertinente. En filigrane, ma pensée passe du coq à l'âne, Grand-mère, la famille made in Japan d'Alex, l'incendie du resto, Marie-Laure qui va se prendre une raclée à la finale, quand un bruit derrière moi me sort de ma torpeur. Je crois reconnaître le vrombissement d'une Vespa.

Je fais comme si de rien n'était. Mais j'avoue, mon cœur bat plus vite que je ne l'aurais voulu. Je me traite de conne, mais ça ne suffit pas. Quand on attaque la colline qui domine Marseille, la Vespa se met à ma hauteur. Elle est jaune, mais c'est vrai qu'il doit changer de Vespa comme de chemise.

- Tu fais comment quand ça monte ?

- Je marche du con.

Et me voilà rattrapée par un avenir pour lequel mon instinct a mis les warnings. Je regarde en contrebas la ville qui s'apprête à rendre hommage au pastis, le soleil rougeoyant, faible et doux, comme une veilleuse dans une chambre nuptiale.

Je place mes mains autour de sa taille. Je ne devrais pas, mais il tourne serré le vilain garçon.

- Tu sais où est ma maison ?

- Parfaitement.

- T'avise pas de me piquer la télé.

- Je me contenterai de toi.

- Essaie un peu voir.

- C'est déjà fait à moitié.

- Mais pas gagné.

Il se tait. Il n'apprécie pas. Mais c'est vrai, depuis quand c'est gagné d'avance d'avoir une fille dans son lit ?

On est déjà arrivé. La maison pointe son bout du nez. Le chemin m'a paru trop court.

- Arrête-toi au coin, j'aime autant pas que mon père fasse l'hôtesse d'accueil.

Ce n'est pas vrai. Mon père doit être en train de prendre un dernier verre chez purée-jambon. Mais Grand-mère est bien présente elle, avec son fusil.

Mais cela ne l'empêche pas de ne pas s'arrêter au coin de la maison, ni devant d'ailleurs. Il trace.

Je tape avec mes poings sur son dos.

- Qu'est-ce que tu fais ? J'ai une grand-mère à m'occuper moi.
- On fait un crochet à mon université, juste pour te faire voir.
- Faut demander avant si je veux ou pas.

Il réfléchit quelques secondes, probablement pour savoir s'il y a un double sens à ma remarque.

- De toute façon, tu serais rentrée chez toi avec ta planche à roulettes que tu serais encore loin d'arriver.

L'argument se défend-t-il ou ai-je envie de me laisser emporter ? Je m'attends à débarquer devant une caravane plus ou moins délabrée, et me voilà devant une vraie maison avec des fenêtres en dentelles au rideau. Je m'en veux d'avoir eu ces préjugés.

À ma grande surprise, on passe le couloir et on va directement dans le jardin. Là, on est dans les clous : des caravanes, bagnoles et motos s'entassent dans un joyeux bordel. Il y a des gens de partout, des vieux, des enfants, ça va dans tous les sens, on se croirait dans un village de vacances, les vacances en moins. Lucio a remarqué mon étonnement :

- C'est plus fort que nous. On aime bien vivre en plein air et sur quatre roues.

Il me dirige vers un cabanon démontable qu'on trouve généralement sur les chantiers.

- Ici, tout a été volé !

C'est dit avec fierté, comme on montre une maison faite de ses mains. Chacun sa morale, mais j'aimerais bien savoir l'effet que ça lui ferait de rentrer chez lui et de s'apercevoir qu'on lui a piqué sa télé. Pas sûr qu'il apprécierait.

Au bas du petit escalier qui grimpe dans la cabane, il y un tableau sur pieds :

STAGE UNNIVERSITE D'ETE – St Geneviève des bois

- On est pas St Geneviève machin ici !
- Là où j'ai piqué le panneau, oui.

Il y a un sous-titre écrit à main levée : *Coman se fère de l'argant san san apersevoire*

- C'est toi qui as écrit ça ?
- Un peu oui. A l'oreille !

Je monte l'escalier en me demandant pourquoi tout le monde ne pense qu'à ça. À l'argent.

C'est une vraie classe qui m'attend. Avec de vrais élèves. Sauf qu'il y en a pour tous les âges et pour tous les goûts. Ici point de barrière sociale, on met tout le monde dans le même panier, on secoue et on répartie sur des chaises. Faut de tout pour faire un monde, c'est bien connu. Du Hercule qui fronce les sourcils à la belle-mère à la jupe longue un brin déjantée, en passant par le monsieur à grosse moustache et la midinette qui a l'air d'avoir plus d'un tour dans son sac, sans oublier la brave mère famille qui semble inoffensive mais dont l'instinct de survie nous dit qu'il vaut mieux ne pas la chatouiller, l'arche de Noé est au complet. Ambiance studieuse, ce qui m'étonne pour un peuple qui a la réputation de faire feu de tout bois.

Les élèves se lèvent quand Lucio rentre, c'est vrai que c'est monsieur le directeur. Il pique des Vespas, mais ici c'est plutôt bien vu.

Je me fais une petite place au fond de la salle. La dame à côté de moi avec son foulard sur la tête me fait penser à Mme Gilberte. La moustache en moins. Elle se contente d'un duvet. Je sais, je suis méchante, mais ça fait du bien.

Elle met son index sur ses lèvres comme si j'allais parler à tort et à travers. Puis elle me donne des explications dans mon oreille. J'ai compris. C'est une pipelette.

Elle montre du menton, qu'elle a plutôt bien avancé, le type en basket devant le tableau :

- C'est le prof.
- Oui, j'avais compris.
- Beau garçon !

Je la regarde de plus près et m'aperçois qu'elle n'a pas les yeux dans sa poche la madame Gilberte bis. Elle ferait bien son quatre heure avec lui. Seulement il y a bien trente ans d'âge d'écart, ce qui dans ce sens-là est considéré comme insurmontable. La vie est injuste, c'est bien connu.

- Il a l'âge d'être votre fils.

Je taquine mais je ne sais pas si je suis allée trop loin. Apparemment non, elle sourit en montrant ses chicots et fait un doigt d'honneur. M'est avis que mieux vaut ne pas être coincée dans un ascenseur avec elle.

On glousse, ces gamineries de fond de classe me font du bien à l'âme. Il y a des gens qui se retournent, mais ça n'a pas l'air de gêner ma voisine. Il lui en faut plus que ça pour éteindre sa radio. C'est Lucio qui a repris le relais du prof. Ma voisine fait les explications de texte.

- Cours de pickpocket dans le métro, il est très fort.

Effectivement je remarque un décor de barres métalliques et de poignées accrochées au plafond. Il y a même la figuration. On improvise pas.

- Jamais pris ?

- Jamais. Si une fois, il était bourré. Il avait pas vu que c'était une flic qui avait enlevé sa casquette. Les collègues à la fille ont cru que c'était une plaisanterie. Mais ils ont compris quand ils ont vu qu'il remettait la main dans la poche du voisin d'à côté, qui était aussi un flic !

On se marre comme deux cancres et Lucio me regarde un peu sévère. C'est vrai que c'est sa master class. Il lance à la volée

- Y a-t-il un volontaire ?

- Oui, moi !

Je lève la main et c'est moi qui ai parlé. Seulement c'est ma voisine qui me soulève le coude et qui est ventriloque. Je me suis fait avoir comme une bleue. Tout le monde applaudit, on ricane aussi dans les rangs. Ils connaissent le numéro.

Me voilà passée sur le devant de la classe. Pas vraiment ma place naturelle.

L'hercule vient se placer près de moi pour faire de la figuration.

- Malabar que je m'appelle.

Poli en plus le monsieur.

- Enchantée.

Je ne lui fais pas la révérence, mais c'est pas loin.

Lucio me demande de m'accrocher à une barre de métro puis fait les présentations :

- Voilà une personne lambda. Classe moyenne. Qui croit que le monde est ce qu'il est et qu'on peut l'améliorer en augmentant son salaire.

On s'esclaffe ici et là. On a le sens de l'humour. Surtout lorsqu'il s'agit de payes. Eux ils ne connaissent pas la fin du mois, ni le milieu, ni le début. Ils vivent tout court. Et se servent eux-mêmes.

Je fais la passagère de métro. Du moment qu'on ne me demande pas de parler, je peux monter sur les planches.

Le prof fait ses commentaires.

- Elle pense à ses prochaines vacances ou à la nuit qu'elle vient de passer.

On rit ici et là. C'est cours version club Med.

- Il ne faut pas la déranger dans ses pensées. Déplacer vous près d'elle sans bruit, sans faire bouger les ondes. Mesdames, pas de parfum chanel. Messieurs, on se lave les aisselles au savon de Marseille.

On se marre franchement. C'est un cours, mais on peut rigoler quand même. Dommage qu'ils savent pas faire ça à l'école de la République. Il y aurait plus de monde.

- Agissez par déduction. Elle a un sac ou pas. Une veste ou pas. Un jean avec une poche ou pas. Dans ce cas de figure, c'est veste de cuir d'occasion achetée aux puces. Pas trop d'illusions à se faire, mais peut y avoir une bonne surprise, c'est peut-être un bon plan. Peut-être même le meilleur plan de votre vie.

On comprend le double langage et c'est surtout les ricanements d'hommes qu'on entend. Ben voyons.

- La poche est toujours à gauche. Attention, sauf chez les anglais, on vole à droite !

On rit de bon cœur. Ils ont l'enseignement léger. Comme leurs mains. Mais pas moins efficace.

- Quand le métro arrive à une station, il y a du mouvement,

les gens se préparent à sortir, d'autres laissent passer ceux qui sortent, on en profite pour bousculer légèrement la personne ciblée. Pas de stress, dégager aucune tension et les mains légères, légères, comme une plume. Et puis vous sortez quand les portes du métro s'ouvrent, sans courir mais sans trainer non plus.

Lucio se tourne vers moi, légèrement agacé :

- Tu l'as mis où ton portefeuille ? Je l'avais pourtant senti quand tu étais dernière moi sur la moto.

Je suis sciée. Car je croyais que c'était mon voleur qui l'avait.

- C'est pas toi qui l'as pris ?

Il y a une seconde de silence total devant ce mystère plus grand que celui de la création.

- C'est moi !

Tout le monde se retourne vers le fond de la classe. Mon ex voisine brandit mon portefeuille.

Tout le monde éclate de rire, prof y compris. Décidément Mme Gilberte bis est de tous les coups.

Lucio frappe des mains pour faire silence. Il regarde sa montre :

- Allez ! À table !

Tout le monde est content d'apprendre comment se faire de l'argent sans s'en apercevoir, mais visiblement tout le monde apprécie d'aller à la soupe. On se bouscule dans les rangs :

- Tu manges avec nous ?

- Désolée, mais tu m'as mis trop à labour pour ma grand-mère. Faut que j'y aille.

Lucio rit de toutes ses dents qu'il a blanche comme à la télé. Le veinard.

- T'inquiète ! On a arrangé ça.

Une longue table à tréteaux a été installée dans le jardin. En bout de table il y a le patriarche et à ses côtés Grand-mère comme une reine mère. Ici les vieux tiennent le haut du pavé.

- Tu voles les grands-mères maintenant ?
- Les jeunes filles aussi.
- Essaie un peu voir.

Il se prend pour qui ce voleur à la tire ? Serais-je un peu jalouse ? Cette pensée, peu habituelle pour un papillon, m'a effleuré l'esprit.

Cette communauté a gardé les grands principes qu'on croyait rayés de la carte, excepté dans les émirats. À savoir que les hommes et les invités sont à table et que les femmes se démènent aux fourneaux et à servir. Je ne sais pas si c'est bien ou pas bien, en tout cas pour bibi c'est pas désagréable. Grand-mère a l'air de cet avis et semble aussi à l'aise que dans sa cuisine. Faut dire aussi qu'on lui a glissé un verre de vin rouge. Dans cette société, les vieux ont les mêmes droits que les jeunes. Étonnement, Lucio ne s'assoit pas à mes côtés. Probablement attend-il son heure. Il a la patience du chasseur. Mais il n'est pas dit que je sois un gibier. Et d'ailleurs je suis dans le lit de Marine ce soir. On ne peut pas être à toutes les sauces à la fois.

La mama amène la grosse marmite sous les applaudissements. Faut dire que ça sent bon. Je remarque qu'il n'y a que des dames à côté de moi. On a ses codes. Et on les garde. Madame Gilberte bis qui m'a pris à la bonne, a collé ses fesses à mes côtés. Je prends mon portefeuille, et ostensiblement m'assois dessus. Elle me jette un œil réprobateur.

- Tttutut, ça marche pas !

Je fais celle qui n'a pas entendu. Je demande à Gilberte bis comment elle s'appelle :

- Madame Robert.

Tiens, j'étais pas loin !

- Vous avez une sœur ?

- Non, pourquoi ?

- Comme ça.

Madame Robert se penche vers moi et me chuchote comme si elle livrait un secret d'état ;

- Ça vous dit de venir au cours d'hypnose ?

Elle ouvre grands phares ses yeux qui roulent autour de leur orbite.

- Heu, pas vraiment.

Madame Robert ricane. Visiblement elle aime bien faire peur aux enfants.

Je coupe en mini morceaux le blanc de dinde dans l'assiette de Grand-mère. Qui a dit qu'on retournait en enfance ? Ce n'est pas un menteur.

Lucio rigole la bouche pleine. Partout ça ne se fait pas, sauf à cette table.

- Quand j'ai commencé à m'approcher de la maison, elle a pris son fusil et a commencé à tirer par la fenêtre
- Sur toi ?
- Non, sur un type avec une vieille caisse.
- Ha. Monsieur Taudis. Elle l'a eu ?

J'ai mon bout de dinde dans ma bouche en attente de réponse.

- Non. Par contre sa bagnole en a pris un coup.

Ouf. Ce n'est pas aujourd'hui que Grand-mère fera la une du journal.

- Il nous harcèle pour acheter la maison.
- Tu veux qu'on lui fasse son affaire ?

Ce n'est pas Lucio qui a parlé mais le chef de la tribu. Vous connaissez la voix de Marlon Brando dans le parrain ? Et bien c'est pareil, mais en pire.

En plus, je ne sais pas si c'est un effet du hasard, mais papy chef choisit ce moment pour ouvrir son opinel et trancher son pain comme dans du beurre. Je pense à la gorge de M. Taudis.

- Heu...ça va merci, c'est pas un mauvais bougre. On l'aime bien en fait, on s'est habitué à lui.

Je n'aurais jamais pensé être un jour l'assurance vie de M. Taudis.

Les mômes qui courent autour de la table me font penser à la petite famille d'Alex. Finalement, on se fabrique tous un petit paradis, illusoire contre le bulldozer du temps, mais toujours bon à prendre. Je vais finir par réfléchir à la question.

L'ambiance est bon enfant. On ne dirait pas que tout le monde est passé probablement par la case prison ou clandestin. Je devine tout de même dans les regards une certaine dureté : faut pas aller les chercher. Surtout pas papy chef.

- Elle t'a pas braqué quand tu es rentré dans sa chambre ?

- Là, sous le nez.

Je me marre, car je vois très bien le tableau.

- Et comment tu t'en es sorti ?

- C'est bizarre. Au bout de deux minutes, comme je voyais qu'elle faiblissait pas, je ne sais pas ce qui m'a pris, je lui ai chanté une chanson. Dans ma langue. Une chanson qu'on chante aux enfants chez nous, pour les consoler. Alors des larmes ont coulé sur son visage et elle a abaissé son arme.

Tout le monde s'est arrêté de manger pour écouter le récit de Lucio. Même Grand-mère.

- Alors, c'est qu'elle a été dans un camp.

C'est Papy chef qui a parlé de sa voix sourde.

Je regarde Grand-mère et l'imagine jeune femme dans les camps. Avec des gitans, qui étaient eux aussi sur la liste rouge. Les morceaux du puzzle commencent à se rassembler.

- Allez, c'est du passé tout ça. On va trinquer à ta grand-mère !

Papy chef veut pas plomber l'ambiance. Et puis le malheur, ils savent que ce n'est pas la peine de revenir dessus. Il reviendra bien assez tôt.

Tout le monde trinque. Y compris Grand-mère qui refuse jamais de lever le coude.

Tout a une fin, surtout les meilleurs moments. Je regarde Grand-mère qui s'est endormie sur son fauteuil roulant. On la fait rentrer dans une camionnette en la faisant rouler sur une planche. Elle se réveillera dans sa chambre, en pensant qu'elle a rêvé sa ballade au pays des bohémiens. Un jour, elle se réveillera au pays des merveilles.

- C'est comme ça que tu voles les motos ?

- Je ne vole plus maintenant. J'enseigne.

- C'est vrai ? Plus du tout ?

- Enfin, moins souvent. Je te raccompagne ?

- Non, ce soir je dors chez une copine.

Il tique un peu. Ce qui fait toujours plaisir.

- Et elle a des moustaches ta copine ?

Tiens, il a des points communs avec mon père. Au premier abord, on n'aurait pas cru.

- Pas du tout. Elle se rase tous les matins.

- Bon, on se voit bientôt.

Et il file comme si c'était un point acquis. Je lui lance dans son dos :

- Prends rendez-vous !

Je m'installe à l'avant de la camionnette qui démarre quand on entend crier dans le rétroviseur. C'est Madame Robert qui court comme elle peut, c'est à dire très mal. Elle brandit mon portefeuille à travers la fenêtre :

- Quand tu poses ton cul sur ton argent, te lève pas pour prendre du sel !

Encore un peu je vais me faire engueuler.

- D'accord Mamy Robert.

- Ttttutttut. Tati.

- D'accord Tati Robert.

Elle se penche à mon oreille et dit très vite :

- Lucio c'est bon pour le pousse café. Pas pour le mariage.

Une femme avertie en vaut trois.

Tandis que la camionnette démarre, je lui fait un clin d'œil et lève mon pouce en accusé de réception. Ça a du bon la solidarité féminine.

Je regarde notre maison. Les lumières aux fenêtres brillent comme un bon feu de bois. Mes parents ont dû rentrer dans leur refuge d'une vie un peu compliquée et qui vous glisse des mains. Et pour la première fois je pense que tout a une fin, même les jours heureux.

Mon lieu préféré c'est le bar. Je veux dire de l'autre côté du comptoir. Il a un côté Carlton avec ses boiseries, ses verres genre grand luxe et un côté rade du port avec ses pastis et ses cartes postales ringardes. Ici, si on est riche, on ne se la joue pas. On n'est pas à Paname. Dixit Othello. Ou Purée-jambon, qui vient de temps en temps siroter son pastis. À Marseille, le monde est plus petit qu'ailleurs.

- Alors, tu l'as eu ton étoile ?

C'est toujours comme ça que Purée-jambon salue son collègue. C'est de bonne guerre.

- Et toi, qu'as-tu rajouté cette semaine à ton menu ?

Cette escarmouche n'empêche pas les deux confrères de partager l'apéro. Nous, on se la joue discret. C'est probablement la meilleure purée jambon et la meilleure bouillabaisse de la ville qui se partagent le comptoir. Ça en impose.

- Comment elle se débrouille, la petite ?

Othello regarde d'un œil examinateur la manière dont j'essuie un verre. Il hoche la tête, ce qui veut dire un bon point.

- Ça se fait.

Il rajoute, un brin gouailleur :

- Elle progresse pour les frites.

Tout le monde se marre, car on sait ce que ça veut dire chez Othello.

- Et comment va ton père ? Il tient bon avec son kiosque ?

- En tout cas, il a fait la une du journal.

C'est Tour-de-France qui grimpe en danseuse sur un tabouret. Depuis que je suis là, il fait un crochet avec son vélo.

Purée-jambon hoche la tête en homme d'expérience.

- Il semble qu'il a gardé le moral.

Personne ne se méprend. C'est une allusion directe à la brésilienne.

- Et comment va ta mère ?

Il fallait oser la transition, mais Purée-jambon ose tout, même la purée camembert. En bon cuisinier, Othello en rajoute une couche :

- Tiens, mercredi dernier je l'ai rencontrée. Elle m'a dit qu'elle allait chez son kiné.

Ici on a l'art de dire les choses sans le dire. Et tout le monde se comprend.

Il y a un petit silence où le petit comité apprécie le ragot comme du petit lait.

- Tu es sûr que c'est mercredi ? Tu dois te tromper, parce que c'est son jour de fermeture au kiné.

C'est dit avec un tel sens de l'ingénuité que cela force l'admiration. On est proche de l'éclat de rire général. Mais je douche l'ambiance :

- Il a raison tu dois confondre avec ton coiffeur.

Raclements de gorges. On est solidaire entre hommes.

Je poursuis mon règlement de compte :

- Bouge pas comme ça sur ton tabouret Tour-de-France, c'est dangereux à ton âge de tomber de vélo.

Tour-de-France fait grise mine. J'ai balancé ma remarque devant les jolies serveuses, il n'apprécie pas.

Et de deux.

- Au fait patron, vous savez que j'étais invitée au restaurant la Fourchette d'Argent ? Ça a été le meilleur repas de ma vie !
- C'est sûr qu'il les méritait ses trois étoiles.

Ça c'est Purée-jambon. Pas très solidaire entre chefs. On tire volontiers dans les pattes.

Et de trois. Il y a un autre client en bout de bar. C'est Café-crème.

Il lève sa main en souriant :

- J'ai rien dit !

Ça reste un homme. Et un homme c'est toujours à moitié coupable. Parce qu'à un moment donné ou un autre, il fera toujours une connerie.

Mais c'est trop long à expliquer.

- Café ?
- Coca. Si possible dans un grand bol.

Il est arrivé à me faire sourire. L'orage est passé.

Bon, maintenant j'ai des regrets. Faut que je recolle les morceaux.

- Tenez patron, regardez ce que j'ai fait de mon diner à la Fourchette d'Argent.

Je tends mon smartphone où la photo de mes exploits circule plus vite que la lumière.

Il regarde la photo d'un œil furieux.

- Franchement c'est scandaleux !

Tout le monde a l'air surpris qu'il prenne la défense d'un abruti de première. Mais Othello précise sa pensée :

- Ça beau être un restaurant trois étoiles, ils savent pas cuire un poulet !

On se gondole, sauf Café-crème qui fait une drôle de tête.

Je me penche plus qu'il n'en faut pour faire admirer deux ou trois de mes papillons à Tour-de-France. Il faut pas grand-chose pour le consoler de la misère du monde et de la sienne proprement dite.

- Un autre Pastis ? C'est moi qui régale !

J'offre la tournée, puis c'est au tour du patron, et ainsi de suite. Les filles m'ont rejoint derrière le bar. Vu de l'extérieur un passant pourrait croire que c'est un bar à hôtesses. À mon avis il serait bien reçu. Surtout par Marine.

Tour-de-France est aux anges. Les filles tournent autour de lui comme des papillons. Des fois même une se pose sur ses genoux. Il suffit juste de lui taper sur les mains quand elles se baladent de trop près. Mais on sait que ça ne porte pas à conséquence. Le coureur de jupon n'ira jamais plus loin que dans son classement dans le tour qui fit sa renommée. Le podium c'est pas pour lui.

Café-crème file discrètement.

Je demande au boss, intriguée par l'attitude de cet habitué un peu particulier.

- Au fait, il fait quoi dans la vie Café-crème?

Othello met un temps pour capter de qui je parle. Mais il comprend vite.

- C'est un flic à ce qu'il paraît, mais motus, hein ?

Les secrets se gardent bien à Marseille. Personne ne sait mais tout se sait.

Je comprends maintenant pourquoi il a tiqué quand il a vu la photo. Il a fait de suite le lien avec l'incendie du restaurant. Il doit connaître la maison Marcello.

Je me dis que tout ça, ça va se tasser et passer par perte et profit. Surtout pour le resto si on y pense. C'est rare qu'un restaurant paie la facture plus cher que le client.

Purée-jambon et Tour-de-France finissent par mettre les bouts. Les filles vont se manucurer ou se taper une discute sur la terrasse. C'est l'heure creuse.

Un coup de spleen s'abat sur Othello. Il baille, se gratte sa barbe de trois jours :

- Parfois je voudrais changer de vie.

- Qu'est ce qui t'en empêche ?

Il me regarde lourdement :

- Ça se voit que la vie t'es pas encore passée par-dessus.

J'ignore sa réflexion à la con :

- Tu n'as pas envie de voyager ?

Je m'étonne toujours que ceux qui ont les moyens de jouer les globes-trotters sont les plus aptes à rester devant leur télé.

Othello lève le plat de sa main style « Halte là ! On passe pas ! »

- Que par la pensée !

Je me dis que sa pensée n'a jamais dû aller plus loin qu'un vol de papillon.

C'est vrai aussi que les Marseillais et les Corses ont cette maladie de penser que rien au monde ne vaut leur coin de paradis. Dit autrement, c'est des chieurs.

En bon cuistot, Othello résume sa philosophie sur les bienfaits du voyage :

- Qu'on mange du chien ou du crocodile, du phoque ou du kangourou, ça reste de la barbaque.

Je pense au pavé de rumsteck à point que j'ai mangé à midi et j'ai une brusque envie de virer végétarienne.

Pour se remettre d'aplomb, Othello va sur la devanture et se met à chanter un couplet de Carmen. Ça tombe bien, la terrasse est déserte et Café-crème est parti au boulot. Nous, on a l'habitude, on attend que ça passe.

Carmen doit avoir des vertus car Othello rentre dans son resto avec le sourire. Tout le monde devrait écouter Carmen au lever du lit avant de sauter pieds joints dans cette vie de merde.

- Allez, on ferme la boutique !

Ni une ni deux, on range chaises, tables et tabourets et on se trouve toutes en file indienne devant le bar, où le grand chef fait parade tel un général devant son armée. C'est jour de paie comme tous les mardis que Dieu Othello fait. Sur le comptoir, la pile d'enveloppe avec chacune son nom écrit dessus en grosses lettres maladroites mais néanmoins sincères. Marine bien sûr est la première à recevoir son dû et moi je ferme le ban. En gros sur l'enveloppe : PAPILLON.

J'ouvre mon enveloppe et prends la moitié des billets, que je tends à Othello.

- C'est quoi ça ?

J'ai un peu honte, mais faut bien passer à confesse pour repartir à zéro.

- Chef, vous vous rappelez les deux filles en rollers avec un casque à moto qui venaient faire une razzia sur votre terrasse ? Et bien une des deux, c'est moi.

Othello décroche sa mâchoire :

- C'est pas vrai !
- Si, si. Je regrette infiniment.

Même si on s'est bien éclatées Marie-Laure et moi.

Othello me fourre la moitié de ce que je lui ai donné dans les mains.

- Bon, reprends ça. C'est à ta copine de me donner l'autre moitié.
- Je vais dire à ma copine de passer vous rembourser.
- C'est pas la peine. C'est fait depuis longtemps.

J'en suis baba :

- Marie-Laure est passée ?

Merde, dans l'émotion j'ai balancé son nom.

Othello lâche un infime sourire :

- Non, ton papa.

Je m'assois sur une chaise tellement je suis sciée par la

révélation.

- À chaque fois que vous venez faire une descente, je vais présenter la facture à ton père qui me rajoute un petit plus, pour le préjudice subit comme on dit. Et moi je paie la tournée chez Purée-jambon.

J'ai l'impression de m'être faite avoir depuis le premier jour de ma naissance.

Othello me fourre dans l'enveloppe le reste des billets :

- Alors tu ne me dois plus rien. Les compteurs sont à zéro. Allez file !

J'ai droit quand même à une bonne tape sur les fesses en partant. Faut jamais rater les bonnes occasions.

Je file dans le vent. Je ne sais pas où, mais j'y vais. Chez nous, quand on a payé sa facture on est quitte. La voix est libre sur les chemins de la liberté.

Je rentre dans la cuisine et fais l'étonnée :

- Comment ? Vous n'êtes pas habillés pour sortir ?

Depuis que dieu et monsieur le maire les avaient mariés, mes parents avaient mis un point d'honneur à fêter leur anniversaire de mariage. Ma mère fait ses courses sur son ordi, mon père en pyjama réchauffe du surgelé déjà réchauffé et Grand-mère grignote des biscottes. C'est peut-être la joie de vivre, mais ça n'y ressemble pas.

Ma mère lance un regard furtif à mon père :

- C'est qu'on fait des économies… et puis ton père ramène moins d'argent...

Mon père met sa petite touche :

- He oui, que veux-tu, maintenant la mode, c'est les journaux numériques !

Il se rend compte qu'il a gaffé. L'occasion est trop belle :

- Je croyais que tu faisais un stage intensif.

Dur pour mon père d'être entouré de femmes. Et encore, Grand-mère ne parle pas. C'est une chance.

Ma mère fronce les sourcils sans quitter les yeux de l'écran. Elle doit cocher 'panier'.

- C'est quoi cette histoire de stage ?

Mon père sent le danger. Et comme tous les hommes, il prend la tangente :

- Euh, pour moi des yaourts aux fruits s'il-te-plait.

- Des congelés ?

Ouf, c'est passé. Mon père se détend et me fait un petit v victorieux de la main. Ça doit être de famille.

Je hausse les épaules et me lance dans une proposition à laquelle je n'avais pas pensé une seconde auparavant :

- Bon, c'est pas tout ça, mais j'ai réservé le resto.

Mes parents sont, comme on dit dans les beaux quartiers, ébaubis.

- C'est moi qui invite !

Je ne sais pas où, ni comment, mais j'improvise.

Ma mère lance de nouveau un regard à mon père :

- ... c'est qu'il y a du changement.

- En fait on va divorcer.

Il y a un petit silence. Même Grand-mère s'est arrêté de manger ses biscottes.

- Ha ! C'est super ça !

Merde. Ce n'est pas tout à fait ce que je voulais dire.

- Enfin, je veux dire que vous pouvez fêter votre divorce, ça se fait. Et le jour anniversaire de votre mariage, on peut pas mieux faire.

- Bon alors, si tu le prends comme ça, c'est presque un plaisir.

- Dépêchez-vous, j'ai réservé pour 20 h. Moi je m'occupe de Grand-mère.

Je téléphone à Othello en catimini et en catastrophe.

- Qu'est ce qui se passe ? Tu as encore mis le feu à un restaurant ?

- Désolée de vous déranger en pyjama chef.

- J'allais faire mes vocalises.

- Votre femme peut me remercier.

- Elle met des boules Quiès. Elle dit qu'elle est trop sensible à ma voix.

Impossible de savoir s'il a gobé ou pas. Je ne m'aventure pas sur ce terrain-là.

- Vous ne connaissez pas un resto un peu classe pas trop cher ?

- Dans ton budget je vois que Purée-jambon.

- Je peux pas, mon père y a amené sa maitresse.

- Là c'est grillé.

Ici on ne transige pas sur les codes d'honneur. On n'amène pas sa femme à la même table que sa maitresse. Ou dans le même lit.

- Il y a la Soupe Royale. Belle terrasse. Magnifique vue sur la mer. D'ailleurs je me demande si c'est pas juste pour ça qu'il a son étoile au Michelin.

C'est un collègue. Mais si on peut lui casser les dents au passage, faut pas se gêner.

- J'aurais assez avec l'enveloppe que vous m'avez donnée ?

- Pour le pourboire ?

Il rit en cassant deux trois verres :

- Vas-y sans crainte. C'est un ami de trente ans. Il te fera crédit.

- Vous êtes top, chef. J'espère de tout cœur que vous l'aurez aussi votre étoile !

Je raccroche avant de sombrer dans le mélo.

Je n'ai pas fini de maquiller Grand-mère et de troquer mon jean contre un pantalon bon chic bon genre, que mes parents sont au garde à vous devant l'entrée. Je dois dire qu'ils en jettent.

- Vous êtes sûrs que vous ne voulez pas vous remarier ?

On rit de bon cœur. C'est comme à un enterrement, les blagues sont toujours bienvenues.

Ma mère se penche pour attacher des chaussures à talons de 5 cm. Je remarque au passage qu'elle a mis ma culotte des galeries Lafayette. Je ne dis rien, mais ça m'agace drôlement.

Je porte Grand-mère dans mes bras jusqu'à la voiture. Je me dis qu'elle est plus légère qu'un papillon. Ma mère la regarde comme si elle voyait une revenante devant elle.

- Tu as pas trop abusé ?

C'est vrai. J'ai tartiné. C'est que j'ai souvent joué à la poupée avec Grand-mère. Là j'ai déliré panoplie rose bonbon. Jusqu'au maquillage fait à la louche. Sans oublier le chapeau à fleurs.

- Pas vraiment. Je suis quand même pas allée jusqu'à lui mettre des talons genre Moulin Rouge.

Ma mère ôte justement ses chaussures pour conduire et les mets sur les genoux de mon père. Ainsi que son sac à main. C'est pour lui donner des regrets. Je sais. C'est un truc de femme.

On roule le capot de la 2 CV ouvert, le vent chargé du sel de la mer s'engouffre, on est heureux à cet instant, alors que l'on file vers une vie qui ne sera plus jamais la même.

- Tu mets radio Nostalgie ?

Coup de chance. Après 'la bohème, la bohème ...' de Aznavour, la belle voix charmeuse ' le soleil, la mer ....' envahit la bagnole. Mon père se retourne, et me fait un clin d'œil. Il glisse son bras derrière le fauteuil de ma mère. Il n'ose pas la toucher. Alors doucement, je pousse son bras pour qu'il se pose sur l'épaule de sa femme. Pendant le temps d'une chanson, trois délicieuses et douloureuses minutes, j'ai des larmes plein les yeux.

La 2 CV pile à deux centimètres d'une Bentley sous les yeux effarés du voiturier. Il l'est encore plus quand il voit ma mère sortir de la voiture pieds nus, que mon père se met à quatre pattes pour lui remettre ses chaussures, et que Grand-mère, dans mes bras, le chapeau de traviole, sourit aux anges.

   - Merde, j'ai oublié son dentier !

Ma mère tend les clés au voiturier :

   - Faites attention, elle démarre au quart de tour.

Mes parents attachent si peu d'importance à l'argent, que ceux qui en ont ne leur imposent pas. Aussi, c'est à l'aise comme au Mac Do qu'ils entrent dans ce restaurant qui brille de tout son or.

Moi, j'avoue, je suis dans mes petits souliers.

Le patron de l'établissement se pointe d'un pas empressé avec un large sourire qui fait penser à une bannière de pub.

   - Ha ! C'est mademoiselle Papillon. Venez ! venez !

Grand-mère dans mes bras, mes parents derrière, on suit à la queue leu leu en zigzagant parmi les tables. Ça me fait penser à notre circuit de Monaco, Grand-mère aussi car elle me fait le V de la victoire.

Je ne sais pas ce qu'Othello lui a dit, mais le boss est aux petits soins pour nous. Il nous met à l'aise, met la serviette de table autour du cou de Grand-mère et nous apporte une coupe de champagne offert par la maison. Grand-mère a droit à son verre de limonade, mais elle fait la gueule.

On regarde la magnifique vue sur la mer, une légère brise marine vient flirter avec les nappes blanches et nos cheveux. On ne vous l'a pas dit ? La vie, parfois, c'est top.

Mon père met un instant ma main dans la sienne, chaude et réconfortante :

- Merci ma chérie, tu nous as choisi un bel endroit.

Papa, maman, ma grand-mère et moi. Pendant longtemps j'ai cru que ce carré d'as serait éternel. Je savais bien que la mort viendrait perturber le jeu, mais ce n'était pas demain la veille. Maintenant, je pose un regard nostalgique sur ce présent précaire. Je le pressens, tout cela va finir avec la maison. On passe dans une autre dimension.

Je regarde mon père. Je me demande s'il pense au corps de sa belle brésilienne, à son parfum, à son rire, ou s'il est encore avec nous. Et ma mère ? Ira-t-elle vivre chez son kiné ? C'est vrai, il est marié. Ce n'est pas une option.

Je trempe un boudoir dans mon verre à champagne et le fait suçoter à Grand-mère. Je retire vite mes doigts avant qu'elle ne les engloutisse aussitôt sec. Le directeur a repéré le manège. Il nous amène une petite assiette de boudoirs. Il se marre léger léger. Juste ce qu'il faut.

On lit le menu, avec ce silence propre aux églises. Cette attention particulière qu'ont les clients le livret entre leurs mains m'a toujours surprise. Même chez Purée-jambon, alors qu'il n'y a que

3 lignes à lire. Cela veut peut-être dire qu'aller au resto, ce n'est pas si anodin. À méditer.

On fait la dictée au maitre d'hôtel qui note tout bien comme il faut.

- Ça ne vous dérange pas que ma Grand-mère mange directement sa mousse royale ?

- Le client est roi mademoiselle.

Un peu coincé quand même le pingouin. Je pourrai aussi lui expliquer que quand on approche de la fin, le plat principal c'est le dessert. Mais il l'apprendra bien par lui-même.

Je regarde mes parents et lâche sans prévenir :

- Vous l'avez dit à Monsieur le notaire que vous allez divorcer ? Parce que sur le contrat, normalement, vous avez pas le droit, hein Grand-mère ?

Grand-mère sourit et lève son pouce. Mais ça doit être pour la mousse royale qui arrive sur un plateau d'argent.

C'est ma mère qui est à la manœuvre :

- Dans un premier temps on va se séparer.

- Pour le notaire ça sera pareil, du moment que vous n'êtes plus sous le même toit.

- Justement, on va juste changer d'étage. Ton père s'installera au premier.

- Ha ! Malin !

Et mon père pourra recevoir sa brésilienne ? La question doit bruler mes lèvres car mon père regarde le plafond et semble prier que je ne la pose pas :

- Et si on parlait d'autre chose ? On fête notre anniversaire de mariage, après tout !

Ma mère a posé une seconde sa main sur celle de mon père. L'être humain est plein de contradictions.

J'attaque sous un autre angle :

- Au fait, c'est quand ton jour de kiné ?

Quelqu'un qui a les oreilles aux aguets décèlerait un certain flottement dans la voix de ma mère :

- Le mercredi, pourquoi ?

Tour-de-France avait bien raison. Pile sur son jour de congé. Il s'emmerde pas le kiné.

- Comme ça. La mère d'une copine voulait y aller. J'avais un doute sur son jour de congé.

C'est si bien envoyé que ma mère pique du nez dans son assiette.

- Et toi papa, ton kiosque il tient toujours debout ?

- Pas top top.

- Je croyais que tu avais une clientèle internationale.

- Ça m'arrive, mais c'est pas tous les jours.

- Le mercredi, comme maman ?

Ma mère se met à rire franco :

- Tu nous cherches ?

- C'est que je vous en veux de nous plaquer Grand-mère et moi.

- On vous plaque pas. On change d'étage c'est tout.

- L'intention y est.

- Ce sont des histoires d'adultes.

Elle n'a pas tout à fait tort. Qu'est-ce que j'y connais en lassitude du couple, en désir d'un autre quotidien, au temps qui se vide comme un sablier ? À mon âge, on voit le verre à moitié plein.

Un petit orchestre s'est mis à balancer ses flonflons. On a dégagé quelques tables pour improviser une piste de danse.

- Ça te dit ?

On dirait un jeune premier qui prend son courage à deux mains pour inviter sa demoiselle. Ma mère rit, embrasse mon père sur le front et se lève. Ils ont connu des moments plus chauds, mais c'est déjà pas mal.

Ils filent vers la piste de danse et nous laissent seules, Grand-mère et moi. Ça commence déjà.

Je suis dans mes pensées, quand je m'aperçois que Grand-mère fait du dégât. La belle nappe blanche est maculée de chocolat à un mètre à la ronde. Ce qui n'empêche pas Grand-mère de léchouiller méticuleusement son doigt après avoir raclé le tissu.

Le directeur de l'établissement accourt de son petit pas trottinant et je ne fais pas la fière.

- C'est pas grave, c'est pas grave ! Ha la la, c'est qu'elle aime le chocolat la mamie !

En un tour de main, avec l'aide d'un serveur, il change la nappe, rajoute des assiettes à dessert et place devant Grand-mère une assiette remplies de macarons de toutes les couleurs.

- C'est offert par la maison et ça ne fait pas de tâches !

Le directeur me fait un clin d'œil et file vers d'autres tables, heureux de nous avoir mis à l'aise. J'ai remarqué ça. Dans les grands restos, la vocation première, malgré les apparences, ce n'est pas de se faire du pognon. C'est d'offrir un bon moment au client, comme une parenthèse sur les aléas de la vie. Il y a de la générosité, du don de soi. À méditer aussi.

- Ça te dit de partager une clope ?

Grand-mère lève son pouce en s'enfournant un macaron dans le clapet.

Je fais un tour d'horizon pour voir qui taxer sans créer d'incidents diplomatiques. Mon radar fait soudain bip bip et mon cœur a bien dû s'arrêter une seconde. Marie-Laure et Marcello sont à une table en train de se taper une dorade. Ma copine est tellement en mini-jupe que de loin on croit qu'elle est à poil. Lui, avec son costard et sa casquette, on ne sait plus s'il sort pas tout droit de l'asile de fous ou d'une téléréalité. Une bouffée de colère m'envahit et une grosse envie monte de leur balancer la dorade sur la tronche. Mais je ne voudrais pas que la Soupe Royale explose et fasse la une du Provençal. J'ai un devoir moral envers Othello.

Marie-Laure se lève pour aller aux toilettes. Ça tombe bien, j'ai envie de faire pipi.

Je demande à une table voisine de surveiller Grand-mère, ils sont un peu surpris mais acceptent volontiers.

Quand elle me voit apparaitre dans le miroir, Marie-Laure crie comme si elle avait vu un fantôme en chair et en os. Je me jette sur elle et la colle contre la glace. Je la serre tellement, que nos visages sont presque bouche contre bouche :

- T'as pas honte de fréquenter ce merdeux ?
- Je répare les pots cassés.
- Tu veux dire que tu te sacrifies pour moi ?
- Un peu oui. Le poisson c'est pas mon truc.
- C'est son papa parrain de mes deux qui t'impressionne ?
- Non, c'est sa Land Rover.

Je l'écrase un peu plus pour lui notifier que je n'aime pas sa réponse :

- Tu sais qu'il a dit que t'étais une salope ?
- Et alors, c'est pas une insulte que je sache.

Je change d'angle d'attaque. Mon front est collé contre le sien, et mon regard entre dans le sien comme un couteau. Je lui en veux de m'avoir fait rencontrer ce petit con et par ricochet d'avoir fait cramer un resto, étoilé de surcroit.

- Il m'a dit que tu baisais comme un pied.
- Ha ouais ?

Je sens que je tiens le bon bout :

- Que tu étais aussi lourde à bouger qu'un camion.
- Ce gros porc t'as dit ça ?
- Et encore j'ose pas te dire le reste.

- Vas-y, je suis plus à ça près.

- Que quand tu jouis, tu louches c'est pas possible. Tes pupilles se croisent comme ça :

Je croise mes doigts pour bien lui faire comprendre.

- Comme ça ?

Marie Laure se met à bigler et à gémir, on s'y croirait.

- En fait c'est quand je mitonne !

On se prend un fou rire toutes les deux qui nous rabiboche dans la seconde. Juste à ce moment-là, la porte d'entrée des toilettes dames s'ouvre et une cliente entre deux âges, voire l'âge d'après, reste figée sur place :

- Oh ! Pardon !

Je ne sais pas ce qui me prend, je resserre mon étreinte et embrasse fougueusement Marie-Laure sur la bouche.

Quand je rejoins ma table, mon regard croise celui de Marcello, qui me fait un doigt d'honneur en bonne et due forme. En deux enjambées je pourrais aller lui renverser la table sur la tête, avec la dorade en prime, cela ferait un joli buzz sur Facebook, mais je me dis que ce ne se serait pas sympa pour monsieur le directeur de l'envoyer au chômage technique.

Je ravale ma bile et passe mon chemin. Je suis dégoutée. C'est quand même lui qui m'a fait virer de bord.

Je demande à mes parents

- C'était bien ?

Ma mère papillonne des yeux. Je ne savais pas qu'elle savait faire ça.

- On a dansé comme des amoureux.

Je regarde mon père :

- La salsa ?

Mon père, qui est naïf mais pas dupe, comprend l'allusion. Ça doit être l'effet de l'alcool, il rigole et me pince le nez :

- T'en rate pas une toi !

Voilà, on s'approche de la fin d'un cycle. Tout est pareil mais bientôt plus rien ne sera pareil. Ce sentiment flotte sur la table comme une fin de règne.

Ma mère a posé sa tête sur l'épaule de mon père.

- Vous étiez pas en train de divorcer ?

- C'est en cours ...

- Prenez votre temps. On est bien ensemble à la maison.

Pour combien de temps encore ? On a beau freiner des deux pieds, les étoiles bougent dans le ciel.

Une brusque envie de pleurer remonte en moi. Heureusement, monsieur le directeur se pointe.

- Mademoiselle Papillon, cela vous dit de faire un tour dans notre cuisine ?

Il précise, des fois que je crois que c'est un guet-apens :

- C'est monsieur Othello qui a suggéré l'idée.

Je jette un coup d'œil sur Grand-mère. Elle s'est assoupie, le menton sur sa poitrine. C'est fou ce que les personnes âgées peuvent dormir. On dirait qu'ils ont du mal à rester vivant.

Quand on ouvre la lourde porte battante, c'est comme entrer dans un autre monde. Une vapeur aux mille senteurs, un brouhaha feutré fait d'agitations, d'ordres, d'urgences, vous happent et vous bascule dans une autre dimension. On est d'ailleurs chez les géants. Casseroles gargantuesque, louches à rallonges, méga passoires, on se demande comment sortent de là des plats raffinés et savoureux.

- C'est pas beau ça ?

Oui c'est beau. J'aime bien ce ballet où tout est tendu vers la perfection, vers la générosité de présenter une assiette parfaite. L'ascèse pour offrir ce qu'il y a de meilleur. Si le monde prenait exemple, on ne serait pas dans un tel bourbier.

Le chef cuistot me salue de sa cuillère longue comme son bras et touille dans une marmite qui pourrait faire bouillir trois individus, pour peu qu'on soit redevenus cannibales. Mais à priori ce sont des crabes qui ne sont pas à la joie. Il paraît que c'est pas dégueu. Je gouterai dans une autre vie.

Le directeur fait les présentations à distance. À Marseille, on a la criée facile.

- C'est Papillon ! La protégée d'Othello !

- Vous lui direz de ma part que c'est bientôt deux à zéro !

Je lève le pouce. Mais pas certain qu'Othello apprécierait la plaisanterie. Parce qu'il ne s'agit pas de buts, mais de macarons. Ce qui est autrement plus sérieux.

On fait un petit tour rayon pâtisserie. Heureusement que j'ai pas amené Grand-mère avec moi, elle préférerait crever sur place. On me laisse faire une petite gâterie. Je veux dire par là qu'on me permet de racler le fond d'une casserole. Je m'essuie les moustaches avec ma langue. Je me régale, tandis que ces messieurs les cuisiniers prennent du plaisir avec les yeux.

- Dites-vous embauchez des stagiaires, patron ?

Il doit être surpris de ma demande, car il s'arrête de touiller. Il m'observe attentivement, comme si il ne se décidait pas si la dinde était assez cuite ou pas :

- Fais tes classes chez Othello, et reviens me voir avec ton bulletin de notes.

Je lève les deux doigts en V. Je suis bien la petite fille de ma grand-mère adoptive.

On passe devant la caisse attelée d'une dame à chignon, comme dans les films. Mais en plus exagéré.

Je tends mon enveloppe à monsieur le directeur :

- Othello vous avancera la différence, je pense qu'il vous en a parlé.

J'espère que oui. Cela fait bien longtemps que je n'ai pas fait ma prière intérieure.

Il rit en rejetant sa tête en arrière, ce qui me fait remarquer un curieux tatouage :

- Oh, c'est trooop ! Tenez, je vais prendre ça. C'est pour le pourboire du serveur.

Il prend un billet dans l'enveloppe et le remet de suite à la caissière comme si c'était une assiette trop chaude. « Table 6. Pourboire. Repas offert ». On ne perd pas de temps dans la restauration. On s'exprime en langage télégraphique.

- Avec Othello, on est à la vie à la mort !

Ici, ce n'est pas une phrase jetée à la légère. On acquiesce et on se tait. Chacun ses secrets. Lui, cela doit être assez lourd, car son tatouage, c'est des pointillés autour du cou.

Il me tend une petite assiette en osier avec une clé dessus :

- Nous avons quelques belles chambres avec vue sur la mer au-dessus du restaurant. Nous avons pensé que vos parents apprécieraient. Dites que c'est vous qui offrez, cela leur fera encore plus plaisir !

Il me serre la main ou plutôt me la broie à la manière casse-noisettes :

- Ha ! Au fait, je m'appelle Brutus.

Ce n'est surement pas son vrai nom, mais ici le surnom vaut plus que le vrai. Car si on le porte, c'est qu'on l'a mérité.

J'ai l'impression de sortir de la cuisine différente que lorsque j'y étais entrée. D'être un peu Jeanne d'Arc après sa révélation, si vous voyez ce que je veux dire.

Mes parents sont ravis de faire l'école buissonnière dans ce lieu protégé des dieux. Mon père me passe affectueusement la main dans les cheveux :

- Je croyais qu'on était bien ensemble à la maison.

- Je vous accorde la permission de minuit. Au fait, pour le

numéro de la chambre j'ai pas fait exprès, je vous le jure.

Ils leur ont donné la 69. Tout le monde rit de ma vanne. Même Grand-mère.

S'en suit dans le parking une petite dispute entre amis, en attendant la voiture livrée à domicile.

Mon père n'est pas chaud pour me laisser conduire :

- Elle a pas son permis.

- Ç'est pas grave, juste une fois !

Ma mère a le savoir-faire propre à la gente féminine pour clouer le bec. Je ne sais pas encore faire, mais ça vient.

- C'est pas toi qui lui as appris à conduire ?

Le voiturier arrive avec la 2 CV et se gare à nos pieds avec prestance, comme s'il s'agissait d'une Cadillac Phantom. Il ouvre grand la porte pour inviter à prendre place. Mon père me glisse discrètement un billet dans la main.

- C'est pour l'essence ?

- Pour le voiturier.

Mes parents ne se la jouent pas grands bourgeois, mais ils connaissent les codes.

On a installé Grand-mère en co-pilote et nous voilà parties. J'ai quand même calé deux trois fois au démarrage et j'ai dû essuyer les « Hum, hum » de mon père.

Dans le rétro mes parents me font signe de la main. On dirait que je pars en voyage alors que je rentre à la maison. Les parents sont tous les mêmes. Dès qu'on sort des clous, ils ont les chocottes.

Alors que la route se déroule sous la lueur des phares, je pense à cette soirée que je leur ai offerte. C'est comme un retour de tous les cadeaux d'anniversaires que j'ai reçus lorsque j'étais môme. Je le dois aussi en partie à Othello. Il a brusquement monté dans mon top ten.

À mi-chemin je m'arrête et sors de la caisse. Je fais comme ma mère. J'ôte mes chaussures et m'installe au volant, pieds nus. Viva la vida !

Le soleil se lève. Une boule de feu transcende la cité phocéenne et se jette dans les vagues qui viennent mourir doucement en bas de la falaise. Pas un souffle de vent. Je me sens un magnifique plongeon, sauter dans le ciel pour titiller les dieux qui me protègent. Et frôler les dents de la mer, pour me rappeler que la vie est la vie et la mort est la mort.

Pour moi c'est un nouveau jour aussi. J'ai décidé d'être chef et de commencer par les fondamentaux.

Mes cheveux sont encore trempés et collés par le sel quand je débarque dans la cuisine de Purée-jambon. Il est un peu surpris mais comme tous les machos qui se respectent, ne le fait pas voir :

- Tu sors de ta douche ?
- On peut dire ça.

Pour moi, ce saut matinal dans la mer, c'est me laver de tous les péchés des humains.

Purée-jambon, un papier à la main, sort du garde-manger tout ce dont il aura besoin pour assurer le menu du midi. Il a des lorgnons à loupe sur le nez, les mêmes que mon père cache dans sa poche quand il croise sa brésilienne. À croire que Afflelou a fait un carton chez les seniors.

- Dans une cuisine, il faut être bien organisé et suivre sa check-list.

Je ne vois pourtant rien de comparable à un cockpit, si ce n'est celui de la petitesse de la cuisine. Ni de l'utilité d'une liste pour un menu du jour qui ne changera que le jour de sa mort.

- Tu ne connais pas par cœur ton papier ?

Il soupire profond, bien me faire comprendre la bêtise de ma question :

- Justement, c'est ça l'utilité d'une check list. Tu fais tous les jours les mêmes gestes et tu oublies un truc important.
- Genre faire le plein de kérosène ?
- Genre oublier le sel. Tu imagines une purée sans sel ? Ou une purée de pommes de terre sans patates ?

Je ne sais pas s'il plaisante, en tout cas je ne prends pas le risque d'éclater de rire.

Je fais le grand saut :

- Dis, tu peux m'apprendre à faire une vraie purée ?

Du coup il enlève ses loupiotes, il a bien compris qu'il s'agissait de me lancer dans le métier, pas de lui piquer ses secrets d'états.

- J'ai toujours pensé que tu étais faite pour ça.

Je ne sais pas si c'est un compliment. Mais venant de sa part, je le prends comme tel.

- Alors, c'est top là ?
- C'est top là.

Je tape dans sa grosse paluche. Maintenant on est à la vie à la mort.

- Tu en as parlé à monsieur une étoile ?

Tout le monde sait qu'il s'agit d'Othello.

- C'est comme si c'était fait.
- Faut demander la permission. C'est comme ça.

Je lève deux doigts façon Grand-mère. C'est explicite et ça ne mange pas de pain.

Madame Gilberte déboule dans la cuisine. Le monde est petit, mais ici il est plus petit qu'ailleurs.

Elle me fait la bise comme une vieille copine. Je la devance avant qu'elle me demande.

- Je vais bien Mme Gilberte. Et ma sœur aussi.

Elle rigole léger, elle a le sens de l'humour. Sous sa moustache, ça ne se voit pas trop. Je suis méchante je sais, mais avec elle je ne peux pas m'en empêcher.

- Elle veut que je lui apprenne à faire une bonne vraie purée maison.
- Tu sais que c'est ce qu'il y a de plus dur à faire ? Ça et les

omelettes.

Purée-jambon opine de la tête et en rajoute une pincée :

- Et d'ailleurs, tu as vu un grand chef mettre dans son menu une purée jambon ou une purée saucisse ? Pffff ! Ils savent pas faire !

- Ils font des trucs compliqués mais c'est pour grignoter.

À les entendre, c'est mieux d'aller manger à la cantine.

- Je suis passée tout à l'heure acheter le journal mais le kiosque était fermé. Je suis toujours la première cliente.

Je comprends maintenant pourquoi mon père pense à se tirer au Brésil.

- Mes parents sont rentrés tard d'une soirée.

Je ne vais pas lui dire qu'ils sont probablement au lit, ça ne se fait pas, malgré qu'ils soient mariés depuis vingt ans.

- Vous êtes marié Madame Gilberte ?

- Pas vraiment.

Elle glisse un œil à Purée-jambon et je comprends aussitôt leur situation matrimoniale. Elle rajoute, légèrement perverse :

- Mais si ça continue, je vais me marier avec le premier venu.

À mon avis, le premier venu va prendre les jambes à son cou.

Mme Gilberte prend son caddie :

- Bon, c'est pas tout, il faut que j'y aille. Tu veux quoi ?

- 10 kg de saucisses, 10 kg de jambon, et 10 kg de côtelettes de porc.

C'est sûrement la même conversation tous les matins que dieu fait. Purée-jambon m'explique :

- Pour les patates, je fais livrer.

Madame Gilberte tend la main. Purée-jambon lui glisse quelques billets. Elle me lance un petit clin d'oeil :

- Hors de question que je fasse les courses gratis tant qu'on n'est pas mariés.

Je lève un pouce. Entre femmes faut être solidaire.

Madame Gilberte file en trainant son caddie comme un petit chien chien.

Purée-jambon s'assoit lourdement et me fait le résumé de sa situation maritale. Sa femme officielle ne veut pas se séparer car elle perdrait la moitié du restaurant, ce qui lui ferait mettre une croix sur une belle rente mensuelle. En gros, Purée-jambon est coincé de toute part. Entre une femme qui ne veut pas divorcer et une maitresse qui veut pas faire ses courses à l'œil tant qu'elle n'est pas mariée.

Je le console un brin :

- Ne vous inquiétez pas Purée-jambon, tout finit par s'arranger.

Je ne lui dis pas que tout fini en purée, pas sûre qu'il comprendrait l'humour.

Purée-jambon sort un gros sac de pommes de terre et le pose comme un trophée au milieu de la table. J'en profite pour lui faire la bise et filer comme une voleuse avant qu'il m'embauche. Car dans la purée, ce qu'il y a de moins rigolo, c'est d'éplucher les patates.

Sur la porte d'entrée du gymnase, Jo scotche l'affiche des participantes à la finale des championnats de France par équipe. Logo bleu blanc rouge, c'est sensé impressionner et motiver les troupes. Je regarde toujours avec étonnement la série de noms. Chewing-gum s'appelle en vrai Christine Vachin, Saut-de-Puce c'est Ewa Krasinski, carré Gervais Myriam Bellini...pour moi tous ces noms n'ont pas le goût mordant de la vie. Mais nous le savons toutes, une fois notre carrière sportive terminée, il faudra retrouver notre état civil.

Je m'attends à retrouver au vestiaire une Marie-Laure tendue, elle est devant la glace en train de regarder sa nouvelle culotte sur toutes les coutures.

- Tu t'entraines pour ton rendez-vous ce soir ?

- Il faut toujours être belle dessous pour être bien dessus.

Dicton Marie-Laure. Du grand classique. En matière de cul, de près ou de loin, elle est imparable.

J'essaie de lui donner un coup de pression :

- Tu es prête pour ton combat du siècle ?

- Qui vivra verra !

- J'espère qu'on va perdre à cause de toi.

- On gagne ensemble ou on perd ensemble, n'est-ce pas les filles ?

Un ho ! Ho ! Hourra ! Explose dans le vestiaire. Pas mécontente de son petit effet, Marie-Laure me bouscule de l'épaule et me chuchote en passant :

- Tu sais quoi ? Tu embrasses mieux qu'un mec.

Je lui lance dans son dos :

- C'est normal, j'ai appris sur le tas !

Je pense à Marine et aux nuits sympas qu'on a passées. C'est fugitif, comme un petit bonheur qui passe. Et ne revient plus.

Le week-end prochain c'est la finale. Jo a mis sa tenue des grands jours : un maillot doré qui fait penser à un gros œuf de pâque dans un papier cadeau. On a beau l'avoir vu dix fois dans sa tenue d'apparat, on se pince toujours pour y croire.

On est toutes assises en un grand cercle dont Jo est le point central. Chacune notre tour, on passe à la casserole. Et ce n'est pas une manière de parler.

- Qui peut le plus peut le moins !

Comment mettre à terre une tonne de viande quand on pèse au maximum – pour Carré Gervais- 80 kg? Inutile de se jeter contre la montagne, l'expérience nous a appris que cela ne sert de rien. Certaines lui ont marché sur les pieds, mais ça ne marche plus. D'autres lui ont effleuré les couilles, mais c'est à haut risque. Saut-de-Puce, paradoxalement, s'en sort le plus facilement. Elle saute à la gorge avec ses jambes en ciseaux, et, pendue à l'envers, lui attrape les jambes, une fois sur deux ça marche. Jo nous encourage malgré nos déconfitures successives. « Allez ! Allez ! Tous les coups sont permis ! Au-dessus de la ceinture, hein ? » Perso, je mords la poussière et c'est au tour de Marie-Laure qui comme d'hab a collé ses fesses contre moi. Tout le monde se gratte les pieds ou vérifie la couleur de ses ongles, car en général cela dure deux secondes. Au bout de cinq, tout le monde relève la tête. Marie-Laure est toujours sur ses pieds et on sent Jo sur le qui-vive. Il y a quelque chose qui tourne pas rond.

Des encouragements « Allez Marie-Laure ! » éclatent ici et là, voir même des « Met lui une patate ! ». Cela semble galvaniser notre championne en herbe qui échappe aux pattes du gros ours et se permet même de lui mordre les doigts en passant, pour rigoler mais cela fait quand même son petit effet.

Enfin Marie-Laure se décide à lancer son attaque, ce qui a un air de petit avion japonais contre un porte-avion américain. Elle lui balance un croche-pattes mais des deux pieds à la fois, talon contre talon, et du plat de sa main repousse brutalement le menton de Jo en arrière. Il tombe sur le cul.

Après une seconde de stupeur générale, tout le monde crie et applaudit, tandis que Marie-Laure file vite à sa place avant que Jo ne se relève.

C'est la honte de sa vie, mais il ne le prend pas si mal, car il sait que la victoire est au bout :

- Bon, je vois que mes leçons commencent à porter leurs fruits.

Je chuchote à Marie-Laure :

- Comment tu as appris ça ?

- Sur YouTube.

Je passe l'info à ma voisine de gauche qui me demande où elle a appris ça qui la passe à sa voisine de gauche et ainsi de suite. Visiblement ces chuchotis agacent le maestro :

- Qu'est-ce qu'on a, à chuchoter dans les rangs ? Silence ou c'est cent pompes !

On serre les lèvres, mais il y en a qui ont du mal à réprimer un fou rire. Surtout quand une dévergondée crie dans le dos de Jo « Bravo Marie-Laure ! »

- Bon, est-ce que vous savez faire ça ?

Avez-vous vu un ours en maillot une pièce se mettre debout sur deux mains, puis sur une main ? Nous, oui. Jo nous fait le grand jeu pour nous faire oublier sa déculottée. Il se renverse en arrière jusqu'à toucher mains au sol puis doucement relève ses jambes jusqu'à faire le poirier. À chaque mouvement on applaudit. Ça lui fait plaisir et ça nous repose de le regarder travailler. Jo finit sa démonstration en faisant le grand écart tout en levant ses bras en arabesque. Avez-vous vu un cygne obèse ? Nous oui.

- Quand vous saurez faire ça, vous serez de grandes lutteuses.

On ne voit pas le rapport, mais on opine néanmoins.

Jo était champion de gymnastique avant sa puberté. Mais à l'adolescence il s'est mis à gonfler comme une baudruche. « Je grandissais en largeur !» qu'il nous a raconté avec son fort accent. Un jour qu'il était à moitié nu et qu'il n'arrivait pas à rentrer dans son maillot, son entraineur est venu à lui « Tu devrais essayer la lutte gréco-romaine Jo » Et pour l'encourager, il aurait même ajouté « la gym, c'est un sport de filles ». On était sceptique sur cette version, mais néanmoins on écoutait avec plaisir la suite. Il avait donc regardé des cassettes de lutte pour voir de quoi il s'agissait et s'était inscrit dans un club. « On s'échauffe, puis on me montre un grand gaillard. Je fais ni une ni deux : je lui balance une manchette qui le met à genoux et je finis le travail en lui tordant le cou. À ma grande surprise tout le monde cri au fou ! On me traine par les pieds et les mains pour me séparer du malabar. Enfin, quand tout se calme, je comprends mon erreur. J'avais regardé des cassettes de catch en pensant qu'il s'agissait de lutte ! »

Jo claque des mains. Ça raisonne jusqu'en haut des plafonds :

- Quartier libre !

C'est à dire que chacune a le droit de travailler avec qui elle veut. Autant dire que c'est mi papotage, mi entrainement. Mais Jo veille au juste équilibre des choses.

J'attaque d'entrée Marie-Laure :

- Alors, je croyais que tu passais une période d'abstinence.

- C'est exact.

- Et Marcello ?

- Ça compte pour du beurre.

Elle se met à bigler et gémir moderato. Jo qui est pas loin se méprend :

- Doucement Papillon, ne me l'esquinte pas.

On rigole un petit coup puis on reprend notre sérieux :

- Et ton plan, il avance ?

- Pas qu'un peu oui. Il veut bien se marier mais à une seule condition.

- Laquelle ?

- Que je reste à la maison.

J'en suis tellement baba que je relâche l'étreinte et que Marie-Laure en profite pour me retourner.

Jo se méprends encore :

- C'est bien Marie-Laure, tu tiens le bon bout.

C'est une expression qu'il ne faut jamais dire à Marie-Laure :

- Tu vois, lui aussi il pense comme moi.

On pouffe puis je reprends mon sérieux en l'étranglant par dessous. Du coup, elle gémit pour de vrai.

Jo intervient en posant un pied sur ma fesse. Autant mêler l'utile et l'agréable.

- Hé ! Retiens-toi !

Marie-Laure reprend un peu d'air frais en déglutissant :

- C'est ce que je dis toujours, mais ça marche rarement.

Je repasse par-dessus Marie-Laure avec une facilité déconcertante :

- La lutte c'est pas comme au lit. Faut éviter de se faire passer par-dessus !

- Ça doit être pour ça que je suis pas douée.
- Il a raison ton futur mari, c'est mieux que tu restes à la maison.
- Tu sais compter jusqu'à trois ?
- Il me reste des bases.
- Alors compte.
- Un...deux...

En un tour de main Marie-Laure me retourne et m'immobilise des pieds à la tête.

- T'as appris ça où ?
- J'ai appris sur le tas.

Cela s'appelle se faire clouer le bec.

Dans le vestiaire, l'ambiance est à la fois détendue mais concentrée. On sait que la prochaine fois, ce sera le grand jour. Jo est assis sur un banc. Dans cette position, il ressemble encore plus à un gros œuf de pâque enveloppé dans son papier doré. Sauf qu'on n'a pas vraiment envie de croquer dedans.

L'œuf de pâque a mis ses lunettes noires. Pour ceux qui connaissent, ça peut faire penser aussi à un Shadock. Justement Chewing-gum change sa culotte et c'est un excellent test.

Notre sixième sens fait bip bip et on est quelques-unes à guetter une réaction chez Jo. D'autant que Chewing-gum fait des mouvements d'assouplissement juste sous son nez. Plus exactement, pieds joints, elle colle son nez contre ses genoux, si vous voyez ce que je veux dire. La voix de Jo ne tremble pas et pas une goutte de sueur ne perle sur son front. Je tire mon chapeau. Il a un self contrôle de tonnerre de dieu. Mais c'est comme un espion Israélien dans une cantine du Hamas, il sait que repéré, il ne sortirait pas de là vivant.

Jo souffle comme un phoque devant un filet de poissons hors d'atteinte. Il ne faut pas s'y méprendre, c'est de nostalgie qu'il s'agit.

- Bon, les filles, je vais vous faire un aveu. C'est mon dernier championnat, après je raccroche. Il est grand temps pour moi. Si Marie-Laure commence à me mettre sur le tapis, c'est que rien ne va plus !

On rit de sa vanne, mais on sent au fond de nous que le moment est important et qu'il restera gravé dans nos mémoires. Chewing-gum en reste baba, assise les jambes écartées en extension, les mains sur les pieds, si vous voyez ce que je veux dire. Jo a un splendide panorama sur sa chatte et surement un cœur solide.

- Et qui va te remplacer ?
- Alors ça... mais personne n'est irremplaçable, même le pape. Même Dieu !

Il fait un rapide geste de croix, Jo est légèrement bigot sur les bords et sa remarque est limite limite blasphème.

- Bon, vous savez ce qu'il vous reste à faire ?
- Te faire un bon câlin.

C'est Marie-Laure qui plaisante dans son registre.

- Mieux que ça.

- Te ramener une coupe remplie de champagne ! Hein les filles ?

C'est moi qui ai lâché la salve d'honneur en bonne meneuse de femmes.

Un énorme 'ho' hop' 'Hourra' fait trembler les murs du vestiaire.

Jo se lève, d'autant que, hasard du calendrier, Chewing-gum a remis son jean.

- C'est gagné alors, hein Marie-Laure ?

Tout le monde se marre et s'est repartit comme en l'an quarante.

Il pleut averse. On attend que ça passe, comme souvent dans la vie. Je me suis souvent demandé où s'abritent les papillons quand il pleut des millions de gouttes qui pèsent plusieurs fois leur corps. Sous les feuilles ? Mais quand il n'y a pas d'arbre, quand il n'y pas de nature à 10 km à la ronde ?

- Qu'est-ce qu'on fait ?

Combien de fois j'ai entendu Marie-Laure me dire cette phrase. C'est le propre de l'amitié de s'ennuyer ensemble. Alors on s'est beaucoup aimé Marie-Laure et moi.

- Je vais voir mon père, ça te dit ?

Marie-Laure pose une seconde sa tête sur mon épaule :

- Oui, ça me dit.

Elle qui n'a pas de père, ça lui dit toujours. On n'en a jamais parlé, je sais que des fois elle pense à ses parents. Elle fait la fofolle, mais une gravité ne quitte jamais le fond de ses yeux. Elle a décidé de vivre, voilà tout. De vivre pour trois.

Il fait plus noir que nuit. J'aime bien les faisceaux des voitures qui balaient l'asphalte trempé par la pluie. Je ne connais rien à la magie de la campagne, mais de la ville, tout. Si, peut-être le bruissement des grillons. C'est plus fort que ce qu'on fait les hommes de leurs mains.

Sur la petite place, le kiosque, la petite table et l'arbre sont bien là. Mais la cabane est fermée et les lieux désertés. On dirait un village abandonné. Il n'y a plus âme qui vive.

- Tu t'inquiètes ?

Marie-Laure qui aurait adoré se faire du mouron pour ses parents me pose la question. L'amitié passe par-dessus sa propre tristesse.

- Pas vraiment. Je crois qu'il a laissé tomber.

Marie-Laure glisse sa main dans la mienne. On dirait celle d'un enfant. Sa main s'est arrêtée de grandir le jour où ses parents ont pris un avion vers Venise.

Je ne sais pourquoi mais je me mets à pleurer, pleurer, pleurer. On tire un trait sur mon enfance. Un trait qui va de la maison au kiosque en passant par Jo et Marie-Laure. C'est dur de quitter sa chrysalide. On ne sait pas si ça vaut vraiment le coup. En tout cas, on sait que cela ne sera jamais mieux qu'avant.

- Viens, on va se taper un whisky.

Nos pas nous mènent naturellement vers Purée-jambon. Il y a de la lumière et on devine quelques clients au bar.

Marie-Laure s'arrête net :

- Je crois qu'il y a ton père.

Je sèche mes larmes avec mon tee-shirt pour repérer mon père et Purée-jambon accoudés au comptoir, l'un en face de l'autre. Ils refont le monde ou finissent de cueillir les quelques pâquerettes qu'ils leurs restent.

- Il attend 22 heures, l'heure où il ferme son kiosque habituellement pour rentrer.

Je suis surprise que Marie-Laure connaisse les horaires de fermeture de mon père, mais cette pensée ne fait que m'effleurer.

- Qu'est-ce qu'on fait ?

Une brusque envie de chaleur me saisit :

- On dort ensemble ?

- Faut passer par la fenêtre ?

- Comme d'hab. Pourquoi ça changerait ?

Oui, pourquoi ça changerait, au moment où tout allait s'arrêter ? Ce n'est pas facile car la liane est trempée, mais avec Marie-Laure qui me pousse sur les fesses, on y arrive. J'ai l'impression de rentrer chez moi comme une voleuse.

Marie-Laure chuchote si fort qu'elle réveillerait un mort assoupi :

- Tu es sûre que tes parents ne veulent toujours pas que je dorme chez toi ?

- Dans le même lit ? T'es ouf ?

Mes parents s'en foutent royalement. Mais c'est trop bon de faire comme avant, du temps où on n'avait pas le droit. Où chacun devait rentrer chez soi avant les informations du soir.

Je dois tirer comme un âne Marie-Laure par les bras pour qu'elle parvienne jusqu'au rebord de la fenêtre. Je suis vénère car depuis le temps elle a pas progressé d'un iota.

- Putain, tu peux pas te servir de tes jambes ?
- Ça glisse. Pas facile avec la pluie.

Le problème avec elle, c'est que ça glisse toujours, même quand il n'a pas plu.

Marie-Laure reprend son souffle sur le lit puis enlève son jean, son tee-shirt et se glisse dans les draps en gloussant de plaisir.

- Je te préviens, je ne traine pas pour dormir.

Personne n'en croit rien, mais c'est un principe de le dire. Elle en profite pour me piquer mon coussin.

- Me pique pas mon coussin !

Ça aussi c'est pour le principe, je roule déjà en boule des vieux pyjamas en guise d'oreiller. On se dispute ma peluche, mais ce n'est pas un problème, je gagne toujours.

La lune éclaire la chambre avec douceur, comme le ferait une bougie. On a l'impression que tout change. Non, rien ne change. Depuis des millions d'années, la lune éclaire la terre la nuit. Et ce sera pareil dans des millions d'années. Nous ne sommes qu'une variable sans importance.

On se tape la discute en regardant le plafond, puis se mettant sur les côtés, les visages très près l'un de l'autre, jusqu'à ce que les yeux se ferment. On fait toujours comme ça. Et ce sera encore comme ça cette fois ci.

Marie-Laure démarre la tchatche. Une fois sur une c'est elle qui fait tourner la manivelle.

- Tu arrêtes l'année prochaine si Jo prend sa retraite ?

- Sans Jo, le club n'est plus le club.

- Si tu pars, ça va être la débandade. Tout le monde va partir.

C'est vrai que quelque part je suis un peu le pivot des filles. Peut-être parce que de cette génération, je suis la première cancre que Jo a recrutée. Marie-Laure est venue après. Par dépit. Il n'avait pas osé refuser à la fille qui me collait comme un scotch.

- De toute façon faut bien que ça s'arrête un jour.

- Ça veut dire aussi que ce sera comme si le club n'avait jamais existé.

Marie-Laure est bien placé pour savoir qu'on disparaît vite de la mémoire des vivants.

- Qu'est-ce que tu veux que je te dise. Ça ne me dit rien un nouvel entraineur.

- J'ai jamais parlé d'un nouveau coach.

Je tourne ma tête vers Marie- Laure, mais elle prend bien soin de garder ses yeux au plafond.

- Tu veux dire quoi par-là ?

- Tu te rappelles quand tu avais remplacé une semaine Jo parce qu'il avait l'appendicite ?

- Et alors ?

- Et bien voilà.

- Tu délires.

Un silence radio s'installe. Chacune campé sur ses positions et aucune ne veut aller plus loin.

Une chose en amène toujours une autre. Cette fois c'est à mon tour de prendre la manivelle :

- Au fait, tu sais pour les lunettes de Jo…. ?

- Pfffff ! C'est un secret de polichinelle.

- Il y a des filles qui savent ?

- Toutes les filles.

Une image me revient à l'esprit :

- Même Chewing-gum ?

- Même Chewing-gum.

Les filles sont-elles exhibitionnistes ou ont-elles bon cœur ?

- Ça te gêne pas ?

- Ben non. Du moment qu'il croit qu'on sait pas.

Doit y avoir un fond de vérité. Mais je n'y vois pas bien clair.

- Pourquoi tu m'as embrassée comme ça l'autre jour ?

Je savais qu'elle y reviendrait. Juste une fois. Après, ça restera dans nos regards.

- Tu vois les lionnes qui mordillent leurs bébés …. ? et bien c'est un peu comme ça.

- Parce que on va bientôt se séparer ?

Elle est pas con Marie-Laure quand elle s'y met.

- On restera toujours en contact, non ?

- Je t'enverrai des cartes postales.

- Tu pars où ?

- Au Liban.

- C'est un Libanais ?

- Un Libanais riche.

Un libanais riche est une nationalité à part entière chez Marie-Laure.

- Je viendrai te voir.

- C'est sûr.

On n'y croit pas, mais c'est comme un vaccin contre l'envie de pleurer.

J'entends mon père en bas qui est revenu de chez Purée-jambon à l'heure où il rentre habituellement du boulot. Lui aussi m'enverra des cartes postales. C'est quoi cette vie de merde ?

C'est le moment pour Marie-Laure et moi de se retourner sur le côté. Nos yeux plongent dans le regard de l'autre

- Tu en veux à ton père ?

- D'avoir fermé le kiosque ?

- De tout plaquer.

Autrement dit boulot. Femme. Enfant.

- Je sais pas.

Je ne sais pas mais j'ai quand même les larmes aux yeux. Mon père pense qu'il a le droit, maintenant que je peux voler de mes propres ailes. Il pense qu'il a le droit de se faire une deuxième vie dans sa vie. Je ne sais pas si je lui en veux ou pas.

Marie-Laure essuie doucement mes larmes avec son pouce:

- Les étoiles changent de constellations aussi.

Quand je me réveille je m'aperçois que Marie-Laure a filé par la fenêtre. Ça aussi cela fait partie des habitudes. Qu'elle parte avant que mon père se lève aux aurores pour aller au boulot, des fois qu'il passe m'embrasser quand je dors. Des habitudes sur lesquels il faudra tirer un trait.

En rollers, je file entre les voitures, fonce vers mon destin qui commence à se profiler en pointiller. Dans l'ivresse du moment je chante à tue-tête « I am singing in the rain, I am singing… » parce qu'il fait un soleil d'enfer et que là, maintenant, il ne pleut pas sur ma vie.

Mais le principe de réalité vous reprend toujours par le collet. Une voiture de police me coupe la route et je manque leur rentrer dedans. Je n'ai pas le permis rollers, mais faut pas abuser.

- Dites, vous vous croyez à Miami ?

C'est bien connu, les flics n'ont pas d'humour :

- Vous êtes sur une route à double sens et à usage exclusif d'engins motorisés.

Je réponds pas car c'est bien connu aussi, les flics ont horreur des conversations qui ne sont pas à sens unique.

- Bon, on vous embarque.

- Vous plaisantez ?

- Parce que j'ai une tête à rigoler ?

J'évite le piège. Il ne faut jamais répondre à un policier. On apprend cela à la maternelle.

L'avantage d'être dans une voiture de police, c'est qu'elle brule tous les feux rouges. En deux trois mouvements on arrive à bon port, si on peut donner ce terme à un bâtiment austère où, pour beaucoup de monde, c'est la fin de la récrée.

Café-crème est derrière son bureau, les pieds dessus et les mains derrière la tête. La caricature du flic. Ou du truand. On ne sait pas lequel des deux, on parierait pas dessus.

- Rassurez-vous, ce n'est pas pour vous commander un café-crème que je vous ai invitée.
- Vous avez des invitations un peu musclées.
- Désolé pour le procédé, mais il me fallait un prétexte pour vous voir.
- On pouvait discuter le bout de gras au bar.

Je lui en veux de tout ce mic mac. Ça me met fichtrement en retard et ce n'est pas lui qui va éplucher les patates pour faire des frites.

Il me glisse un dossier.

- C'est pas l'endroit idéal pour vous faire voir des horreurs.

J'ouvre. Et je fais la grimace comme si j'avais sous les yeux les victimes de Jack l'éventreur. C'est à peu près ça, mais avec deux siècles de cruauté en plus. On n'arrête pas le progrès.

- Je suis désolé pour le procédé, mais je veux vous faire voir où vous avez mis les pieds.

Il est beaucoup désolé pour le procédé, mais n'empêche qu'il n'en fait qu'à sa tête.

Je repousse le dossier :

- Ça va, j'ai compris, merci.
- Ce n'est pas tant pour vous que je m'inquiète, mais pour vos proches.

Café-crème à l'art et la manière de mettre les points sur les i. D'ailleurs il met une coupure du journal sur la table : l'incendie de La Fourchette d'Argent.

- Vous voyez de qui je veux parler ?
- Papa Marcello?
- Pour moi c'est Exterminator 2.

Sûr que c'est plus explicite.

- Pourquoi vous l'arrêtez pas si vous savez qui fait ça ?

Je pointe du menton les dizaines de cadavres empilés sur la table.

Il me répond en langage sourd-muet : son index passe à l'horizontal sur ses lèvres. Pour ceux qui ne savent pas lire, cela veut dire la loi du silence. Langage particulièrement prisé dans les deux stations balnéaires que sont Marseille et la Corse.

- Que voulez-vous que je fasse ? Que j'aille m'excuser d'avoir mis un poulet sur la tête du fiston ?

Café-crème ricane un coup. Ils ont bien dû se marrer avec ses collègues sur Facebook.

- Faudrait faire un peu plus.

- Vous voulez que je couche avec lui ?

Il sursaute légèrement :

- Vous parlez du père ou du fils ?

- Menu au choix.

- Ça ne laverait pas l'honneur.

C'est le propre des bandits d'avoir de l'honneur. Un paradoxe qui ne choque personne.

- Un café ?

Je souris :

- Vous inversez les rôles.

- Par contre on fait pas de café crème ici.

On s'esclaffe comme des canards en liberté. Parait que c'est une activité assez rare dans ces locaux.

Café-crème prend son bigophone et passe la commande. Une minute plus tard une montagne russe en uniforme nous sert sur un plateau deux cafés avec du sucre, mais sans cuillère.

Café-crème me tend un stylo :

- Désolé pour les cuillères. Restriction de budget.

- Ce n'est pas grave. C'est le geste qui compte.

J'ai entendu ma mère dire ça. Qui devait le tenir de sa mère ainsi de suite. Ça ne mange pas de pain et ça fait pas grossir.

On dirait deux boxeurs qui s'observent avant de commencer le deuxième round.

C'est Café-crème qui attaque :

- Il faudrait penser à déménager.

- Vous voulez que je change ma vie pour ce pourri ?

- Un certain temps, le temps que ça se tasse.

- Pendant ce certain temps, mes parents auront divorcés et ma grand-mère risque fort de n'être plus de ce monde.

On appelle ça un uppercut.

- Vous préférez que tout le monde flambe en même temps ?

- Il n'y a pas eu mort d'homme au restaurant.

- La note a quand même été salée.

Il se débrouille bien Café-crème je reconnais.

- Et vous voulez que j'aille où ?

- Prenez un logement pas trop loin de chez Othello. Comme ça on pourra plus ou moins surveiller

Je me lève et lui serre la patte.

- Ok c'est bon, je vais voir ça.

Il va retirer sa main quand je la retiens fermement :

- Je peux vous demander une faveur ?

- Tout ce que vous voulez mademoiselle.

Pourquoi tous les types ont un petit sourire quand ils répondent à cette question anodine ?

- Je fréquente un voleur.

Il lève l'autre main, celle qui est libre :

- On est au courant.

Je suis légèrement interloquée, mais je n'en fais rien paraître.

Leçon numéro 1 du Petit Marseillais.

- Je voudrais que vous le laissiez tranquille.

- Ça marche.

- Parole ?

- Parole.

Je relâche la pression de ma main. Ici, on a des inconvénients, mais un avantage : c'est que quand on donne sa parole, on n'y revient pas.

Je ferme la porte derrière moi pour l'ouvrir aussitôt et passer ma tête :

- Au fait, si ça continue, je vais finir par vous mettre dans ma liste d'attente !

Et je referme la porte, pas mécontente de mon petit effet.

L'Afrique et l'Asie ont au moins un point commun, c'est qu'on aime y vivre près du sol. Les tables et les lits ne sont pas des faux semblants de civilisation, on mange sur des nattes, on papote et on fait l'amour sur des tatamis. J'adore ça. Je veux dire papoter sur une natte.

Il y a un plusieurs plats, et chacun tape dedans. Où est-on ? Quelque part à Bamako ? Dans quelques iles du Japon, dans une campagne Thaïlandaise ? Non, on est chez Alex. J'y ai pris mes habitudes, parce que j'adore voir les enfants faire du toboggan sur le ventre de leur père, parce que Asia a l'art propre aux femmes asiatiques de faire de leur maison un havre de paix au milieu du tumulte de la vie.

Asia me glisse familièrement sa cuillère dans ma bouche pour me faire goûter une recette aux algues. Je fais la grimace mais reste néanmoins polie :

- Humm, c'est bon !

Les japonaises étant très respectueuses de l'étiquette, elle apprécie.

Le service du thé est un peu longuet pour ma pomme. On est loin du café express servi chez Othello.

Pour m'occuper, je taquine les gamins ou leur lit une BD. Cette fois, il y a bagarre générale. Ils sont tous sur moi à vouloir soulever mon tee-shirt pour mater mes papillons. On s'amuse bien à se bagarrer et on finit par faire la paix. Alex me fait un clin d'œil :

- On est habitué au jacuzzi.

Les enfants s'assoient sagement côte à côte et me regarde me déshabiller pour leur faire admirer les papillons. Je tourne sur moi-même, fais la mannequin. Je suis certaine que dans leurs yeux de mômes, ils voient voler les papillons. Ils applaudissent comme au spectacle. J'ai gagné haut la main sur les consoles de jeux.

- C'est toi papa qui a fait tout ça ?

Alex n'est pas peu fier, et sa femme qui est accrochée à son bras admire l'œuvre de son homme. Je me suis transformé en œuvre d'art.

Après le thé, je m'allonge pour ma petite sieste. Je laisse les petits parcourir les tatouages avec leurs doigts et commenter à leurs manière un monde qui n'existe déjà plus. Je m'endors, j'ai l'impression d'être la géante au pays des lilliputiens.

Il y a toujours un môme qui vient me tirailler par le bras pour me ramener aux joies de l'existence.

Je ne sais plus où je suis. Les grosses pales du ventilateur au plafond fouettent lourdement l'air, des rideaux miniatures filtrent doucement le soleil, tandis qu'une musique asiatique lancinante vient flirter avec les âmes des adultes en proie à la nostalgie.

Avec un gros pinceau de peinture noire, Alex jette sur une grande feuille de papier blanc des accents circonflexes et des virgules. Parfois on croit apparaître une silhouette, mais c'est une illusion.

Vu d'un œil occidental, on dirait un demeuré. Surtout avec son gros short et ses chaussons, ça aide pas.

- Pour eux, je dois avoir un niveau maternelle.

L'hypocrisie n'étant pas mon fort, je dis pas mais non, mais non :

- Disons que tu as encore du temps avant de te recycler.

Alex rit en me regardant d'un œil complice. C'est vrai que ça fait une paie qu'on se connaît. Suffit de voir les tatouages comme autant d'années sur mon corps.

Alex tend ses mains comme un pianiste ou un chirurgien, pour vérifier toute absence de tremblement :

- Un jour je ne pourrai plus. Faudra fermer boutique.

Il se met à parler en langage sourd-muet : il met deux doigts en V devant ses lèvres, aspire bruyamment en donnant deux petits coups de menton en guise de question. Je réponds comme Grand-mère, je lève un pouce.

Je marche derrière Alex comme un éléphanteau derrière le gros papa éléphant. On débouche sur un petit jardin à la japonaise, avec des arbres miniatures et un chemin bordé de pierres qui vous amène à un bassin peuplé de nénuphars et de crapauds - mais en plastique ceux-là.

Astucieusement caché entre deux pierres recouvertes de mousse, un paquet de cigarette que me tend Alex. Assis sur des mini chaises en bois on se tape une clope, comme au temps des interdits. C'est vrai qu'elles avaient meilleur goût.

On reste silencieux, chacun dans son monde à soi, avec son début et sa fin. Il y a des fois où les progrès techniques ont une importance quasi nulle. Seuls comptent vos pas sur cette terre et la question de pour combien de temps encore. Il y a aussi la question du pourquoi. Mais celle-là, on sait que c'est un leurre.

- Il paraît que c'est fréquent que les hommes se tirent avec maitresse et bagages à l'autre bout du monde.

Je précise, en soufflant la fumée de cigarette sur le visage d'Alex et en le regardant droit dans les yeux :

- Quand ils ont la quarantaine bien tassée.

Des propos de vestiaire, mais qui ont trouvé écho en mon fort intérieur qui n'est pas si hermétique que ça.

- Qu'est-ce que tu veux que je te dise. À l'échelle des étoiles, nous sommes des papillons. Chacun fait comme il peut. Il y a pas à juger.

Il rajoute, en regardant le ciel comme s'il cherchait des étoiles. En plein jour, c'est difficile.

- Moi aussi j'ai un ailleurs. Seulement je joue à domicile.

C'est vrai, on se croirait à l'autre bout du monde. Cette sensation délicieuse d'être dans un cocon, loin de tout, ça doit être pareil quand on est amoureux. Mais je n'ai jamais voyagé si loin.

Alex développe, en bon père de famille :

- La vie c'est un entonnoir. Elle te paraît large au début, comme un océan que tu peux pas franchir. Puis elle se rétrécit, jusqu'à te paraître si étroite qu'il ne te reste qu'une porte de sortie pas plus grande que le chas d'une aiguille. Alors un jour, on peut décider de prendre un avion avec une belle brésilienne pour brûler ses dernières bûches, de ne plus se lever pour vendre des journaux ou peut-être bien pour ce qui me concerne, pour ne plus faire des tatouages sur des peaux tannées par la vie. Peut-être bien que toi aussi, quand tu seras au fond de l'entonnoir, tu sortiras de ta cuisine pour aller dans quelque désert américain.

Il me souffle la fumée de sa clope sur le visage en me regardant droit dans les yeux. Chacun son tour. Ce n'est que justice.

- Tu savais pour mon père ?
- Qu'est ce qui ne se sait pas dans cette ville ?

J'essaie de faire la jonction. Purée-jambon ? Othello ? Le kiosque ? La pétanque ? Mais mon père ne joue pas à la pétanque et Alex ne lit pas de journaux. Et je n'ai jamais entendu d'un bordel en ville où les notables vont passer leurs après-midi. Je donne ma langue au chat.

On entend la voix d'Asia qui cherche son mari au fond de l'entonnoir.

- Donne-moi ton mégot.

Il écrase vite fait les deux mégots qu'il met dans une petite boite en fer, le tout sous une pierre.

- Tiens, un bonbon à la menthe.

- Je vois que tu es bien organisé.

- Faut bien, le matriarcat, c'est pas qu'en bande dessinée.

Justement se pointe Madame Alex, en kimono et les poings sur les hanches. On rentre en sifflotant, comme de parfaits innocents.

Il s'est mis à pleuvoir. Je mets mes rollers dans mon sac à dos et m'engouffre dans le métro. J'ai promis à Marine de rentrer tôt aujourd'hui. La vie conjugale, ça commence comme ça ?

J'entre dans la rame et une main ferme m'attire vers un strapontin. Je m'assois à côté de Lucio qui a le regard tendu mais lointain, comme s'il ne voulait pas attirer l'attention sur l'objet principal de son intérêt.

- Qu'est-ce que tu fous là ?

C'est vrai, pour moi c'est l'homme à la Vespa.

- Chuuuuut. Stage pratique.

Je regarde autour de moi, et petit à petit mes yeux sortent de l'ombre des visages familiers comme s'ils s'habituaient à l'obscurité. Ici ou là, debout ou assis, la classe de l'université d'été est au complet.

J'ai l'impression qu'ils ont volé la rame de métro pour faire la classe.

Lucio chuchote à mi-voix, sans tourner son visage vers moi, comme si j'étais une totale inconnue :

- Tu dors avec des filles maintenant ?

- Tu préfères que je dorme avec un garçon ?

Sa jalousie se dispute avec sa culture machiste. Ça doit être statut quo car il répond pas. Je relance :

- J'aime pas qu'on m'espionne.

- C'est le hasard. Regarde, tu es bien à côté de moi par hasard.

Au jeu des questions réponses, je perds toujours.

Lucho fait un discret acquiescement à Malabar, qui se lève et l'air plus innocent que Saint Innocent lui-même, se positionne près d'une dame avec son sac à main. Mon cœur se met à battre un peu plus fort, mais Lucio semble imperturbable.

- On dort ensemble ce soir ?

- T'es ouf ?

- Ça te changera de ta petite copine.

Il se prend pour qui ce merdeux ?

- En tout cas toi, tu ne me changeras pas des mecs.

C'est bien envoyé celle-là, tiens.

Malabar fait comme on lui a appris à l'école. Il s'est approché de la cible, et quand les gens sortent et entrent à l'arrêt du métro, il agit. Ça ne se voit pas mais ça s'entend, car la dame se met à hurler si fort que Malabar en reste saisi d'effroi. La porte du métro se referme tandis qu'il reçoit une volée de coups de sacs de la part de la dame qui ne semble pas impressionnée par la stature du gaillard.

- Au secours ! Au voleur !

Je m'attends à une panique générale parmi les apprentis pickpockets, mais un gigantesque éclat de rire général envahit l'assemblée. Faut dire qu'il y a plus de voleurs dans la rame que de clients lambda. La dame elle-même ne sait plus s'il faut rire ou continuer à donner l'alarme. Elle en fait tomber son sac qui renverse une partie de son contenu par terre. Malabar se précipite pour tout ramasser et lui redonner poliment son sac :

- Tenez madame !

Et il file sans demander son reste quand la porte du métro s'ouvre enfin.

Ouf, tout finit bien, mais ma morale en prend un coup d'être du côté des voleurs.

C'est Tatie Robert qui prend le relais. Elle semble à l'aise et me fait même un petit clin d'œil. Elle la joue au naturel, et comme son naturel est de parler, elle jacte avec son voisin. Un quadra en blouson de cuir, l'air sportif, en tout cas assidu aux matches à la télé. Je ne sais pas ce qu'elle lui dit, en tout cas ils rient et papotent comme de vieux amis. Elle lui prend le bras lors de la conversation, se colle à lui quand il y a un petit mouvement de passagers, elle a l'air de faire son affaire.

La porte du métro s'ouvre et le monsieur quadra serre la main de Mme Robert avant de sortir. Il a à peine franchi le seuil de la rame que Mme Robert brandit un portefeuille bien épais comme un trophée. Gros succès. Toute la rame semble applaudir comme un seul homme.

Je pense que tout est mal qui finit bien pour Mme Robert, quand un élève de Lucio se précipite pour prendre le portefeuille et fonce sur le quai rattraper la victime du vol qui ne se savait pas victime. Une fois la bonne action faite, il rentre dans la rame et s'assoit comme si de rien n'était à coté de Mme Robert qui semble aux anges.

Lucio fait l'explication de texte :

  - On vole pas pour voler. On vole pour apprendre.

Je hoche la tête comme si tout cela allait de soi.

C'est bientôt ma station. Je me lève et l'air de rien je vérifie ma poche intérieure, c'est bon, tout est en place.

  - J'ai ma Vespa pas loin, je te raccompagne chez moi ?

Il rit comme si c'était la meilleure plaisanterie du monde.

  - Non merci.

Faut rester polie dans ces cas-là. Ne jamais vexer. Conseil refilé de mères en filles depuis dix mille ans.

- Ha. J'avais oublié que tu préfères les filles.

Juste avant que les portes se referment, je lui balance deux mots qui le collent aux tapis :

- Les filles ont quelque chose de plus qu'ont pas les garçons.

C'est vrai quoi, et la tendresse, bordel !

Je sors de la douche et demande à Marine si elle a une chemisette à me prêter. Je n'attends pas sa réponse et ouvre le placard. Je tombe en arrêt. Accroché sur la porte, une collection complète de vibromasseurs, du cuir façon Louis XVI au Concorde revu par Sade en passant par la corne de buffle.

- Tu devrais essayer l'original.

Il y a le mystère de la femme. Pourquoi une refuse des deux mains, tandis qu'une autre en a un besoin immodéré ? Je n'entre pas dans le débat, mais je demande de cet air de pas y toucher quand on a les mains en plein dedans.

- Ça te manque pas des fois ?

Elle a une seconde d'arrêt pour se demander si je parle de la tarte au citron qu'elle est en train de se régaler, puis son regard glisse vers le placard :

- ... Non, pourquoi ?

Je ne lui dis pas que baiser avec son semblable me paraît un brin ennuyeux :

- ... Comme ça.

Je me glisse dans le lit et me colle contre Marine. Au début ça me faisait drôle. Après je me suis dit que la tendresse on la prend là où on peut. Que la tendresse n'est rien d'autre que du réconfort. On en a tellement besoin, que parfois il ne reste que les chiens pour nous la procurer.

Je lèche les doigts de Marine. Je sais, je devrais avoir honte. Mais rassurez-vous, on fait bien pire.

Marine me plante son regard translucide. J'adore ça.

- Bientôt fini ?

En bon marin, elle a senti au large les nuages venir, alors que le ciel est encore bleu.

- ... Oui, bientôt fini.

La vie est une succession d'histoires qui se terminent les unes après les autres. Le mariage jusqu'à ce que mort s'en suive est passé à la trappe. Le cdd a le vent en poupe.

- Tu regrettes pas ?

Je ne vais pas lui dire qu'il manque un peu de sel à la soupe. Je pèse mes mots. Marine est genre à démarrer au quart de tour. Je parle des fâcheries.

- Tout le plaisir a été pour moi.

Marine me tire la langue. Elle peut, c'est une championne.

Un brin sadique, je remue le couteau dans la plaie :

- Je vais te manquer ?

- Oui. Mais je te suis redevable d'avoir fait un crochet par moi.

Je reprends mon naturel, c'est à dire les hommes. Avec leurs valises de défauts et de bêtises. Mais génétiquement parlant, on est préparée pour.

- On restera amie amie ?
- Tope là.

On tope là, et c'est tout dire. Chez nous, pas besoin d'en rajouter.

J'embrasse Marine. Langoureusement. Longuement. J'ai l'impression que c'est la dernière fois que je fais l'amour. Avec une fille.

Marine s'est endormie. En silence, des images de guerre défilent à la télé. Nous vivons dans un monde d'hommes. Marine a peut-être bien raison de s'en passer. Je pense à son placard bourré de vibromasseurs et me met à rêver d'un monde de robots. Des robots qui ne tombent jamais en panne au lit. Des robots qui ne jouent pas au tiercé. Des robots qui ne font jamais la guerre. Là oui, je vote pour. Finalement, ce n'est pas du monde que je suis fatiguée, mais bien de ce qu'en ont fait les hommes. Je me dis qu'il serait temps qu'on prenne les manettes. Et me rends compte que Marine a commencé depuis bien longtemps déjà.

Un sceau d'eau s'abat sur la ville, les dieux sont en colère. À mon avis, il y a de quoi. Pas d'autre solution en vue, je lève mon pouce, en espérant qu'une âme charitable veuille bien s'arrêter. Étant une gonzesse pas trop mal foutue, ça devrait se trouver.

J'ai le temps tout de même de lever deux trois fois mon doigt d'honneur avant qu'une Mercedes gros calibre stoppe à ma hauteur.

Courbée en deux par l'averse, j'entre dans la bagnole pour ainsi dire à l'aveugle. Je claque la porte et me trouve nez à nez avec... Taudis ! J'ai eu des moments plus sexys dans ma vie.

- Vous avez changé de caisse ?

Il rit un bon coup, comme si j'avais lancé une bonne vieille blague :

- Le tacot ? C'est pour faire genre. Leçon numéro un : Faut jamais donner l'impression au client qu'on va s'enrichir sur son dos.

- Et leçon numéro deux ?

- Leçon numéro deux : faut toujours donner l'impression d'être un peu crétin, en tout cas pas au-dessus du lot, tu vois ce que je veux dire.

- Vous y arrivez très bien.

Il me regarde un instant, ne sachant si c'est du lard ou du cochon. Il décide que c'est du cochon.

- Tu es toute trempée dis-moi !

Il se marre en tapotant mes cuisses trempées. Faut dire que mon jean me colle comme une deuxième peau. Pour lui c'est tout bon. D'ailleurs il arrête de tapoter et garde sa main au chaud.

- Je crois que vous confondez monsieur Taudis, ma cuisse et votre levier de vitesse.

Je dis ça calmement, vu la sauce qu'il y a, je n'ai pas trop envie de me trouver dehors.

- Ha ! Pardon !

C'est un bon comédien, car on aurait juré craché qu'il a confondu. Mais à Marseille, nous avons beaucoup de bons comédiens.

Pour faire diversion il met de la musique. Il n'a pas mauvais goût le bougre. Comme quoi, faut jamais se fier aux apparences. Dixit Marie-Laure. Mais pas sur le même sujet.

La bagnole attaque la colline, là où une petite famille a trouvé son bonheur et où Taudis a bâti sa fortune en détruisant le havre des autres.

Il freine pile poil devant un grand panneau style promotion « Votre grand trois pièces standing avec parking pour que dalle. »

- On l'a monté hier !

À travers la pluie, je distingue derrière le panneau un vaste terrain vague où gisent des fenêtres brisées, des portes éclatées, et des tuyaux, comme autant de membres arrachés.

- C'est pas beau ça ?

Ce monde est-il devenu fou ou est-ce moi qui ne vois pas ce que les autres voient ? C'est à dire un bon plan pour se faire un bon tas de fric.

- J'ai démoli ma première maison à 20 ans.

Je le regarde, partagée entre l'envie de gerber et d'éclater de rire :

- Ça doit en faire un paquet depuis le temps.

- Ho la ! Oui ! Mais faut pas croire, c'est pas un travail facile.

Exproprier les gens, persuader les familles d'aller vivre en appartement, faire de la menace voilée, de la pression psychologique, faut en avoir là !

Il se frappe le front de son index.

- Je veux pas dire, mais ça sonne creux.

Il se marre un coup et tapote de nouveau mes cuisses. Mais sans s'attarder cette fois. Il ne tient pas à ce que je lui fasse une démonstration de clés anglaises.

Il redémarre tout en développant sa théorie des grands ensembles :

- C'est égoïste une maison, quand tu montes un immeuble à la place, c'est vingt, trente familles qui y habitent. Avant il fallait 20 ans pour faire une maison, maintenant pour un immeuble de 10 étages en 6 mois c'est emballé ! L'avenir du monde est en hauteur, je le prédis !

Moi qui aime tant les horizons, j'apprécie.

Taudis est tout surexcité. Pas à cause de moi. À la limite, j'aurais préféré. Il arrête de nouveau sa bagnole

- Regardes !

Il ouvre grand sa mâchoire pour me faire mater un trou béant à côté de son diam :

- J'ai préparé le terrain. Mon deuxième million de dollars est presque atteint.

- On est en euros ici.

- J'ai toujours rêvé en dollars.

- Vous me le ferez voir quand vous l'aurez votre deuxième diam ?

- Oui, bien sûr ! Tu seras la première !

Il a un léger flottement dans son regard. J'ai bien peur que ce sera quand il aura mis la main sur notre maison.

- Comment va ta grand-mère ?

Un petit silence de ma part, pour bien lui faire comprendre que j'ai capté sa pensée :

- Elle va à merveille Monsieur Taudis. Vous savez qu'elle a enterré son quatrième notaire ? Elle pourrait bien entamer la série des promoteurs.

Monsieur Taudis rit, un peu jaune, mais rit tout de même. Et moi aussi, car tout cela est de bonne guerre. Et tout le monde sait qu'il la gagnera.

- Ton père a fermé le kiosque à ce qu'il paraît.

Pour lui, ça sent la fin des haricots.

- Vous êtes un croquemort monsieur Taudis.

- J'enterre l'ancien monde pour en créer un nouveau.

- Un monde où on entend ses voisins manger leurs biscottes ?

- Peut-être bien, mais clean, lisse, beau comme un objet design. Regarde ça.

D'une main, il ouvre son coffre à gant et me tend une plaquette. Un bel immeuble aux lignes rectilignes et aux grandes baies vitrées. Je reconnais la vue qu'il y a devant notre maison et les arbres centenaires qu'il a gardés vivant, du moins sur papier glacé.

- C'est bien monsieur Taudis, mais à quel prix ?

Il lève sa grosse pâte de riche promoteur :

- Ça, c'est pas mon affaire.

C'est vrai, ces maisons et ces arbres qu'on abat comme des chiens, c'est l'affaire de personne.

La voiture s'arrête au tournant. Taudis n'a pas trop envie de passer devant le viseur de Grand-mère.

- Mon bonjour à ta maman.

C'est vrai, s'il pouvait aussi la sauter, ce serait que du bonus.

Je prends tout mon temps pour arriver jusqu'à la maison. C'est bon la pluie. Elle lave tout. Nettoie tout.

Purifie tout. Même de la folie des hommes.

Je suis trempée quand je rentre dans la chambre de Grand-mère. Elle ne semble pas étonnée. Elle doit penser que je sors de la douche, même toute habillée. Je l'embarque à la cuisine. C'est un temps parfait pour des crêpes. Je me la joue grand chef. Je rajoute une pointe de vanille et laisse reposer quelques minutes. Je prépare le gros pot de Nutella sur la table. Grand-mère a l'œil dessus. Avec son fusil sur les genoux, on dirait qu'elle va tirer sur le premier qui y touche.

J'en profite pour aborder la conversation :

- Tu sais que c'est possible que je déménage quelques temps ?

Comment lui expliquer que ce n'est pas pour mettre le feu à la baraque ?

- Je dois faire un stage un peu loin. Mais je viendrai tous les
  jours te voir, promis.

Pas sûre que Café-crème apprécierait, mais faut bien lâcher du
lest.

- Et papa travaille pas en ce moment. Il restera beaucoup à la
  maison.

Pour combien de temps ?

Pourquoi la vie n'est-elle pas statique ? Pourquoi bouge-t-elle
tout le temps, comme une limace qui glisse sur votre main.

Je me demande si Grand-mère a capté, elle ne bronche pas d'un
iota. Je lui prépare une crêpe comme elle les aime, avec du
Nutella dedans et du Nutella dessus.

- Et hop ! Une crêpe au Nutella pour la 2 !

Grand-mère ne bronche pas, je lui passe la main devant les yeux
pour vérifier qu'elle est encore de ce monde. Elle scille. Tout va
bien.

- Qu'est-ce que tu me fais là ? Du chantage affectif ?

Une larme coule le long de son visage. Je freine des quatre
mains. Arrête tout en catastrophe :

- C'est bon, c'est bon, tu as gagné ! Je fais pas mon stage ! Je
  reste à la maison !

Grand-mère me fait un grand sourire en levant deux doigts en V.
Elle peut. Elle a gagné sur toute la ligne.

Ma mère débarque, puis quelques minutes après mon père.

Suffit que j'attaque des crêpes pour que tout le monde rapplique.

- Alors papa, ton déménagement au premier étage ?

- C'est en cours, c'est en cours.

- Et toi maman, ça a été ton kiné aujourd'hui ?

- Ça va, Ça va.

Ma mère fait ses courses derrière l'ordi, mon père lit son journal et Grand-mère mange ses crêpes. Et moi je pianote sur mon téléphone entre deux crêpes. Chacun a repris ses repères. Même le frigo qui voit s'accumuler les factures.

- Tu l'as acheté où le journal ?

Je demande à mon père mais c'est ma mère qui répond :

- Ben, il l'a pris dans les invendus !

Je suis sciée. Tout Marseille est au courant, sauf ma mère.

Je regarde mon père, qui a l'air passionnée par la rubrique nécrologique. Il est très courageux, comme tous les hommes.

Moi je suis comme toutes les femmes, un peu perfide :

- Au fait, pourquoi tu passerais pas voir papa au kiosque ? Ça lui tiendrait compagnie.

- J'ai pas le temps ma chérie. Tu vois bien que je suis surmenée.

Elle soupire et clique sur 'Panier'.

Le frigo fait son vieux ron-ron. Une bouffée de nostalgie m'envahit. J'en ai une crampe à l'estomac. Qu'est-ce qu'on fait ? On recommence à zéro ? On fait comme si on avait à revivre tous les anniversaires et toutes les soirées au coin du feu ? Tiens, je reprendrais même un tour de Scrabble.

J'embarque Grand-mère pour mon footing. Les choses sérieuses approchent, je ne veux pas manquer de souffle pour ce qui pourrait être bien le dernier combat de ma vie. Après ce sera différent. Faudra se battre avec des factures, des amants, des enquiquineurs, et des malheurs qui vous tombent dessus en escadrilles. Dans ce domaine, je ne suis pas sûr d'être une championne.

Je cours le long de la côte, je peux courir ainsi des kilomètres et des kilomètres, portée par le bruit des vagues et la compagnie des mouettes qui m'encouragent de leurs cris. Je souffle fort, en rythme, parfois Grand-mère fait de même, ce qui assez gonflé tout de même. Quand me vient un début de crampe, je bifurque sur la plage. On pose nos bagages. On se laisse aller à ce qui devrait être notre occupation principale : la contemplation du temps qui passe.

Il y a des moments dans la vie, où on ne sait pas si c'est le dernier coucher de soleil qu'on mate. Soit on va subir une opération, soit on fait la guerre, soit on est trop vieux. Cela peut être les trois à la fois. Alors là, on ne peut rien pour vous.

Grand-mère est immobile. Parfois je fais 'hum hum' pour voir si elle réagit, c'est bête mais ça me rassure. C'est qu'elle ne tient plus qu'à un fil ma mémé, elle ne pèse pas plus sur cette terre qu'une plume d'oreiller. Un souffle, et elle s'envole pour toujours. Pour la maintenir en vie, je lui verse du thé chaud du thermos que j'ai pris soin de préparer.

Alors je me dis que tout va bien. Avec Grand-mère, mon père, ma mère, Alex, Jo, Othello, Marie-Laure, Purée-jambon, Tour-de-France, Marine, Mme Gilberte, et même en agrandissant le cercle, Chewing-gum, Saut-de-Puce, Lucio, le comptable, et dans un cercle encore plus grand Café-crème, Asia, Tatie Robert, Papy Chef, on est les plus fort, on est une équipe formidable, on est immortel.

III

Les grillons me réveillent au petit matin. J'ouvre les yeux, et j'écoute ce chant du début du monde. Puis je me rendors. Ça c'était avant. Ma vie a changé. Je travaille tous les jours que dieu fait sauf le lundi, mon petit copain est une fille, mon père veut filer au Brésil, et mon futur mari pourrait bien être un comptable. Scénario catastrophe pour les uns, la vie pour les autres.

J'écarte à peine les rideaux. Il y a une ombre emmitouflée dans une couverture avec un fusil près de la grille d'entrée. Ce n'est pas Grand-mère qui guette Monsieur Taudis, c'est un gars de la bande à Lucio. Café-crème a passé un deal. Ils surveillent ma maison et il ferme les yeux sur leurs activités nocturnes, en bonus il libère pour bonne conduite des cousins qui n'avaient pas dû suivre les cours de l'académie d'été. J'ai été gênée de tant d'attention de la part de Café-crème.

- Je vous dois quelque chose ?

C'était à prendre au sens propre comme au figuré.

- Juste un café-crème.

Maintenant je dois fermer ma fenêtre. Plus personne ne grimpe par la liane, je n'ai pas envie qu'il se fasse tirer dessus. Surtout que Lucio a dû passer la consigne.

J'allume l'ordinateur, ouf, rien de nouveau sous ce ciel catastrophique. J'avoue que j'ai laissé passer quelques papillons sans leur rendre hommage sur ma peau. Ça doit être les journées d'enfer que je me tape. Un léger remord me taraude l'esprit, mais Alex a su me consoler :

- Mais ça de côté. On verra plus tard. Garde la place.

Alors on s'est amusé avec son pinceau japonais à faire des cercles là où il y avait encore un espace, on s'est disputé parce qu'il mettait son veto aux endroits hyper sensibles, j'ai été jusqu'à le menacer de le balancer à sa femme pour les clopes.

- Tu ferais ça à moi, moi qui t'ai fait ce corps fabuleux !

- À mon avis mon père et ma mère y sont pour quelque chose.

- Qu'est-ce que tu serais sans ces magnifiques créatures ?

- Une fille normale.

- Tu trouves ça sexy ?

- Pas besoin d'être en string pour être sexy.

Alex a jeté un œil sur Asia qui est entrée dans la pièce avec un plateau de thé à la main, et qui semble écouter la discussion avec intérêt. Alex s'est replié aussitôt derrière la ligne de front :

- Oui, ça c'est vrai.

Je fais mes gammes chez Purée-jambon. Quel est le virus qui m'as pris pour me lever aux aurores, être à l'heure, répondre toujours présente ? L'envie de réussir ? Être enfin une bonne élève ? M'accomplir dans une tâche humble et magique ? En tout cas, qu'il pleuve ou qu'il vente, le soleil n'a pas fini de se lever quand j'entre dans la cuisine de Purée-jambon.

Il ricane quand il me voit débarquer, en sueur d'avoir traversé Marseille moitié footing, moitié skateboard.

- Alors princesse, toujours ok pour apprendre le b-a ba de la cuisine française ? Tu préfères pas faire la couture ?

Une cuisine c'est un monde d'hommes. Voire de machos. Mais la lutte ça me connait.

- Je m'accroche Purée-jambon. Faut bien que je te donne un coup de main si tu veux voir la purée saucisse remise au goût du jour dans les grands restaurants.
- Apprends-leur à faire aussi un bon poulet rôti, je crois qu'ils ont oublié.
- C'est pas gagné d'avance.

C'est vrai. Dans les restos chics, on a oublié comment on mange une cuisse de poulet à la main en faisant dégouliner du bon jus sur ses lèvres ou comment on nettoie son assiette avec son pain après une bonne purée. On a oublié le goût de la vie.

Une fois que j'étais particulièrement satisfaite de ma purée, j'avais lancé :

- Je te promets Purée-jambon, si un jour je réussis, je mettrai au menu ta purée, et je l'appellerai purée saucisse façon Purée-jambon !

Une promesse ici, c'est un pacte. Les yeux de Purée-jambon se sont humectés, mais bien sûr, il n'en a rien laissé voir.

- C'est bon, c'est bon, mais il y a encore du boulot sur la planche !

C'est vrai. Purée-jambon a amené la purée jusqu'à son plus haut niveau culinaire, et il n'est jamais totalement satisfait de ma prestation. Il ne me lâche pas d'une semelle.

- Regarde, tu tiens le fouet comme un balai de chiotte. C'est une baguette magique. Un instrument envoyé du ciel ! Il y en a même qui disent que c'est des martiens qui l'ont oublié sur terre. Mets de la souplesse dans le poignet. C'est lui qui suit les mouvements du fouet, pas l'inverse. Le rythme, toujours le même. Ne le casse pas. Tu brises le rêve. Et bouge ton cul ! Non, pas comme ça, comme ça ! Tu tortillonnes dans le sens d'une aiguille d'une montre, mais à l'intérieur du mouvement il y a comme une rotation qui va dans l'autre sens, regarde-moi, un danseur de salsa s'est mis à pleurer pour avoir mon secret, moi je te le donne, je te l'offre cadeau, alors s'il-te-plait, bats-moi cette purée correctement, nom d'une pipe !

J'en ai parfois pleuré de rage, de douleur, pris entre la crampe et le désespoir de ne jamais y arriver à cette purée de merde.

Cette fois-ci, Purée-jambon lâche le plus beau compliment de ma vie :

- Hummm, c'est pas mal.

Spontanément je saute au coup de Purée-jambon :

- Merci chef ! Merci mille fois !
- Moi personnellement j'y suis jamais arrivé.

C'est Mme Gilberte qui est arrivé avec son cabas.

- A faire une purée ?
- A tortiller du cul.

Et c'est parti pour une bonne tranche de rigolade, qui nous fait croire un instant que la vie est une comédie, et pas un drame.

J'enchaîne. La cuisine d'Othello est plus propre, plus professionnelle on va dire. Le problème, c'est qu'on passe plus le chiffon qu'on mitonne des plats. Enfin, c'est ce que je dis quand je râle.

- Tu as déjà vu une femme de ménage dans une cuisine de restaurant, toi ?

- Heu, non patron.

- Bon alors, dis-toi que c'est pas un hasard.

Les filles n'ont pas été jalouses quand je suis montée en grade. Elles ont leurs avantages. Elles voient plus souvent le ciel bleu que moi et je peux leur glisser un bout de tarte ou leur faire vite fait un mini casse dalle quand le patron a le dos tourné. Sans compter quand il y en a une qui est punie, je suis devenue l'as du découpage de frites.

L'avantage d'un menu, c'est que c'est toujours le même. Alors je progresse à l'intérieur, prends mes repères, note sur un calepin les ingrédients et les dosages. Othello me regarde d'un œil condescendant car il a tout dans la tête et tout dans l'œil. Je ne l'ai jamais vu prendre un verre à mesurer ou une balance. Je lui ai demandé pourquoi, un jour que j'étais agacée de l'entendre ricaner derrière moi.

- Parce que c'est la honte !

Sa réponse ne m'a pas calmée, autant le dire. Mais je me suis juré de m'en passer avant de quitter ces murs.

- Bon alors, c'est quoi le plat du jour aujourd'hui ?

- Vous faites toujours les questions réponses patron.

- J'hésite entre un lapin et un filet mignon.

- Pour moi ce serait plutôt le lapin.

- Bon alors on va faire le filet mignon.

- Pourquoi donc patron ?

- Parce que c'est moi le chef.

J'ai donc appris à lui dire le contraire de ce que je voulais. Moi, le lapin, je trouve que c'est un gibier difficile à mater. La cuisson vous échappe vite d'entre les doigts et la sauce prend un malin plaisir à caraméliser si on n'y prend garde. Par contre, on se léchouille les doigts, c'est sûr.

Au début, j'ai cassé pas mal de vaisselle. Non par maladresse, mais par surprise. Othello se mettait brusquement à chanter un air opéra, prenant au dépourvu mes oreilles et mon cerveau. J'ai compris que c'était par sadisme le jour où j'ai repéré qu'il déclenchait son opérette quand il était derrière mon dos et quand j'avais une pile d'assiettes dans les mains. Alors j'ai fait en sorte de l'avoir rarement derrière moi. Les filles savent gérer ça quand elles ont un individu louche dans la même pièce. Depuis, mon quota de vaisselle cassée a nettement baissé.

J'en ai parlé à Marine. Elle a haussé les épaules :

- Pfffff, il fait ça à toutes les filles.

- De mettre la main aux fesses aussi ?

- C'est pas méchant. Ça mange pas de pain.

- N'empêche, il devrait prévenir.

- De mettre la main aux fesses ?

- Non, de se mettre à chanter.

Visiblement Othello est le roi de la basse-cour et les filles s'adaptent. Du moment qu'elles ne passent pas à la casserole, tout va bien.

Othello n'est pas le genre Purée-jambon qui balance tout de go ses secrets, il y va par le dos de la petite cuillère, tergiverse, oublie une info, il passe son savoir mais à reculons. Un jour que j'en ai eu marre de ses manières de Parisiens, je l'ai regardé droit dans les yeux. Comme la moitié des hommes, il a regardé le plafond.

- Monsieur Othello, vous aurez un jour votre étoile ?

- C'est inscrit dans les astres ma petite.

- Ça veut dire qu'il y aura beaucoup plus de clients, beaucoup plus de boulot.

- Et on peut même ajouter beaucoup d'argent.

En bon gars du sud, il frotte son index avec le pouce.

- Donc vous aurez besoin d'un second pour vous seconder.

- C'est la signification du rôle du second.

Et en plus il me prend pour une conne.

- Donc à mon avis, monsieur O-the-llo, vous avez intérêt à vite me former si vous voulez offrir autre chose que des salades à vos clients.

- Je comprends ma petite.

Il comprend, mais visiblement ça ne suffit pas.

C'est alors que je capte dans le fond de son regard une inquiétude.

- Je vous jure, monsieur Othello, que je n'aurais jamais mon étoile avant vous.

- Tope là !

On tope là. Maintenant c'est à la vie à la mort. Othello est au petit soin avec moi et me passe ses secrets et ses petits trucs avant même que je pense à les lui demander. Parfois je me décourage, alors il a toujours le mot gentil pour me remettre en selle. Mais quand une heure plus tard j'y arrive haut la main, il tique un peu. On ne chasse pas son naturel d'un coup de torchon.

Je ne suis pas interdite de bar pour autant. Soit Othello en a marre de m'avoir dans ses pattes, soit les casseroles font leur travail toutes seules à feu doux.

Café-crème vient toujours avant de prendre son service :

- Les amours vont bien ?

Son regard brille. Il doit savoir que je suis prise en deux feux, entre celui de Marine et celui de Lucio. Autant dire l'eau et le feu.

- Ça va, monsieur je sais tout.

- Ha ! Je croyais que j'étais monsieur Café-crème.

- Vous le saviez ?

Je suis un peu gênée, d'autant qu'il donne des précisions :

- Dans tous les couloirs de la préfecture on m'appelle comme ça. Jusqu'au bureau du préfet.
- C'est que le surnom vous va bien.
- Je dois vous remercier ?

Je fais comme mon père, je détourne.

- Vous allez bientôt relâcher la surveillance ? Me faire surveiller par mon futur amant, c'est pas rigolo.
- On a des antennes un peu partout. Pour l'instant c'est pas le moment.
- Vous savez où il crèche le parrain 2 ?
- Je sais même avec qui il couche.
- Avec tout ce que vous savez, vous pouvez pas le coincer ?
- Même en prison, il serait libre de commanditer une mauvaise action.
- Alors il faut attendre que ça se tasse.
- Dans ce milieu, la vengeance est un plat qui se mange froid.
- Il n'y a donc pas de solution.
- La seule ce serait de le...

Il mime de la main le tranchant d'un couteau qui passe sur sa gorge.

- Ça on peut pas.
- Ben non, ça on peut pas.

Tour-de-France, par qui la moitié des ragots passe, se hisse sur un tabouret. Il a une manière très particulière de ne pas s'assoir complètement, comme s'il était en danseuse. Dans la même fournée, arrive Mme Gilberte, par qui l'autre moitié des ragots passe. C'est devenue une habituée, et on lui pose son bottin sous les pieds pour qu'elle soit à bonne hauteur.

- Alors Papillon, c'est quand que tu remplaces Othello aux fourneaux ?

Il y a des plaisanteries qu'Othello n'apprécie pas.

- C'est pas demain la veille.

Mme Gilberte met son grain de sel :

- En tout cas, vous pouvez mettre la purée dans votre menu, elle a reçu son diplôme des mains du Maître.

- La purée saucisse, chère madame Gilberte, ne fait pas partie du programme des menus étoilés.

- Justement, profitez-en tant que vous l'avez pas votre étoile Stars Wars. Cela vous fera du monde. Regardez, chez Othello, c'est blindé à midi. On fait la queue dehors !

Elle exagère Mme Gilberte, mais c'est de bonne guerre.

- A propos de queue, il paraît que vous êtes souvent chez Purée-jambon, Mme Gilberte.

- Je lui fais les courses du marché. En tout bien tout honneur.

Elle fait la grande dame, mais pas trop, juste ce qu'il faut. Dans cette ville, nous avons le sens de l'équilibre entre ce qui se sait et les apparences.

Tout le monde considère qu'on est à un partout. Alors on passe à autre chose. Tour-de-France prend la tête du peloton des ragots :

- Et comment va ta copine ?

Je jette un œil sur Marine :

- Laquelle ?

Tour-de-France dessine avec les mains une poitrine généreuse.

- Marie-Laure ? Elle va se marier. Avec un étranger.

- Un Parisien ?

- Un Libanais. Un riche Libanais.

- Elle aime trop l'argent cette petite.

- Qui n'aime pas l'argent lève la main !

Moi. Mais je n'ose pas lever la main.

- En tout cas, elle va nous manquer.

A beaucoup de garçons aussi. Mais ça aussi, je n'ose pas le dire.

Mme Gilberte, en bonne mère qui n'a jamais eu le moindre enfant, me console :

- T'inquiète pas, tu en auras une autre de bonne copine.

Je regarde Marine, puis farfouille dans le regard des autres. Savent-ils ? Est-ce que cela fait partie des secrets que tout le monde sait ? Je n'ai pas l'impression. Seul Café-crème touille son café, alors qu'il ne prend pas de sucre.

L'air de marcher sur des œufs, Tour-de-France lance un regard flottant sur Othello :

- Tu as lu le Provençal d'aujourd'hui ?

Othello répond sans regarder son interlocuteur, ce qui n'est pas vraiment son genre :

- Pas vraiment, j'ai pas eu le temps de l'acheter en fait ...

- Tiens, prends le mien, je l'ai fini.

Mme Gilberte sort de son cabas un journal parfaitement pliée et comme neuf.

- Tu es un amour. Ah, si j'avais les moyens, je ferai comme Purée-jambon, je t'embaucherais pour faire mon marché !

On se marre un bon coup et on se ressert un verre, l'un ne va pas sans l'autre.

Othello renifle fort :

- Dis donc, t'avais pas quelque chose sur le feu, toi ?

Je file sans demander mon reste. Les marmites d'abord.

Marine en profite pour aller chercher une carafe d'eau pour un client qui n'a rien demandé.

Marine n'est pas du genre à tourner autour du pot. Plutôt celui de vous le casser sur la tête.

- Tu dors chez moi ce soir ?

- Pas vraiment.

- C'est oui ou c'est non ?

- Pas vraiment, je te dis.

Elle commence à me courir sur le haricot. Si elle devient aussi chieuse qu'un mec, autant prendre les avantages avec les inconvénients.

Marine se colle très près. Je suis accroc à son odeur, mais peut-être que ça ne suffit pas.

- La récréation est terminée ?

- En tout cas la cloche va bientôt sonner.

- On fera comme on a dit ?

- On fera comme on a dit.

On a dit qu'on restera copines. Ça vaut bien des heures au lit.

Marine est carrée. C'est ce que j'aime chez elle. C'est de la roche, mais avec de l'argile en son centre. La tendresse est cachée, mais quand y a accès, c'est encore plus précieux. Suffit de le savoir, et qu'elle vous laisse aller jusqu'à elle.

Pendant une seconde je laisse ma tête sur son épaule. Une seconde où je me décharge de tout. C'est difficile de grandir. C'est difficile d'accepter que la vie est la vie. Marine me secoue les cheveux, exactement comme mon père quand il veut me consoler et me dire qu'il est là.

La voix d'Othello se rapproche, Marine file avec la carafe d'eau. Mais sans l'eau dedans.

J'aime sentir cette atmosphère de fin de monde quand on ferme boutique. Les chaises sont à l'envers sur les tables, les lumières en sourdine, Othello dans la cuisine donne un dernier coup de torchon en chantant 'miséréré, miséréré', son chant du cygne lorsque la nuit tombe.

Je me glisse derrière le bar pour m'offrir un dé à coudre de whisky. Le journal de Mme Gilberte est resté sur le comptoir. Ils m'ont semblé mystérieux, sur ce coup-là, la bande à Bonnot. Je tourne les pages une à une, avec circonspection, comme si elles allaient me sauter à la figure. Othello pointe son nez mais semble subitement avoir oublié quelque chose dans la cuisine. En page 4 une photo du kiosque, mais sans mon père qui fait le fier devant. En gros titre « Le dernier kiosque de Marseille à la casse cette semaine. » C'est comme un coup de couteau qui vous achève mais ne vous fait pas mourir. Le début de la fin. Visiblement les étoiles changent de constellation. Elles passent à autre chose. Avec ou sans kiosques. Avec ou sans papillons. J'enfile mon whisky cul sec et fait la grimace. C'est bon et dégueu. Tout à fait comme la vie.

Quand je sors, deux options s'offrent à moi. Soit je vais à droite et je file chez Marine, soit je vais à gauche et me carapate chez moi. Comme j'hésite, je vais droit devant, recevant avec délice la brise qui vient du port. Tout en haut, il y a un avion qui traverse le ciel. Les loupiotes au bout de ses ailes clignotent comme des étoiles filantes. Peut-être qu'il y a mon père dedans. Lui aussi change de constellation.

Une moto derrière mon dos grimpe sur le trottoir et roule à mes côtés. Inutile de tourner la tête pour connaître son conducteur.

- Et tu fais comment quand ça monte ?

- Je marche, du con.

Je ne sais pas pourquoi, j'ai le sentiment en grimpant sur la moto que je fais une connerie. Pourtant, prendre un verre ou se faire tirer n'a jamais porté à conséquence. Du moment qu'on entre couvert, bien entendu.

Quand on arrive devant la maison de Lucio, il ne s'embarrasse pas. Il donne un coup de pied dans la porte, et roule jusqu'au jardin en traversant le couloir et la cuisine. Un grand feu de bois jette des lumières orangées sur les visages. Ça sent bon les brochettes.

Quand il y a une bonne bouffe, tout le monde répond présent. Pour la vaisselle, la plupart sont aux abonnés absents. Mais ici, on a résolu la question. Les assiettes sont en carton et on mange avec les doigts. C'est plus simple et c'est meilleur.

Je m'assois à côté de Tatie Robert. Je lui tends mon portefeuille :

- Tenez, comme ça c'est fait !

Des rires fusent et on m'invite à trinquer. Comme je suis polie, je ne refuse pas.

- C'est délicieux. Je me demande pourquoi je me décarcasse à faire des plats compliqués !

Lucio reprend le même geste ancestral d'Othello, il frotte son pouce avec l'index. « Même pas » que je répond.

Lucio ricane bêtement :

- C'est pour la gloire ?
- C'est pour voler.

Lucio est surpris. Les mots ont plusieurs sens, et pour lui un seul. Alors je précise :

- Pour voler de mes propres ailes.

Tatie Robert, qui a les oreilles qui trainent, veut me convaincre :

- Tu devrais nous rejoindre. On gagne bien et on est libre

comme l'air.

- Même quand on passe par la case prison ?

- Ça, cela fait partie de la vie.

- Il y a des choses qu'on peut éviter.

- Les gens dans les métros bourrés qui vont dans des bureaux ou des usines, c'est pas des prisons ?

- Ils embêtent personne.

- Si, eux-mêmes.

Je laisse tomber. Cela devient trop compliqué pour moi.

- Malabar est pas là ?

- Il fait le gué chez toi.

- Désolée.

- Tu lui as fait quoi à Café-crème pour qu'il t'ait à la bonne comme ça ?

Je remarque que son surnom a passé les barrières sociales.

- Pas plus que ce que font un homme et une femme, quand ils se rencontrent dans un monde civilisé

Je ne précise pas qu'ils ne baisent pas mais se serrent la main.

Comme d'hab, quand il est contrarié Lucio fait silence. Mais ce n'est pas grave, Tatie Robert est là pour faire le relais :

- C'est quoi ta spécialité ?

- En quoi ?

Marie-Laure m'a souvent posé la question, mais je ne pense pas que cela ait le même sens.

- Au restaurant.

Je réfléchis comme si c'était là une question existentielle :

- La purée saucisse.

Tatie Robert est un peu déçue. Je précise :

- Tout à la main.

- Même la saucisse ?

- Faut pas abuser !

On s'amuse bien Tatie Robert et moi, j'en arrive même à oublier que Lucio veut son dessert :

- Je te raccompagne ?

Comme toutes les filles, je fais l'innocente. On sait faire. On sait faire les effarouchées, les innocentes, les naïves, les vierges aussi. Notre répertoire est vaste. Même Marie-Laure y arrive. C'est dire.

- Où ça ?

- Chez toi bien sûr.

Tatie Robert est solidaire en ce domaine :

- Le laisse surtout pas franchir la porte d'entrée !

- C'est promis juré Tatie Robert.

Surtout que pour aller chez moi, on passe par la fenêtre.

La moto roule tranquillement dans la nuit, presque sans faire de bruit. Je me laisse aller contre le dos de Lucio, mes mains enlacées autour de sa taille. J'ai l'impression de m'accrocher à une bouée. Une bouée qui dérive, mais bouée quand même.

C'est le grand jour. D'ailleurs, si on n'est pas au courant, suffit de voir Jo dans son costard en soie framboise pour dire qu'il y a quelque chose de pas habituel.

- Où tu as trouvé ça ?
- Aux Galeries Lafayette, en promotion.

J'ai de gros doutes :

- Dans un gros carton, au premier étage ?
- Comment tu sais ?
- C'est les costumes de carnaval, en soldes vu que c'est passé depuis trois mois.

La vérité n'est pas bonne à dire quand elle agace :

- Un costume c'est un costume. Va te changer !

Je file et j'entends la collègue qui arrive derrière moi, le ton semble effaré ou apeuré. En tout cas traumatisé :

- C'est où que tu as trouvé ça ?
- Dans un gros carton aux galeries Lafayette. Des soldes à prix cassés.
- Tu veux dire les invendus ?

Et elle file si vite qu'elle me dépasse.

Dans le vestiaire l'ambiance est un peu tendue, mais on arrive à parler chiffon. C'est pas que c'est le moment, mais ça détends.

Je suis surprise par la culotte de Marie-Laure, qui est adepte en général des timbres postes :

- Tu l'as achetée où ta culotte ?
- Tu veux l'adresse ?
- Oui, je veux bien. J'en cherche une comme ça pour ma

Grand-mère.

Ma vanne fait rigoler son monde. Sauf Marie-Laure qui semble enfiler sa tenue au ralenti. Je m'approche d'elle et lui passe un bras autour des épaules :

- Stressée ?

- Un peu, oui.

- Fais comme habitude.

- D'habitude, je perds.

Merde. Je me suis fait avoir toute seule :

- Et bien perds !

- C'est vrai, je peux ? Personne m'en voudra ?

- Ben non. C'est un sport. Et il y a toujours un gagnant et un perdant. S'il y a plus de perdant, on peut plus jouer.

- C'est vrai ça. J'y avais pas pensé.

Moi non plus faut dire.

- Bon, je te promets, si je perds, je t'offre ma culotte.

- Ha bon, pourquoi ?

- Ben, tu m'as dit que tu en voulais une comme ça pour ta grand-mère !

J'avais oublié que Marie-Laure prend tout au pied de la lettre.

- Et si tu gagnes ?

- Je vais pas gagner.

- Et si tu gagnes ?

- Je te rends la monnaie de ta pièce.

- Quelle monnaie ?

- Tu verras.

- Tope là !

On tope là. Et une Marie-Laure sort du vestiaire aussi à l'aise que si elle allait dans son bain.

Vous connaissez les cirques au temps de Rome ? Eh bien, il y a les cirques au temps de Marseille. Il y a les tambourins, les chants patriotiques, les « Allez Marseille » qui éclatent comme des pétards. C'est que les adversaires viennent de la banlieue Parisienne. L'allusion à Paris, ici ça réveille un mort. Je me rappelle une conversation de comptoir. Un client de passage s'était agacé de l'amalgame avec la banlieue et Paris :

- C'est comme si vous disiez que Cassis, c'est Marseille !

- Et bien pour nous, Cassis c'est Paris.

Je n'ai rien dit car il faut être solidaire même jusque dans la bêtise. Mais j'ai eu la honte de ma vie.

Pour ne pas me déconcentrer, je regarde à peine le public. Je remarque tout de même Othello. Pourvu qu'il ne se mette pas à chanter avant la victoire finale. Je suis sûre qu'à ses côtés il doit y avoir Mme Gilberte, Tour-de-France, Purée-jambon, voire Café-crème. Le copié collé du bar d'Othello des grands jours.

L'arbitre est au centre du tapis. J'ai l'habitude des tournois, mais je ne me suis jamais faite à un homme en costard cravate et en tennis. Au fond je dois être conformiste.

J'ai l'habitude de me motiver en pensant très fort à quelqu'un. A qui vais-je dédier ma victoire ? A Grand-mère ? À mes parents ?

Mais ce sont les seules personnes qui ne sont pas au courant que leur fifille défend le drapeau national marseillais. A Marine ? A Lucio ? Mais pour eux, le sujet principal est que je sois dans leur lit. Alors je le dédie à moi-même. Parce que je suis le capitaine. Parce que c'est mon dernier combat. Tout comme Jo, comme Marie-Laure et bien des filles du club. Il faut sortir avec les honneurs.

Les deux premiers combats, je les remporte facile, le troisième il s'en faut d'un cheveu pour que j'ai les deux épaules scotchées aux tapis. Je m'en suis sortie parce que la voix de Jo m'est parvenue par-dessus le tumulte de la salle. J'ai fait ce qu'il a dit et ça a marché. Quand je suis sortie du tapis, j'ai levé mon pouce discrètement vers lui, pour le remercier. Les filles s'en sortent pas trop mal, même si Saut-de-Puce se fait écraser sur son dernier combat, au sens propre car il faut passer l'éponge sur une flaque de sang. Son adversaire l'a aplatie de tout son poids sur le ventre et son nez n'a pas résisté à la pression. On finit à égalité parfaite sur le dernier combat de la liste, c'est à dire celui de Marie-Laure. Plusieurs compatriotes dans le public, qui sont croyants qu'à demi et seulement les jours d'enterrement, dessinent une croix avec la main.

Marie-Laure a suivi mon conseil et a perdu haut la main ses deux premiers combats. Sur ce dernier combat, elle doit sentir la pression car elle trébuche et s'étale de tout son long en arrivant sur le tapis. On entend la voix de Jo beugler :

- Lève-toi et marche !

Ce qui fait rire le public et du coup cette ambiance bon enfant détend Marie-Laure.

Mais elle est vite douchée. Elle se fait jeter au sol comme une serpillère. La fille s'allonge sur elle de tout son long, ce qui doit faire rêver bien des mâles dans l'assistance. Car en toutes situations, Marie-Laure garde un sex-appeal intact. Pour l'instant elle souffre car son adversaire est genre Carré Gervais, c'est à dire avec une densité au centimètre carré plus élevée qu'un sac de patates. Comment la sortir de là ? Même Jo en reste muet. Peut-être a-t-il abdiqué, tout simplement.

C'est Chewing-gum qui, en vrai reptile, trouve un début de solution :

- Fait lui le coup à Jo !

Le coup à Jo fait référence au moment historique où Chewing-gum avait glissé son bras sous le corps monstrueux pour lui pincer les couilles. Là, il y a adaptation, mais le principe reste le même. La fille recule des fesses vivement et Marie-Laure en profite pour retrouver une égalité de position. Tout est à refaire pour la parigot qui pensait que c'était gagné d'avance. Je ne sais pas ce qu'elle dit à l'oreille de Marie-Laure, mais ça doit pas être gentil. Cette fois-ci, sans qu'elle ait compris ce qui se passe, Marie-Laure se trouve sur le ventre, son adversaire lui écrase les seins dont elle est si fière même en public. Je vois les yeux de Marie-Laure larmoyer de douleur et de découragement. Ce sont ces larmes d'enfant qui me font trouver les mots.

- Pense à tes parents ! Je suis sûre qu'ils te regardent de là-
  haut et qu'ils sont fiers de toi !

Comment une parole magique peut transformer une lavette en championne ? Même Jo ne sait pas faire. Marie-Laure pousse un rugissement entre le kia et l'arrachement de l'haltérophile, qui fait trembler tout le public. Elle se met à quatre pattes en basculant vivement son adversaire par-dessus sa tête et bondit sur elle pour l'immobiliser avec une prise dont elle n'avait jamais réussi à trouver les clés lors des entrainements. Chapeau Marie-Laure. Tes parents peuvent être fiers de toi.

S'en suit un raz de marée général où on voit une énorme framboise débouler sur le tapis, suivie de tous ses poussins qui croisent leurs bras pour faire sauter haut en l'air notre grande championne. Il est d'usage de faire la même chose pour l'entraineur, mais on y renonce avant d'y penser.

Grosse ambiance dans le vestiaire. On chante la Marseillaise cela va de soi, mais version locale. Jo, qui a sagement mis ses lunettes tournesol, transpire comme un marathonien, mais on ne sait pas si c'est à cause de la chaleur ou des filles qui sautent de tous les côtés à moitié à poils.

Marie-Laure enlève sa culotte et la balance sur la tête de Jo :

- Tiens, prends un mouchoir, tu transpires comme un phoque
  dans le désert.

Jo fait l'innocent et en profite pour s'essuyer soigneusement le visage. Le petit malin met son nez dedans :

- Dis donc princesse, tu parfumes tes mouchoirs ?

On se marre et j'ai encore du mal à croire que personne n'est dupe.

- Bon, alors mon gros, tu l'as eu ta coupe !

C'est Carré Gervais, il n'y a qu'elle qui peut lui parler comme ça.

- In extremis, faut dire.

- Rebelote pour la saison prochaine ?

C'est Saut-de-Puce, très forte pour poser les bonnes questions au bon moment.

- Je vous adore les filles, mais je préfère finir en beauté.

- Maintenant que tu as eu ce que tu voulais, tu nous laisses tomber c'est ça ?

Chewing-gum lui jette son tee-shirt, on ne sait pas si c'est par dépit ou par plaisanterie, en tout cas geste suivi par toutes les filles qui trouvent quelque chose sous la main. Partie de rigolade mais avec un fond triste de vérité.

Beaucoup de monde dans le hall du gymnase, gros brouhaha, on se croit à la première d'une pièce de théâtre. On se fait la bise, les félicitations fusent, puis ça s'étiole, jusqu'au silence qui reprend ses droits. C'est comme après un anniversaire. On s'est bien amusé, mais chacun s'en va de son côté. Et un affreux sentiment de solitude vous remonte à la gorge.

Je devine au loin une silhouette framboise qui s'éloigne avec une coupe sous le bras pour se perdre dans les rues de Marseille.

Othello s'engouffre dans un taxi et me salue de la main. Les filles, elles, s'éparpillent comme une poignée de billes qu'on a jetées sur le sol. Ne reste que moi, et ma satanée nostalgie.

Une voix derrière moi, toute proche. Je ressens son souffle dans mon cou :

- On fait quoi, maintenant ?

Cette question, entendue mille fois, a un goût d'adieu.

Et je crois, ma réponse aussi :

- Rien, faut que je rentre à la maison.

Il y a un petit silence, ce qui est rare chez Marie-Laure. Elle me tire doucement par la main :

- Au fait, faut que je te rende la monnaie de ta pièce.

Elle me colle un baiser jusqu'au fond de la gorge. Puis s'en va. J'ai l'impression de la voir pour la dernière fois.

Malgré les apparences, Lucio est un type tranquille, voire casanier. Il ferait un mari convenable et tout à fait dans les normes s'il avait un job avec des horaires à respecter.

- Tu t'endors ?

Avant, c'était pour savoir s'il y avait encore du temps pour l'amour, maintenant c'est pour plonger tête première dans les méandres de l'ordinateur. On est tombé très vite dans une certaine routine. Pas désagréable pour autant.

- ... oui... je m'en... dors.

Ce n'est absolument pas vrai. Mais c'est si délicieux de mentir.

J'ai compris que venant de la part d'un nomade social comme lui, le quotidien entre quatre murs était le plus beau cadeau qu'il pouvait me faire.

Lucio n'a aucune idée de ce qu'on pouvait faire avec un ordinateur. Ce n'est qu'une valeur marchande qu'on peut refourguer facilement sur le marché du vol. Internet ? Un obscur objet du désir dont il ne connait ni les tenants ni les aboutissants.

Il m'a beaucoup vue cliquer sur les mots soulignés en rouge par M. Windows quand j'écrivais un mail à une copine :

- On peut corriger les fautes d'orthographes ?

Ça l'intéresse bougrement, lui qui doit battre à plate couture Marie-Laure à la dictée.

- Pas qu'un peu. Tu peux même traduire en anglais si tu veux, ou en russe ? Regarde.

Lucio regarde et apprend plus vite que son ombre :

- Il paraît qu'on peut aller dans son compte en banque.
- Désolée, j'ai pas de compte.
- Moi j'en ai une dizaine.

Et il se marre comme une baleine. Il m'explique qu'il a un paquet de comptes en banques ouverts avec un paquet de cartes d'identités à des paquets de noms différents.

Il tape du doigt son front, histoire de me signifier que tout est enregistré dedans.

- Arrête, je ne veux pas rentrer dans tes salades.
- Pourquoi ?

- Parce que si on m'arrête, je ne suis pas sûre de pas parler sous la torture.

On rit, c'est des bêtises, mais on comprend bien qu'il y a un fond de vérité. Moins j'en sais, mieux c'est pour nous deux.

J'ouvre un œil. Lucio pianote sur l'ordi comme un dingue. À voir l'alphabet incompréhensible sur l'écran, il est entré à l'intérieur. Il en connaît maintenant plus que moi. Il semble que les surdoués ne trainent pas que sur les bancs d'écoles.

- Tu ne vas pas...heu travailler ? Ça te dérange pas de rester avec moi toute la nuit ?
- C'est bon, j'ai ma part.

De quelle part il parle. Des vols qu'on fait pour lui ? Système mafieux et compagnie ?

Lucio me rassure d'un clin d'œil :

- N'oublie pas que je suis prof. Je travaille en journée et j'arrive à l'heure !

Je replonge dans mes rêveries. Tout va bien. Tout est pour le meilleur des mondes.

Je suis réveillée par trois déflagrations quasi simultanées. Je pense à un mauvais rêve, mais non, la réalité est bien un cauchemar. Lucio est en caleçon à la fenêtre, puis met son jean à la va vite :

- Ça vient d'en bas !

Il prend de sa veste un gros canif et rien que le déclic donne froid dans le dos :

- Reste ici.

- T'es malade, il y a Grand-mère !

Il n'a pas le temps de me retenir que je le devance dans l'escalier. Est-ce qu'il faut toujours vivre ce qu'on à vivre ? Est-ce que on ne peut pas dire stop, on revient en arrière ?

Pas la peine d'être Sherlock pour refaire la scène du crime. Parrain 2 est affalé à plat ventre sur le lit de Grand-mère, tandis qu'un deuxième homme, probablement le garde du corps du big boss git avec une balle qui lui fait un troisième œil. Lui et ma grand-mère se sont tirés dessus en même temps, cartons plein.

Je me rappelle l'avertissement que j'avais lancé à Taudis : « Elle est cap de tirer entre les deux yeux ! ». Je pense que s'il y a un dieu qui fait les destins des uns et des autres, il s'est trompé de cible. C'était sur monsieur Taudis qu'il fallait tirer.

Grand-mère est encore vivante, mais sa vie tient à un fil invisible. Je la prends doucement contre ma poitrine, elle a la force héroïque de me sourire de son beau sourire édenté. Elle lève ses deux doigts en V et meurt dans mes bras.

Je suis tellement choquée que le chagrin ne m'a pas encore atteinte de plein fouet. Lucio aussi a l'air de vivre une scène de vie pas ordinaire :

- Qu'est-ce que tu fais ?

- Ben, j'appelle la police.

Ça ne doit pas être un réflexe habituel chez lui. En d'autres circonstances, ça me ferait marrer. Je reste comme ça, avec Grand-mère dans mes bras, comme si cela pouvait la faire revenir.

Des gyrophares se mettent à inonder la chambre de lueurs intermittentes. Je plisse des yeux, comme si je me réveillais d'un mauvais rêve, alors que je suis en plein dedans.

- C'est les condés. Faut que je file.

Je suis tellement sidérée que je reste la bouche ouverte.

- Tu comprends, avec mon curriculum vitae, je préfère pas être là.

Je suis surprise qu'il connaisse le terme. Comme quoi, dans les pires moments, on a de drôles de pensées.

Je m'attends à ce qu'il passe par la porte, mais il monte les escaliers. Probablement veut il récupérer sa veste et filer par la fenêtre pour éviter de tomber nez à nez avec les flics. Son instinct de conservation marche à fond. Ça doit être l'habitude.

Comme au théâtre, à peine a-t-il grimpé l'escalier que Café-crème débarque. Avec son brassard et sa veste débraillée, il fait plus flic que client chez Othello. Comme quoi, l'habit fait le moine.

Il me détache doucement de Grand-mère, qu'il allonge pour son repos éternel. On sent qu'il me prendrait bien dans ses bras, mais ses collègues ont envahi la pièce. Pourtant, ce ne serait pas de refus.

- Vos parents sont pas là ?

Que lui dire ? Que ma mère joue les prolongations avec son kiné et que mon père se fait la belle avec une brésilienne ? Que c'est la bérézina familiale ?

Un collègue prend des photos, un autre dessine à la craie le contour du corps de Parrain 2 et de son ange gardien, bref, c'est comme à la télé.

Café-crème pousse du bout de ses chaussures pointues le visage distordu de Parrain 2 :

- On peut remercier ta grand-mère. Elle nous a débarrassé d'une ordure.

Je repense à notre bout de conversation au comptoir d'Othello « On peut pas ? », « Non on peut pas ».

Ma grand-mère l'a fait.

- On va prévenir vos parents. Vous ne pouvez pas rester là. Vous savez où aller ?
- Je pense, oui.
- Allez chercher vos affaires, je vous accompagne.

Je vais monter l'escalier quand mon pied envoie valdinguer la cloche de Grand-mère jusqu'aux pieds de Café-crème. On dirait un cœur qui s'arrête, jusqu'au dernier soubresaut. Tout le monde s'est arrêté en mouvement, même le flic qui mitraille de photos Exterminator 2 pour lui compléter son album souvenir. Puis chacun reprend son taf, la vie continue. Comme d'hab.

Je rentre dans la chambre, la fenêtre est grande ouverte. L'oiseau s'est envolé. Avec mon ordinateur.

Dans la voiture de Café-crème je fonds en larmes. La tristesse m'a rattrapée d'un coup d'un seul. Je revois encore le sourire de mémé et ses deux doigts en v, et ça me fait pleurer encore plus. Café-crème me tend un kleenex, je me mouche bruyamment.

- Je suis désolée...vous devez avoir l'habitude de voir des choses comme ça.
- Oui, mais c'est pas ma grand-mère.

À travers mes larmes je pose des questions cons. Pour dire quelque chose. Pour passer par-dessus.

- Vous êtes marié ?
- Pas vraiment.
- Vous avez une amie ?
- Pas vraiment.

On se sourit. Dans la vie il y a beaucoup de possibilités. Il peut être un voisin. Il peut être un ami. Il peut être un amant. Il peut être un mari. Il peut être un client chez Othello. Il y a de fortes chances que cette dernière l'emporte. Mais cela fait du bien de se dire que tout est possible.

- Je m'excuse. J'ai fait une erreur. J'ai cru qu'il fallait vous protéger. J'ai pas pensé à votre grand-mère

Et en plus il est poli.

- Comment ça se fait qu'il y avait pas un gars à Lucio devant la grille ?
- Lucio a pensé qu'il était dans mon lit et que ça suffisait comme ça.

Je pose ma main sur la sienne :

- Ne lui faites pas du tort. Il a respecté votre pacte. Il croyait
  que c'était ok comme ça. Et moi aussi.

On reste silencieux. Il pense à ses fiches sur Lucio, le Parrain 2 et son garde du corps, il pense à tous les détails techniques de la scène du crime, moi je pense au moment où j'ai senti contre moi Grand-mère s'en aller dans l'autre monde, je pense à nos promenades en bord de mer, je pense à son pouce levé devant la mousse au chocolat. On vit le même drame, mais pas de la même manière.

- C'est ici ?

Je regarde la petite maison endormie mais qui semble toujours être là pour m'accueillir à bras ouverts. Une deuxième famille en quelque sorte.

- Oui.

- Attendez une minute.

Café-crème sort de sa caisse et va sonner à la porte. Un seul petit coup, parce que je lui ai dit qu'il y a des enfants. Une lumière s'allume, puis la porte finit par s'ouvrir. La masse généreuse d'Alex remplit l'encadrement de la porte. Les deux hommes parlent, puis Café-crème vient m'ouvrir la portière.

- Merci.

Que de dire de plus ? Que j'aurais bien passé la nuit dans ses bras ? Que je me serais bien vu partager quelques années de vie avec lui ?

Café-crème m'attrape la main et la sert fort :

- Soyez fière de votre grand-mère. Elle est morte les armes à la main.

Oui, et elle a fait un carton. Au ciel, elle peut lever les doigts en V.

Je me blottis dans les bras d'Alex et je pleure, je pleure, je pleure toutes les larmes de mon corps.

*

Ce qui est bien chez les enfants, c'est que la vie est plus forte que tout. Alex leur a expliqué, ils ont respecté ma tristesse, mais m'ont initiée à la console et fait partager leurs dessins animés préférés. Parfois un enfant s'endort dans mes bras, et c'est comme un morceau du puzzle tombé à terre qui se recolle. Ça reste fragile, mais il tient bon.

Alex et Asia sont aux petits soins pour moi. Ils ont compris que j'étais bien chez eux pour cicatriser mes plaies. Ils m'ont installé une petite chambre et parfois je me dis que je fais comme Grand-mère, je me fais adopter par une famille.

Je n'ai pas eu le courage de retourner à la maison, je sais que mon père n'y va plus et que ma mère est aux abonnés absents. Ils m'appellent tous les jours et tous les jours je leur dis que tout va bien.

Une certaine routine s'est installée. Alex m'accompagne sur sa moto chez Othello, et me cherche après son taf. Je suis interdite de cuisine chez Asia, qui estime que j'en fais déjà trop au resto, mais je mets volontiers la main à la pâte au ménage et au bain des enfants. Il m'arrive de griller une clope au jardin. En toute discrétion. Même si l'autre jour, j'ai vu par la fenêtre Asia qui s'occupait dans le jardin, se pencher pour ramasser un mégot, et le mettre dans la petite boite. Cela m'avait paru la plus belle preuve d'amour que j'avais vue.

Je reçois parfois la visite de Marie-Laure qui a maintenant une petite voiture décapotable offerte par son Libanais riche. J'ai ainsi ma livraison quotidienne de potins.

- Tu sais que Jo s'est mis officiellement avec Carré-Gervais ?

- Il a divorcé ?

- J'ai pas dit ça. Elle a emménagé chez eux.

- Ça lui fait une belle retraite. Des news des filles ?

- Saut-de-Puce s'est fait licenciée à l'université.

- On dit 'avoir sa licence'. Jo est au courant ?

- J'espère que non. Il est capable d'aller lui donner une raclée.

- Sûr qu'elle s'est foutue un peu de sa gueule de pas dire qu'elle fait des études.

- Chewing-gum enfile les amants à la chaine. Enfin, c'est ce qui se dit.

- Tu es sûre que c'est pas à propos de toi ?

Marie-Laure rejette l'idée de la main :

- C'est fini ça. Je suis fidèle comme un cocker.

311

Je ne sais pas pourquoi, je trouve cette nouvelle triste.

- Il voulait pas que tu ailles avec lui vivre dans son pays ?

- J'ai refusé.

Elle glisse sa main dans la mienne

- Parce que je me sens pas vivre loin de toi.

C'est une vraie copine. Mais pour combien de temps encore ? La vie semble avoir glissé sur son terrain favori qu'est le temps. Marie-Laure se case.

Quand je sors de la cuisine d'Othello, un peu cassée par cette longue journée aux fourneaux, j'ai l'impression de voir au bar une équipe de rugby au complet. Pureé-jambon, Tour-de-France, Alex, Othello, et même Café-crème sont là. Il y a même José, le marchand aux puces. On affiche complet ce soir. Ils ne sont pas endimanchés mais une pointe d'élégance émerge ici et là. Comme lorsqu'on va on a un anniversaire sans le dire à sa femme. Ou à un enterrement.

Je me glisse derrière le comptoir, me sers un apéro qui fait toujours du bien là où ça passe.

- Il y a quelque chose qui va pas ?

Othello fait l'innocent :

- Comment, t'es pas au courant ?

- A part que Marseille a perdu devant le PSG, non.

Il y a un petit silence, car cette nouvelle n'est pas encore digérée.

- Ton père....

Othello me voit blanchir et rectifie vite le tir :

- Enfin je veux dire le kiosque...

Je suis rassurée. Il n'y a pas mort d'homme. Enfin, pas encore.

- Ils l'enlèvent ce soir... on a pensé que ce serait bien d'être là.

Une sorte d'hommage. Je comprends cela. Je lève mon verre :

- Bon, alors on y va ?

- On y va.

Othello ferme la lumière du resto. Je l'aide à baisser le store. Puis c'est parti comme en l'an quarante.

Lorsqu'on arrive sur la petite place, le spectacle est déjà commencé. Deux gros projecteurs éclairent le kiosque tandis qu'une immense grue le surplombe comme un vautour. Je rejoins mon père, un peu en retrait de cette comédie qui semble pas vraiment humaine.

Papa met son bras sur mon épaule :

- Faut bien que ça finisse un jour ma chérie.

De quoi parle-t-il ? De Grand-mère ? De la vie de famille ? De ses vingt piges passées dans le kiosque ?

Comme si un esprit malfaisant attendait son feu vert, la grue se met en marche. Elle relève deux lourdes chaines, la petite maison oscille de droite et de gauche dans le ciel, puis est jetée sans ménagement dans une énorme benne. Il y a des sifflets, des cris, des protestations.

- Ha la la ! Quelles ordures ! C'est dégueulasse !

Cela fait sourire léger mon père, il ne s'attendait pas à tant de supporters lui qui n'avait plus de clients. Probablement, c'est le côté vélodrome qui ressort chez ses concitoyens. Ou se rendent-ils compte qu'un monde se termine pour laisser place à un autre. Moins romantique, moins déluré, où le fric est érigé en dieu. Le monde de Monsieur Taudis.

D'ailleurs, tangue dans le ciel un autre cabanon, qui atterrit en douceur pile poil à l'emplacement du kiosque. Un fast food, avec gros hamburger et un énorme tube de ketchup en plastique pour attirer le chaland. Des applaudissements éclatent ici et là. Je parierais qu'ils blessent mon père pire que des couteaux.

Voilà, terminé, circulez il n'y a plus rien à voir. Demain, le soleil qui se lèvera sur la moitié de l'humanité, illuminera de tous ses feux un fastfood flambant neuf. Vu de loin, ça paraît une plaisanterie.

  - Bon alors, qu'est-ce qu'on fait ?

Ce n'est pas Marie-Laure mais Purée-jambon qui pose la question. Ils nous ont rejoint, émus eux aussi, mais ne laissant rien paraître, comme il se doit.

  - On va boire un coup ?

  - On va boire un coup.

Silencieux, nous nous dirigeons vers le bar de Purée-jambon. Cette fois, on n'a pas l'air de la bande à Bonnot. Mais des pieds-nickelés.

On n'a pas trop le cœur à la fête ce soir. Les plaisanteries s'éteignent comme des pétards mouillés, même Othello n'arrive pas à égayer l'assemblée avec un solé mio à faire trembler les murs. Je remarque qu'on fait beaucoup de serments et qu'on trinque plus qu'il n'est de coutume. Et que lorsque les uns et les autres rentrent au foyer, les accolades à mon père se font plus pressantes.

Je m'approche de papa, qui regarde l'heure à sa montre :

- Tu pars en...voyage ?
- Je voulais t'envoyer un SMS… mais comme tu es là… tu m'accompagnes à l'aéroport ?

Je vois tout le courage des hommes, et celui de mon père en particulier :

- Tu pars comme ça ? Sans valise ?
- Je pars sans femme ni enfant, pourquoi je partirais avec une valise ?
- Tu pars quand même avec une maîtresse.

Il passe sa main dans mes cheveux pour les ébouriffer, comme j'aime tant.

- Je pars avec un rêve. Juste un rêve.
- Je préfère pas. Je t'accompagne jusqu'au taxi.

Nous marchons d'un pas lent jusqu'à la station de taxi, qui nous paraît trop loin et trop proche. Les adieux c'est pas facile, il faut que ça reste intact dans le souvenir.

- Au fait, on a vendu la maison.
- Je sais.

Je savais sans savoir. Que faire d'autre d'une maison fantôme ?

- Une partie de l'argent te sera remise par le notaire sur ton compte.

Je ne dis pas merci, parce qu'il ne faut pas m'en demander trop.

Plus que vingt mètres. C'est peu et beaucoup à la fois.

- Tu viendras me voir hein ? Tu seras toujours bienvenue chez nous.

Le chez nous fait mal.

- ... Je veux dire à la maison.

La maison fait mal aussi.

- Tu t'occuperas bien de ta mère ?

Un petit coup de balai dans mes cheveux :

- C'est que c'est toi maintenant le chef de famille !

Je voudrais lui dire un chef de famille sans famille. Mais il ne faut pas que l'amertume prédomine cet instant.

- Fais moi un petit frère ou une petite sœur et envoie le moi par la poste.

Mon père rit. Un peu forcé mais un rire quand même.

- Promis juré !

Le taxi a ouvert la porte. Il ne reste plus grand-chose dans le sablier.

Mon père me prend dans ses bras :

- Fais bien attention à toi.

- J'allais dire la même chose.

Pas facile de pas pleurer. De faire la grande.

- Merci pour tout ce que tu m'as offert papa.

- C'était mon job.

Les meilleures personnes sont les plus modestes. Il n'a pas pris en compte toutes les fois où il a pris ma main pour m'amener à l'école, toutes les fois où il m'a apporté des bonbons quand j'étais malade. Il n'a pas pris en compte qu'il m'a laissé voler de mes propres ailes.

Mon père s'installe dans le taxi, il ouvre grand la fenêtre. Lui aussi a les yeux qui brillent, mais il tient le coup, comme moi :

- On se dit à bientôt ?
- On se dit à bientôt.
- Tope là.

On tope là. Mais cette fois, on n'est pas certain que le pacte sera respecté. Le taxi démarre. Direction aéroport international Marignane. C'est à dire pour très loin. Ou pour toujours.

Je fais signe de la main. C'est un papa. C'est aussi un homme qui fait sa vie. Comme il peut. Comme tout le monde. Nous sommes tous des papillons.

La bonne grosse voix d'Alex derrière moi :

- Bon alors, qu'est-ce qu'on fait ?
- On rentre à la maison.

Ce matin le ciel est bleu alors que dans ma tête il fait gris. Je demande mon chemin plusieurs fois, dans ces nouveaux quartiers tout se ressemble et on se perd pire qu'à Venise. Enfin je repère l'immeuble. Je compte les étages, m'arrête au sixième, et me dis que ça doit être l'un de ceux-là qu'habite ma mère. Peut-être celui qui a un petit arbuste ? On ne renonce pas facilement aux grands espaces.

Des portes, des portes, rien que des portes. Des numéros. Rien que des numéros. C'est le bon. Enfin si je puis dire. Je sonne.

- Ha c'est toi ? Entre.

Ma mère a l'air un peu gênée. Ça doit être parce que c'est la première fois qu'elle me reçoit chez elle. Avant, c'était chez nous.

On s'installe direct dans la cuisine. Finalement rien ne change. Il y a même les factures sur le frigo.

Je remarque l'arbuste sur le balcon :

- Café ?
- Café.

Elle prend un cube de glace et le met dans le micro-onde. On ne perd pas ses habitudes.

Assises face à face, il ne peut y avoir qu'un dialogue mère fille qui s'installe. C'est à dire à mi-chemin entre agacement et attachement.

- Je me demande qu'est-ce qu'on va faire avec le kiosque de ton père.

J'en reste baba, mais néanmoins retrouve l'usage de la parole :

- Je te suggère d'aller faire un tour. Ça te donnerait des idées.
- Tu la connais cette fille ? Il paraît que c'est une brésilienne.

Je revois son sourire radieux et ses jolis seins qui pointent sous sa robe :

- Pas plus que ton kiné.

Ma mère glisse comme si j'avais parlé de la baguette trop cuite de la boulangère :

- Ça me rappelle que je dois faire les courses.

Avec ma mère, ne jamais chercher le rapport.

- Tu lui en veux pas ?

- Pourquoi lui en voudrais-je ? Moi aussi quelque part, j'étais partie dans ma tête.

Ceci explique peut-être cela. Mais ça je ne lui dis pas. Chacun ses oignons.

- Ça te plait ici ?

- On s'y fait. À un moment donné, on se fait à tout.

C'est ce qui s'appelle la déprime je crois.

- Ça fait partie du deal avec Taudis pour la maison ?

- Entre autres, oui.

J'entre pas dans les détails, ça me dégoûte à l'avance.

- D'ailleurs tu pourrais lui acheter un appartement avec tes sous, ça ferait un bon placement.

Cela voudrait dire que je lui rende l'argent qu'il m'a donné pour avoir la maison de Grand-mère. Plutôt crever.

- Merci pour le bon plan.

Ma mère insiste lourdement, comme tous les parents :

- Il y a même un appartement libre au-dessous du mien.

- Je flipperai trop que mes petits copains se trompent d'étage.

Ma mère se marre :

- C'est vrai que tout se ressemble ici.

- Je me demande comment tu fais pour arriver jusqu'à chez toi.

Je regarde par la fenêtre, vue imprenable sur un parking.

Brusquement je réalise quelque chose qui me donne froid dans le dos :

- Au fait, tu l'as toujours ta 2 CV ?

- Je l'ai vendue.

J'en suis attristée comme si on m'annonçait la mort d'un proche. Je sais, ça ne se dit pas.

- À qui ?

- ... à Henri...

- À qui ?

Au même moment, je remarque à côté du frigo un gros cartable qui me dit quelque chose.

- À moi !

Je me retourne car c'est une voix d'homme et ma mère n'est pas ventriloque.

Dans l'entrebâillement de la porte qui mène au salon il y a Henri de Courtois nu de la tête aux pieds, une serviette de bain autour des reins pour sauver les apparences.

Tout en tenant la serviette d'une main, il me tend l'autre comme s'il me recevait dans son cabinet :

- Comment allez-vous mademoiselle ?

- Je vais bien monsieur le notaire. Je vois que vous continuez à venir tous les lundis.
- Et même le vendredi.

Je regarde s'il est sérieux. Il est sérieux.

Je me tourne vers ma mère, histoire de lui piquer une banderille :

- Tu vas toujours le mercredi chez le kiné ?
- Oui, bien sûr, pourquoi ?

Qui connaitrait bien ma mère verrait un certain flou dans son regard. Visiblement ce n'est pas le cas du notaire.

N'empêche que le coup de la 2 CV me reste en travers de la gorge :

- Tu vends tout en ce moment, la maison, la 2 CV...

J'hésite à ajouter 'ton corps' à la liste mais ça ne se fait pas, même à sa mère.

- Par expérience, permettez-moi de vous dire, cela ne sert à rien d'accumuler les biens matériels.

Il a une belle maison à la campagne, mais il doit parler pour les autres.

Le notaire s'installe à table, justement au moment où je me lève :

- Un café s'il te plait ché... heu chère amie.

Il se tourne vers moi qui ai mis mes patins à roulettes en bandoulière sur l'épaule.

- Votre mère fait un excellent café.

Je le regarde pour savoir si je dois réagir à une plaisanterie, non, ça a l'air sérieux.

- Tiens, j'ai pensé que ça te ferait plaisir.

Ma mère me tend une petite boite, genre pour montre de luxe. J'ouvre délicatement le boitier : le dentier de Grand-mère semble me sourire de toutes ses dents. Je fixe ma mère pour voir si c'est un gag de mauvais goût. Non, ça a l'air sincère.

J'en suis émue jusqu'aux larmes.

- Merci, c'est gentil.

Je lui fais la bise et fais un petit bye bye de la main à son hôte de passage.

- Attendez, attendez un instant !

Monsieur Henri de Courtois se précipite sur son cartable et en sort un trousseau de clés :

- Je sais que vous y tenez.

C'est les clés de la 2 CV.

- Cadeau ?

- Cadeau.

- .. Par contre j'ai pas mon permis.

- Allons, allons, la moitié de Marseille ne l'a pas !

Instinctivement, je lui fais la bise. Finalement, ce n'est pas si mal d'avoir un beau père. Ça fait des cadeaux et ça ne mange pas de pain.

- Je peux vous appeler Papillon ?

- Bien sûr… Henri !

J'ai un peu de mal. Mais ça passe.

Je claque la porte. Avec dans ma poche le dentier de Grand-mère et les clés de la 2 CV. Parfois tout est pour le meilleur des mondes. Pourvu que ça dure.

Il est temps pour moi d'aller faire ce que je n'ai pas encore eu le courage de faire. Avant que ce ne soit trop tard. Un pèlerinage à la maison familiale, avant qu'elle ne soit réduite au souvenir d'une époque révolue, de celles qu'on voit dans les cartes postales en noir et blanc. Comme José en a tant dans ses cartons.

Ce que je vois me fait l'effet d'un violent coup de poing dans le ventre. La maison est à moitié éventrée, comme si un géant fou furieux avait arraché une partie du toit, fracassé de son poing les murs, brisé les éviers, les baignoires, les cheminées et balancé tout un fatras de choses qu'on avait délaissées, tels le vieux frigo, la table de la cuisine ou le fauteuil de Grand-mère. Comme toujours, l'homme dans son avidité, n'y est pas allé par quatre chemins.

L'escalier qui donne au premier étage est à découvert et ressemble à une colonne vertébrale mise à nue. Je le monte avec précaution pour accéder à ma chambre, qui par miracle est restée intacte. Les papillons l'ont protégé du mauvais esprit, j'en vois voleter ici et là, l'âme en peine.

Une fois que j'ai refermé la porte de la chambre, je peux avoir l'illusion que rien n'a changé. Si ce n'est le tapis de poussières, tout est là, à sa place. On aurait dit qu'une bombe larguée d'un avion avait arraché la moitié de la maison, mais préservé ma chambre. Parfois il y a des survivants.

Tout est là, mes peluches, mes coupes, mes objets fétiches, la commode a été bousculée et des tiroirs béants pendent culottes et pyjamas, la penderie elle n'a plus de portes, un petit malin avait dû penser que cela ferait de belles étagères ou un bon feu de bois.

Je ne peux contenir mes larmes qui, mélangées à la lourde poussière, font une sorte de gadoue sur mon visage. Un désastre humanitaire à mini échelle. Comment tant de violence sans une once de remords ? Comment tant de folies sans se dire attention, peut-être que ce qu'on fait n'est pas bien. Mais les gens qui détruisent les belles maisons centenaires ne se posent pas ce genre de questions. Ils mourront l'âme en paix. C'est tout le mal que je ne leur souhaite pas.

Je grille une clope à la fenêtre, rien n'a changé à l'extérieur, du moins si je regarde ni à droite ni à gauche. Le même ciel bleu, on devine un bout de mer en contrebas, on entend toujours les grillons, ils n'ont pas encore perdu la guerre. Ils se battent depuis dix mille ans.

Derrière le radiateur, coincée contre le mur, il y a une photo. Je l'extirpe avec précaution, c'est un Polaroïd quelque peu gondolé et humide, comme la trace d'un autre temps. On y voit mon père et ma mère poser pour l'image de leur bonheur : « Regarde comme on s'aime ta mère et moi ». Je pensais en faire des tonnes comme ça. Comme quoi on peut toujours se tromper.

Je m'allonge sur mon lit, et je me dis qu'avec mon visage cendré, je pourrais être une morte. Je me raccroche à des souvenirs comme à des branches d'arbres au-dessus du précipice, et le sourire de Grand-mère, la main de mon père dans mes cheveux ou les soupirs de ma mère quand elle fait ses courses sur l'ordi, valent bien le détour par la vie entre deux éternités. Je m'endors, avec ma peluche préférée dans les bras, comme au bon vieux temps.

Ce n'est pas l'odeur du café qui me réveille. C'est le bruit d'un bulldozer qui se jettent contre les murs, qui prend son recul, pivote et se lance de nouveau. La dinguerie des hommes en pleine action. Je me précipite à la fenêtre pour signaler ma présence, mais le conducteur, enveloppé par un nuage de poussières, avance à l'aveugle, hurlant sa joie, criant plus fort que le tumulte qu'il génère, les plombs complètement pétés. Je reconnais Taudis, qui n'a laissé à personne autre que lui-même le plaisir de détruire l'objet de ses rêves.

La mâchoire de la pelleteuse défonce le mur de ma chambre et s'arrête à cinquante centimètres de moi. J'en ai le souffle coupé. Elle recule pour revenir à la charge en pulvérisant ce qui restait vivant. J'entends le rire fou de Taudis à travers le mur béant. Je sais que la prochaine fois, ce sera pour ma pomme. Je sors de ma torpeur et me précipite dans l'escalier qui ne tient qu'à un fil. Je me jette tête première. Il était temps, le ciel s'écroule derrière moi.

Vous avez vu la silhouette d'un exilé sur le bord d'une route, les vêtements déchirés, de la poussière de la tête aux pieds et le visage en état de choc ? Et bien c'est moi tout craché. J'entends le moteur d'une voiture derrière moi se rapprocher, je lève mon pouce sans me retourner, plus par réflexe que par volonté propre. La bagnole s'arrête, la portière s'ouvre toute seule et j'entre. Je ferme les yeux fort et les ouvre parce que je viens de réaliser que le cauchemar continu : je suis dans la voiture de Taudis.

- Qu'est-ce que tu foutais là ?

Je pourrais lui dire que c'est chez moi, mais c'est plus tout à fait vrai. Je me rends compte que j'ai toujours ma peluche avec moi.

- Je voulais la récupérer.

- Ha ben voilà ! Tout va bien alors !

- Je pense que vous êtes un salaud monsieur Taudis.

Je dis ça en pesant mes mots. Ça le fait marrer comme si j'avais lancé la meilleure blague de l'année.

- J'espère bien ! Qui crois-tu qui tient les tenants des aboutissants ? Le pape avec ses formules magiques ? Les présidents avec leurs mines d'enfants sages ?

Il pointe son gros doigt sur sa poitrine, en plein tournant d'ailleurs :

- Non, c'est bibi ! Des mecs comme moi qui se relèvent les manches et en sortent plein les poches de ce merdier.

Il met son index sale dans sa bouche et tire sur sa joue pour exhiber ses deux dents en diamants :

- Tu crois qu'on me les amenées sur un plateau ? Je pèse deux millions d'euros.
- Je croyais que vous rêviez en dollars.
- Heu...un peu moins maintenant que l'euro vaut plus que le dollar.
- Vous m'amenez où ? Je vois que c'est pas mon chemin ?
- Tu habites où maintenant ?
- Au nord.

Ce n'est pas vrai, c'est plein sud. Mais je ne prends pas de risque. Je ne voudrais pas que Taudis s'intéresse de trop près à la maison d'Alex.

- Je t'emmène chez moi. Tu as besoin d'une bonne petite douche et de mettre tes fringues à la machine. J'ai un sèche-linge ultra rapide. Tu vas pas sortir en ville comme ça, hein ?

Il met sa grosse patte sur ma cuisse. Cette fois je ne l'enlève pas. Une immense lassitude m'envahit. Ces gens-là sont trop forts pour moi. Ils ont gagné la guerre.

La voiture arrive devant une belle maison en bois avec une forêt privée autour.

Je suis scotchée.

- Je croyais que vous habitiez dans un des immeubles que

vous construisez.

- Tu plaisantes ? Dans ces appartements de merde où on entend péter le voisin ?

- Sympa pour ma mère.

Taudis a un fond de gêne. Ça lui arrive :

- ...Elle commence à être un peu sourde non ?

La voiture prend une allée de gravillon bordée de fleurs soigneusement entretenues.

- Et si un sale type venait détruire votre belle maison ?

- Je lui tire dessus avec mon fusil.

- Comme ma grand-mère ?

Il a une seconde où son cerveau fait un bug :

- Heu oui...comme votre grand-mère.

On entre dans l'immense chalet suisse avec vue sur un compte en banque grand comme la mer.

Je remarque des jouets qui trainent :

- Vous avez des enfants ?

- Un peu oui.

- Je vous imaginais célibataire.

- Je suis célibataire. Mais à mes heures !

- Comme maintenant par exemple ?

Il me regarde et un instant ce n'est plus monsieur Taudis, c'est un type qui veut tirer son coup, et le plus tôt c'est le mieux.

- Comme maintenant.

Il me jette un peignoir :

- Tiens, met ça que je mette la machine en route.

Je me mets derrière un paravent et lui jette par-dessus mes fringues. J'hésite pour ma culotte puis la balance aussi. Ça sera toujours ça de fait.

Taudis met des bottes en caoutchouc :

- Je vais vous faire voir ma forêt tropicale.

Quelques kilomètres de couloir et on débouche sous un immense dôme en verre. Des arbres par dizaines, des fleurs genre orchidées de partout, s'il reste un coin de verdure sur terre, ce sera ici. Après que Taudis aura tout rasé.

- Combien de maisons vous avez démolies pour avoir les moyens de faire ce paradis ?

J'entends ses grosses bottes couiner derrière moi :

- Si tu savais, ma petite !

Je me retourne, mes sens en alerte. Il semble que Taudis n'est pas loin de passer à l'action. Une femme sait toujours quand un bonhomme a des idées derrière la tête. C'est pas difficile, il y en a pas devant.

Rien ne vaut que de parler de sa femme à un type qui brule de vous sauter, ça refroidit l'ambiance de suite. Ce n'est pas moi qui l'ai inventé. C'est une recette de grand-mères.

- Je parie que votre femme est très jolie, genre blonde aux yeux bleus

- Ha, si tu savais ma petite

En voilà un qui a de la conversation. Taudis à mis ses doigts de cochons de lait sur les rebords de ma robe de chambre. En un sens je le comprends, il n'y a rien dessous.

Parfois on en appelle à dieu, et il vient.

- Vous avez préparé un gouter ?

- Je vais te le servir de suite !

- Parce que il me semble entendre des voix d'anges

Visiblement il n'y a pas que la masturbation qui rend sourd. Des portières de voitures qui claquent et des cris d'enfants se font entendre jusqu'à un kilomètre à la ronde

- Merde !

Il ouvre le hublot de la machine, prends à pleine mains mes fringues et me les jette en pleine figure

- File par l'arrière de la maison. C'est la sortie de secours. Il y a un code : ' clown'

Il précise, je ne sais pourquoi :

- Avec un w

Je fais l'innocente :

- Il y a un clown ici ?

- Allez file je te dis ! Je vais pas divorcer pour ça !

- Ça vaut pas le coup

- Si, si, je t'assure

Poli avec tout ça monsieur Taudis. Comme quoi, il ne faut pas se fier aux apparences.

Je m'éclipse et me rhabille vite près de la piscine. Puis je file, non sans avoir préalablement mis en évidence ma petite culotte sur la tête du canard qui fait coin coin. Ça s'appelle une bombe à retardement. C'est qu'il m'a quand même démoli ma baraque le monsieur Taudis.

Je fais du stop et refuse systématiquement tout mâle au volant. Je me méfie de la loi des séries. Une jeune femme bon chic bon genre, jeune et souriante, en bref une bobo, m'embarque :

- Vous allez où ?
- ... Vous connaissez les dents de la mer ?

Un instant une lueur brille dans son regard. Elle pense que je suis givrée. Je précise :

- Pas le film. C'est un endroit sur les hauteurs. Il y a deux roches pointues au fond de l'eau.
- Vous ne voulez pas....
- Juste me purifier.

Elle se marre :

- Je veux pas dire mais vous puez la lessive !

C'est vrai qu'il n'y est pas allé de main morte Taudis.

Le rire de cette fille rire me dit quelque chose, comme si je l'avais déjà entendue dans un rêve ou une autre vie.

- Vous sortez d'une mauvaise expérience ?
- Je me suis fait à moitié violée.
- Pourquoi à moitié ?
- Parce que j'ai pas dit non.
- C'est con.

- De se faire qu'à moitié violer ?
- C'est mieux de dire complètement oui ou complètement non.
- Vous êtes plutôt carré dans votre genre.
- J'essaie de savoir ce que je veux ou je veux pas.
- Et vous y arrivez ?

Elle éclate de rire, au volant, ça devrait être interdit.

- Pour les autres oui. Pour moi pas vraiment.
- Comme on dit, c'est plus facile pour les autres.
- Oui, c'est ça. Faudrait toujours avoir quelqu'un qui vous conseille.
- Vous avez pas ça ?

Elle me fixe des yeux, au volant, ça devrait être aussi interdit :

- Plus maintenant. Et je pense plus jamais.

Probablement une histoire d'amour déçue. Une de ces histoires qui vous retire le tapis de sous les pieds.

Je passe, comme aux cartes. Chacun ses secrets, qui au fond se ressemblent tous. La misère de vivre.

Je lui balance, droit dans les yeux :

- Gardez votre sourire, c'est tout ce que je vous demande.

Elle est un peu gênée, regarde la route. C'est déjà ça.

Une musique passe à la radio ; légère et douloureuse. Une musique aux intonations tziganes qui me font penser à Lucio. J'ai des larmes derrière les yeux. Moi aussi j'ai mes terres secrètes.

- Je vous emmène dans un endroit où vous pourrez vous purifiez. Moins dangereux que vos dents de la mer.

- Vous avez le temps ?

- J'ai appris à être libre.

Elle regarde ma poitrine jusqu'à la naissance des seins :

- Comme vos papillons.

Alors je me rappelle ce rire en cascade d'eau fraiche qui m'avait fait du bien à une époque aride :

- Vous êtes patronne ? ou chef ? C'est à dire que vous passez une annonce dans le journal quand vous cherchez quelqu'un ?

- Oui ça m'est arrivé. J'étais chef de service il y a pas longtemps. Mais j'ai tout largué. Pourquoi... vous cherchez du boulot ?

Je réponds à une question par une autre question. Classique.

- Vous vous êtes faite virée ?

- Non. Je me suis tirée.

Elle se tourne vers moi avec un sourire d'ange :

- Pour me purifier. Comme vous.

La crique où elle m'emmène est inconnue du grand public, pour la bonne raison qu'elle est cachée, et de surcroit privée. Il faut passer sous un grillage pris par les ronces et dévaler un escalier de pierres qui court gaiment au milieu des oliviers. Les grillons s'en donnent à cœur joie. Et moi aussi.

La plage est grande comme la paume de ma main. La nature

touffue semble l'avoir mise à l'abri des prédateurs. J'en ai le souffle coupé de tant de beauté. S'en est presque mystique. D'ailleurs Sandra et moi on chuchote.

- C'est beau hein ?
- Magique !

On se donne la main et on marche vers l'eau. Comme Ève et Ève. Je me dis qu'un monde sans hommes, c'est pas si mal.

Maximilien m'a donné rendez-vous dans un café place de la Mairie. J'espère que ce n'est pas pour un cours de comptabilité ou pour une demande en mariage.

Il a posé son gros cartable sur la table. Pas très sexy.

- Si c'est pour me montrer le bilan de notre rencontre, c'est pas la peine.

À vrai dire, j'ai un peu honte de l'avoir délaissé pour un type en Vespa. Surtout quand on se rappelle la définition de Marie-Laure sur les hommes en Vespa.

- Un bilan c'est quand c'est terminé. Pour moi tout reste open.
- Même si je couche avec un tas de garçons ?
- Si je suis le dernier de la liste ça me convient.
- Tu penses au mariage quand tu dis ça ?
- Un peu, beaucoup, passionnément.

Je le regarde avec méfiance :

- Tu serais pas un peu catho ?

- Juste sincère.

- Ok. On reste open ?

- On reste open.

- Bon alors dis-moi pourquoi tu voulais me voir.

- J'ai fait ma petite enquête sur le bout de papier. Vu l'âge de ta grand-mère, j'ai pigé de suite que c'était probablement un numéro qu'on tatouait sur les détenus des camps de concentration. J'ai pu avoir la fiche qui correspondait à ce numéro.

Je me rappelle la marque sur l'avant-bras de Grand-mère, j'avais cru à une vulgaire brulure ménagère. J'étais loin du compte.

- Je me suis dit aussi que ta grand-mère avait peut-être fait les choses en grand. Que la manière dont elle a gardé cette maison, ce lieu où elle avait vécu heureuse, révélait que c'était une grande dame.

- Accouche, tu veux bien ?

- Tous les jours après mon boulot, je suis allé dans les archives du Provençal. Un par un j'ai parcouru les journaux depuis la libération. À côté de moi j'avais le petit bout de papier où tu avais écrit le nom de ta grand-mère : Mme Geneviève de Courteson. Et un beau jour, bingo ! Tiens, cadeau !

Avec des gestes lents propres aux comptables et aux notaires, il ouvre son cartable, il prend un dossier, l'ouvre : une photocopie plastifiée d'un article illustré d'une photo noir et blanc.

Je me penche dessus comme sur un médecin légiste sur un cadavre, car il s'agit bien de cela, d'un monde mort et enterré il y a bien longtemps. Mais le journaliste – mort lui aussi- a le talent de faire revivre Grand-mère par le feu de ses exploits qui sont restés dans les annales de Marseille. Cette bonne vieille ville qui a su passer l'éponge sur un règlement de compte qu'elle a jugé juste.

« Avant de rejoindre la Résistance, Mme Geneviève de Courteson avait mis en lieu sûr ses enfants dans sa maison familiale des environs de Marseille. Elle les avait remis, contre une belle somme, à un cousin qui lui avait juré qu'ils seraient leur tuteur et protecteur s'il lui arrivait malheur. Régulièrement, il envoyait une lettre à une adresse convenue à l'avance. Quand elle pouvait, elle allait récupérer le courrier qui s'amoncelait parfois depuis des mois. Elle tremblait d'émotion à la lecture des nouvelles rassurantes. Un jour qu'elle ouvrait la boite aux lettres, elle fut prise par la police allemande et envoyée dans un camp. »

J'interromps ma lecture :

- C'est vrai. Un camp où il y avait des tsiganes.

Je lui en bouche en coin au Sherlock. Je reprends le fil de l'article, sans donner plus d'explications. Je ne voudrai pas trop faire le lien avec Lucio. Ça sent le roussi.

« Elle réussit à s'évader, puis alla tout droit jusqu'à la maison car elle avait bien compris que son arrestation n'était pas un fait du hasard. Mme de Courteson eut la consternation de voir par la fenêtre des officiers allemands faire la fête en compagnie du cousin. Elle ne se fit pas d'illusion sur ce qu'étaient devenus ses enfants. Au milieu de la nuit, elle entra dans la maison et ferma tous les verrous. Elle ne voulait pas en sortir vivante si sa mission n'était pas accomplie. Elle prit un fusil et fit un carnage que le juge commenta d'un mot : exemplaire. Ainsi fut le délibéré du jugement : « Malgré que la loi interdit de se faire justice soi-même, outre que nous sommes dans les terres de Marseille, le juré estime que de toute façon les victimes auraient été exécutées par la justice. La cour ordonne la libération immédiate de Mme Geneviève de Courteson ».

Sur la photo, une jeune femme éprouvée mais élégante. Des flashs éclairent ce visage indomptable que je reconnais. Elle sourit de sa manière si particulière et lève les doigts en V.

Je regarde Maximilien, je ne retiens pas mes larmes.

- Désolé de t'avoir fait pleurer.
- C'est de bonnes larmes, Maximilien, de bonnes larmes.

Quand je quitte le café, je me retourne et voit Maximilien qui a fait de même. En général c'est bon signe.

Une vraie amitié est souvent forte dès le début. Pour les mauvaises langues, on ne couche pas ensemble Sandra et moi, mais on dort dans le même lit. L'omniprésence d'une sensualité nous unit comme des amants, c'est comme être toujours au bord du désir, sans jamais se donner. On dit que les femmes sont compliquées, j'assume.

Par soucis de discrétion, Sandra passe par la fenêtre pour accéder à ma chambre. Au petit jour, elle fait de même, en sens inverse. Finalement tout change et rien ne change. C'est rassurant. On peut vivre comme ça jusqu'à ce que mort s'en suive.

Ce matin, je descends les escaliers et je vois Sandra en compagnie de la famille Alex au grand complet prendre le petit déjeuner. Alex fait un grand sourire de celui qui a fait une bonne blague :

- On avait pensé que ce serait dommage qu'elle saute toujours le petit déjeuner.

Asia rit, comme souvent les femmes asiatiques, en mettant sa main devant sa bouche.

Sandra explique :

- Il m'a attrapée alors que je mettais mes deux pieds au sol, sur le coup j'ai flippé, je croyais que c'était les gendarmes !

Tout le monde se marre, même les enfants qui ne saisissent pas trop, mais qui ont bien compris qu'une nouvelle copine a débarqué à la maison. D'ailleurs, la moitié d'entre eux sont dans les bras de Sandra. Je lui fais un clin d'œil :

- Je crois qu'ils t'ont adoptée.

C'est ainsi que la famille d'Alex s'est agrandie. Parfois Sandra ne rentre pas la nuit, ou moi non plus. On ne se pose pas de question. Sandra résume parfaitement la question :

- On est libre comme des papillons.

L'autre jour, j'ai retrouvé mon ordinateur posé sur mon lit. Avec une rose à côté. Cela a un côté Arsène Lupin qui m'a fait sourire. Même si j'ai jeté la rose à la poubelle. Faut pas abuser.

Sur l'écran il y a à un nouveau papillon. Je soupire. Je ne sais pas si je parle à Sandra ou au papillon :

- Il n'y a plus de place. Et je crois que je suis passée à autre chose.

Sandra entoure mes épaules de son bras. Exactement comme quand mon père contemplait son kiosque tanguer dans le ciel.

- Peut-être que c'est toi le papillon maintenant.

Oui, je suis sortie de la chrysalide. Plus fragile. Plus précaire. Mais adulte.

Dans la boutique d'Alex, je pose sur son bureau la photo du papillon qui ne survolera plus la côte ouest des Etats-Unis.

Alex fait plutôt la gueule :

- Je croyais qu'il n'y avait plus de place pour garer une de tes bestioles.

Sandra enlève son chemisier et présente une poitrine encore vierge :

- J'ai pris le relais.

Alex ne sourit pas mais ne nous jette pas non plus dehors :

- Bon, mais rien qu'un seul. Après faudra aller voir ailleurs un autre tatoueur de mes fesses !

Et c'est reparti pour un tour.

Tous les matins, je fais un footing avant d'attaquer la longue journée qui ne commence plus chez Purée-jambon mais qui finit avec lui à l'apéro au bar d'Othello. Les deux grands chefs sont devenus de grands copains, et ils ont du temps, surtout depuis qu'Othello me délègue la plupart des plats qui sont sur le menu.

- Tu sais pourquoi je veille sur toi comme la prunelle de mes yeux ?
- Parce que tu m'aimes bien Othello et que ça t'arrange que j'épluche les patates à ta place.
- Parce que je sens qu'avec toi, on va l'avoir cette putain d'étoile.
- Bon alors si tu veux l'avoir de mon vivant, ce serait bien que tu traînes pas dans mes pattes.

Et Othello va tailler une bavette avec ses clients ou jouer au coq avec ses serveuses.

Jo fait maintenant aussi partie des familiers du bar. Ce qui fait que, tandis qu'ils refont le monde en levant le coude, moi je me coltine les cents couverts par jour et l'entrainement deux fois par semaine. Je fais l'entraineuse, et c'est bibi qui marche sur le ventre des filles pour tester l'état de leur abdos. J'ai la bonne place.

J'attaque la montée lorsque qu'une bagnole ralentit et roule à mes côtés. Je vois le petit oiseau qui crâne au bout de la voiture. Je ne fais pas la curieuse pour voir qui est dans la Rolls, mais je remarque qu'il n'y a personne dans le siège avant. C'est qu'il doit y avoir un chauffeur et son maître à l'arrière. Si, si, ça existe au vingt et unième siècle.

J'entends le chuintement électrique de la vitre qui descend :

- Et vous faites comment quand ça monte ?

- Je marche, du con.

Bien décidée cette fois à faire ce que j'ai dit.

C'est la première fois que je monte dans une Rolls. C'est très silencieux, on a plus l'impression d'être dans un salon que dans un carrosse à moteur.

- Merci pour mon ordinateur.

- De rien. Grâce à lui j'ai fait fortune.

Et Lucio de m'expliquer qu'il a vite compris le fonctionnement du piratage :

- Pour un voleur c'est un jeu d'enfant. Je suis basé dans mon pays et de là je peux aller piquer dans les cartes bleues des américains, par exemple. Ils achètent tout, même leur baguette avec la CB, ils ne se rendent pas compte que ce petit dollars au milieu de leur relevé va sur mon compte. Quand tu multiplies ça par des millions de braves types, tu peux faire le calcul.

Il rit. Un peu à la manière de Taudis. Ça fait bizarre.

- C'est du vol.

- Tu crois que les banques te volent pas ? Tu es obligé d'avoir un compte et au moindre incident bancaire ils te comptent des agios ! Tu trouves ça normal toi ?

J'ai souvent entendu mon père râler à ce sujet. Je ne peux qu'approuver.

- Tu as des agios toi ?
- Non, mais je compatis. Et je vole aux riches pour distribuer aux pauvres. Enfin une partie.
- Ça t'empêche pas de t'acheter une Rolls.
- N'empêche, que si tous les voleurs redistribuaient une partie de leurs gains ça aiderait bien tu crois pas ? Qu'est-ce que t'en pense Moustache ?

Le chauffeur se retourne – inutile de préciser pourquoi il s'appelle Moustache.

- J'en pense que du bien. Il faut redistribuer. Moi-même je redistribue une partie.
- Il me semble que c'est ce qu'on appelle les impôts.
- Là, j'avoue que je ne connais pas le sujet.

La Rolls prend sans forcer un chemin qui grimpe sec.

- On va où comme ça ?
- Chez moi. J'ai installé mon école.
- On peut parler librement devant ton chauffeur ?
- C'est mon secrétaire, mon garde du corps et mon confident, tu peux parler sans crainte.
- Si tu comptes me sauter après cette visite, tu te plantes.

Du coup, Moustache éclate de rire. Lucio rit, mais un peu jaune :

- J'ai bien compris que les garçons ne t'intéressent plus.
- Pour le moment.

- Ok, pour le moment.

- Je pense que je vais me marier.

- Avec ton comptable ?

- Avec Maximilien, oui.

Il me prend la main, brièvement :

- Je te souhaite le plus grand bonheur.

La voiture s'arrête devant une grande demeure, style ancien petit palais pour maitresse du roi.

On rentre dans la baraque pour la traverser jusqu'au jardin. Là des roulottes et des bagnoles, exactement comme dans le jardin de la petite maison où Lucio avait installé son université d'été. Femmes, enfants, vieillards, tout un village. Papy Chef, installé sur un banc au soleil, me fait un petit signe de la main.

- Tu vois, on ne perd pas nos petites habitudes. On a essayé de dormir dans ce truc − il lève son pouce vers les étages supérieurs - mais on a craqué et on s'est tous retrouvé dans le parc. La seule différence c'est que c'est à moi. Mais ça aussi cela n'a pas trop de sens pour nous autres. L'instinct de propriété c'est pas notre truc. La nature est à tout le monde. Tout le monde peut y dormir ou faire un feu de bois.

Lucio m'amène à une caravane salle de classe. Dedans des ordinateurs sur chaque pupitre et des gens qui bossent comme dans une banque. Seulement ils ne portent pas de cravates.

- Je croyais que tu opérais depuis ton pays.

- Officiellement, oui.

Je reconnais Malabar qui lève son pouce et Madame Robert qui vient vers nous.

- Vous ne piquez plus dans le métro Tatie Robert ?

- Hélas non ! Mais croyez-moi ça me manque.

Lucio explique :

- Elle a du mal à s'habituer à l'argent virtuel.

- Il me dit que je suis riche mais je ne le crois pas.

- Elle veut que j'aille lui chercher une valise d'argent. Mais c'est pas bon, ça attire l'attention.

- Et vous faites quoi de votre argent Mme Robert ?

- Rien, je m'ennuie.

Elle touche du doigt le syndrome des sociétés modernes. On a tout mais on se fait chier.

- Dites, ça vous dit de suivre le cours d'hypnose tout à l'heure ?

Elle dit ça en roulant les yeux comme des billes. On rigole tous, heureux de retrouver un temps de camaraderie qui semble bien lointain. Je remarque au passage que Lucio a maintenant toutes ses dents. Dommage.

Je sens le danger d'avoir envie de rester plus longtemps que je m'étais promis :

- Tu me raccompagnes ?

- D'accord. Mais avant je veux te faire voir la vue qu'on a d'ici.

Il me prend par le bras comme un gentleman, et on marche sur le gravier qui crisse sous nos pas jusqu'à la rambarde de vieilles pierres.

L'infini de la mer vous frappe par son rappel incessant à vous dire que vous êtes si peu. Une leçon de modestie pour tous les rapaces, les usuriers, les propriétaires, les colonels, les ministres. Mon regard descend vers le bas de la falaise, et avec stupéfaction je devine la crique camouflée par les oliviers où nous aimons Sandra et moi nous baigner.

Je me tourne vers Lucio :

- Tu m'as encore vue à poil.

- J'en ai même vu deux !

Il rit et forcement moi aussi.

- Alors elle te plait cette baraque ?

Je regarde cette demeure qui est majestueuse et accueillante comme une bonne maitresse. Celle qui avait habité ses lieux pouvait recevoir le roi et lui faire les honneurs de son lit.

- Elle est merveilleuse !

- À mon avis ça ferait un beau resto de luxe.

- Avec quelques chambres au-dessus pour les amoureux ?

- Avec quelques chambres au-dessus pour les amoureux.

Lucio siffle avec ses deux doigts dans la bouche, comme un voyou des rues qu'il est encore. La Rolls arrive à nos pieds et Lucio m'ouvre la portière :

- Moustache va te raccompagner.

Une fois assise, je sers fort la main de Lucio :

- Adieu Lucio, que dieu te réserve un beau destin.

Lucio ne sait plus quoi dire, alors il m'embrasse la main, comme au temps de la comtesse :

- Ha au fait, j'ai oublié de te donner ça.

Il me donne un gros trousseau avec des étiquettes sur chaque clé :

- La maison est à toi. J'ai fait le nécessaire chez ton notaire monsieur Henri de Courtois. Il y a aussi un petit supplément pour faire l'aménagement que tu voudras.

Il me fait un clin d'œil :

- Ça remplacera bien la maison de ta grand-mère, hein ?

Il fait un geste à Moustache et la voiture roule sur les graviers, puis sur la route goudronnée qui descend vers Marseille. J'ai des larmes plein les yeux Je sais au fond de moi que ne verrai plus jamais Lucio. Et qu'il m'a offert une nouvelle vie.

Je reçois beaucoup de cartes postales ces derniers temps. De mon père qui visite le Brésil en tong et une pépé aux bras. De Marie-Laure qui fait le tour des palaces dans le monde avec son riche Libanais. Même de ma mère qui depuis la retraite de campagne de son notaire m'envoie de jolis paysages pédestres qui m'ennuient rien qu'à les regarder. Parfois les grands événements passent par un petit mot avec une photo en légende. Marie-Laure en robe de mariée virginale. Fallait le faire et elle l'a fait. Ma mère avec Henri en caleçon sur une pelouse. J'aurais au moins vu un notaire en caleçon dans ma vie. Je peux mourir idiote. Mon père, la brésilienne et un bébé, avec en légende sur le polaroid : « Je te l'envoie par la poste ? »

J'ai passé mon permis. Ce qui est pour certains cursus scolaires l'équivalent du bac. Je ne suis pas peu fière. Maintenant, tous les jours que dieu fait sauf le lundi, j'enlève mes chaussures et grimpe dans ma deudeuche pour aller au « Palais Othello » sur les hauteurs de Marseille. On a délocalisé. Othello a freiné des quatre pattes mais s'est laissé convaincre quand je lui ai dit que cela allait multiplier nos chances d'avoir une étoile. Il a fermé boutique et laissé sa place à Purée-jambon qui fait d'une pierre deux coups : il a un beau restaurant et se débarrasse de son ex-femme qui ne peut plus mettre le grappin sur la moitié de la caisse. C'est ainsi que je suis devenue la marraine du mariage de Purée-jambon avec Mme Gilberte. Et j'espère plus tard de leur nombreuse marmaille. Parce qu'il paraît, des fois, qu'on a droit à une nouvelle vie.

Deux soirs par semaine, je quitte mon resto de luxe pour aller donner mon cour de lutte. Ces soirs là, je délègue à Othello. Il se fait vieux et semble apprécier que je donne toutes mes consignes aux cuistots de service. Marine mène en chef d'orchestre le ballet des serveuses dans la grande salle du restaurant. Sandra, quant à elle, assure le bar avec son merveilleux sourire. Nous sommes trois filles qui allons se baigner nues dans la crique. Et parfois on se retrouve beaucoup plus à papoter et à rire car les serveuses sont bienvenues. On a mis sur l'écriteau à la porte de la grille : «Girls only».

J'ai rétabli la purée saucisse dans les menus étoilés : tous les grands chefs de France et Navarre la font. Je l'ai baptisé *Purée saucisse façon Purée-jambon*. Une sorte d'hommage.

Il y a aussi la chambre des amoureux. En secret j'ai parfois rêvé que Lucio m'y rejoigne un jour en passant par la fenêtre. Mais je n'ai plus entendu parler de lui. J'ai juste reçu un énorme bouquet de fleurs le jour de mon mariage avec Maximilien, avec une petite carte « Un papillon ne se pose jamais deux fois au même endroit. Sauf quand il a trouvé son nid. »

J'ai mis à l'entrée du restaurant, dans un bel encadrement, l'article du journal sur Grand-mère avec sa photo. Elle lève les deux doigts en V pour longtemps encore. À côté, j'ai mis un autre article du Provençal, plus récent : je pose sur le perron de l'escalier en tablier blanc, grande toque et col tricolore de chef étoilé. J'ai les deux doigts en V.

www.ingramcontent.com/pod-product-compliance
Lightning Source LLC
Chambersburg PA
CBHW062014170626
46813CB00001B/154